Janosch
Cholonek oder Der liebe Gott aus Lehm

JANOSCH

Cholonek
oder
Der liebe Gott aus Lehm

Roman

Goldmann Verlag

Der Verlag weist ausdrücklich darauf hin, dass im Text
enthaltene externe Links vom Verlag nur bis zum Zeitpunkt
der Buchveröffentlichung eingesehen werden konnten.
Auf spätere Veränderungen hat der Verlag keinerlei Einfluss.
Eine Haftung des Verlags ist daher ausgeschlossen.

Penguin Random House Verlagsgruppe FSC® N001967

8. Auflage
Neuausgabe
Alle Rechte dieser Ausgabe 1992
by Wilhelm Goldmann Verlag, München,
in der Penguin Random House Verlagsgruppe GmbH,
Neumarkter Str. 28, 81673 München
Satz: IBV Satz- und Datentechnik GmbH, Berlin
Druck und Bindung: CPI books GmbH, Leck
Printed in Germany
ISBN 978-3-442-30443-1

www.goldmann-verlag.de

Alles ist Mist.
Aber dann möchte man sich
manchmal auf die Erde setzen
und sich vor Freude ins Hemd weinen.
Schwientek

Wie oft ist das nicht so, daß einer kommt, was macht, und schon fällt alles ganz anders aus. Wie an dem einen siebten Mai beispielsweise, als der Stanik mit der Mickel anstatt in die Maiandacht in den Guidowald ging, von hinten über die Felder. Und wo er unter den Mehlbeersträuchern sozusagen den ersten Anstoß gab zu Choloneks menschlichem Dasein auf dieser Welt; von unten kam es kalt durch ihren guten Übergangsmantel, den die Mama ihr voriges Jahr vom ersparten Geld gekauft hatte, und von oben der Stanik. Die Luft roch nach Koks, nassen Blättern, verfaultem Holz, feucht war alles und ein Wetter, gut für Schnupfen.

Der Stanik hatte wieder Einfachbier getrunken, das roch immer so nach Pferdeseiche. Das war alles nicht schön. Hoffentlich geht wenigstens der Lehm aus dem Mantel! Zum Glück war es schon finster, und auf fünf Meter konnte niemand genau erkennen, was der Stanik hier machte. Sonst hätte sie sich zu Tode geschämt.

Vom Kopfende hätte er bis Polen reinsehen können, wäre es noch hell gewesen. Dort war gleich die Grenze. Dazwischen Niemandsland, Brachland, leer alles und nicht bebaut.

»Schade um jeden Fleck Erde«, sagte immer Frau Schwientek, »wo sie nichts anpflanzen. Und wenn es bloß Kraut wäre. Mit Kraut kann sich einer viel behelfen. Es braucht wenig Pflege auf dem Feld und schmeckt zu jedem Essen. Schon eingelegtes Sauerkraut – eine Delikatesse! Und gesund is euch das! Der Sobczyk, der von der Haldenstraße, der Schuster – über hundert Jahre is er alt geworden damit. Und warum, frag ich mich? Weil er jeden Tag gleich beim Aufstehen eine Tasse Quaska* getrunken hat. Quaska wirkt Wunder! hat unsre Tante Hedel immer gesagt und hat sich mit Umschlägen den Rheumatismus auskuriert, wo ihr kein Arzt mehr helfen konnte. Auch bei Graupen- und Semmelwurscht is Sauerkraut unerläßlich, und bei Fisch überhaupt! Und warum liegt das ganze Land bei der Grenze brach, frag ich mich? Wegen Behörden.«

Und so ist das auch. Obrigkeiten, Behörden, übernatürliche Mächte mischen sich von oben in alles ein, kommandieren herum, machen, was sie wollen, und unten der Mensch ist machtlos.

Genauso war das beim Cholonek. Wobei eine gewisse Frau Kowoll von unten aus dem Parterre vielleicht nicht ganz ohne Schuld an der Misere war. Davon wird später noch die Rede sein. An dem 27. Februar danach also in Poremba, Oschlowskistraße 3, hätte Cholonek nach akkurater Berechnung seit drei Tagen geboren sein müssen, aber er kam nicht. Die Mickel saß hinten in der kleinen Stube auf dem Chaiselongue und heulte, biß auf dem Taschentuch herum und hatte schon

---

* Krautwasser

die halbe Häkelkante verschluckt, und vorne in der Küche lief die Mama herum, stellte Wasser im Kastrollik* auf, goß es wieder aus und holte neues, setzte es wieder auf, goß es wieder aus, hundert Mal! Die Mickel in der Stube dachte bloß: Konnte der Stanik nich ein paar Tage warten damit! Konnten wir damals nich lieber in die Maiandacht gehen? Alles hat seine Strafe auf der Welt, und wenn das Kind am Schalttag kommt, das überleb ich nich! ›Am Schalttag geboren, für ewig verloren!‹ Aber immer, wenn er Einfachbier getrunken hat, weiß er nich, was er tut.

»Wenn es dich dort unten zieht und von innen kommt Druck«, hatte Lehnchen Heiduck gesagt, »dann is Entbindung. Dann nimm dir ein Taschentuch in die Hand und beiß fest rein!«

Die Frau Schwientek in der Küche schickte alle fünf Minuten ein Stoßgebet zum Himmel: »Heiliger schwarzer Stanik von Czenstochau, der du bist im Himmel, erhöre mein Flehen und lasse mein Rufen zu dir kommen und mach, daß das Kind noch heute kommt und nich morgen, sonst lieber gar nich. Amen.«

Dem Schwientek ging die ewige Beterei schon auf die Nerven, denn sie betete laut und immer dasselbe, halb polnisch, dann wieder deutsch, und der Schwientek war überhaupt dagegen, denn er war gottlos.

Es gibt gar keinen schwarzen Stanik in Czenstochau. Aber die Frau Schwientek war so ein Mensch, anders als Leute, die bloß ihre Stampfkartoffeln fressen, sich keine Gedanken machen und alles nehmen, wie es kommt. Sie

---

* Kasserolle, Schmortopf

hätte geradeaus direkt zum gewöhnlichen heiligen Stanik beten können, denn Stanik hieß der Vater des Kindes, Stanik hieß also dessen Namenspatron im Himmel und der war für Hilfe in Notlagen zuständig, aber warum sollte sie sich das leicht machen? Wo es eine schwarze Madonna gibt, wird es auch einen schwarzen Stanik geben! Frau Schwientek war nämlich eine Frau mit Verstand im Kopf. Ihr erster Vater, der Kotyrba aus Brzenskowitz, trug Brille. »Wer Brille hat, hat auch Verstand«, hatte Tante Hedel immer gesagt. »Bei uns in der Straße war ein Junge, da haben sie immer Sorgen gehabt, denn er brauchte von klein auf Brille, sonst sah er nichts. Aber dann? Was is aus dem geworden? – Musiker und konnte nach schwersten Noten spielen.«

Der Frau Gluch ist mit der schwarzen Madonna auch so ein Wunder passiert. Sie hatte was mit der Verdauung, war von Arzt zu Arzt gelaufen, hatte sich Medikamente gekauft und die gegessen wie Brot, und alles half nichts. Was hat sie gemacht? Eine Wallfahrt nach Czenstochau. Hat sich ein geweihtes Bild von der schwarzen Madonna in den Schlüpfer gesteckt und ging damit zu Fuß nach Haus, über Brzeskow. – Geheilt war die Frau! Man muß sich auflehnen. Man muß das Schicksal selber in die Hand nehmen. Man muß mit Verstand und Schläue eingreifen. Das hilft zwar nichts, denn die von oben sind stärker, aber das ist besser, als vor sich hin zu leben wie ein Ochse und zu warten, was kommt.

Frau Schwientek hätte sich beispielsweise bei solch einfachen Dingen wie Zähneputzen Seife auf den Finger schmieren und dann die Zähne reiben können, so wie alle Leute das machten. *Sie* aber tauchte den mittleren

Finger in Schmierseife; erstens war der schon mal länger als der Zeigefinger, dann bestreute sie ihn mit Salz, denn zweitens kräftigt Salz die Knochen und reinigt drittens zusätzlich noch, und außerdem putzte sie sich die Zähne von vorne *und* hinten. Schlauer hätte das kein Professor machen können! Außerdem war das billig.

Bloß mit dem Stanik war das eine Qual. In Mickels schwerster Stunde saß der Lump beim Kapitza in der Kneipe, hielt große Vorträge über seinen Sohn, den er heute oder morgen gebären würde.

Alleinerbe, Geschäftsmann durch und durch wird er sein! Und wenn er groß ist – von oben bis unten gekleidet, immer nach letzter Eleganz. »Nichts geht über Nadelstreifen! Wenn du einen Nadelstreifen hast, wirst du von der ganzen Welt schon anders angesehn«, sagte der Stanik immer. »Dazu passende Gamaschen und Lackschuhe, und das Geld fließt in die Kasse, Mann, ohne daß du einen Finger rührst!« Und er – hier, Stanislaus Cholonek aus Poremba – der Vater! Da kann sein Sohn ihm auf Knien danken! Und Mickel Cholonek, die Mutter, saß bei ihrer Mama in der Wohnung auf dem Chaiselongue, allein, verlassen von der ganzen Welt, mit dem Kind in ihrem Bauch, verheiratet mit einem, der bei der Frau Waleska Kohle ausfuhr und sich einen Scheißdreck kümmerte. Fuhrmann bloß aushilfsweise, dreimal in der Woche. An den anderen Tagen fuhr die Frau Waleska selber. Wohnung hatten sie keine, die Mama mußte ihr noch das Essen geben. Sie schlief hier in der kleinen Stube auf dem Chaiselongue, und er schlief auf einem Kartoffelsack bei seinen Eltern in der Küche, zusammen mit noch zwei Brüdern, und alle auf der Erde. Über Nacht war sie eine Frau geworden. Aus ist das Leben und vorbei. Neunzehn Jahre wird sie bald, was kann da noch groß kommen! Wie weit war mit einem Mal die Jugend von ihr entfernt! Die schöne, sorglose Kindheit, wo sie bei Fräulein Nowakowski in der Handarbeitsrunde hier das schöne Batisttaschentuch gehäkelt und ein Belobigungsbild zum Anhauchen für die akkurate blaue Kante bekommen hatte. Aber jetzt war ihr alles egal. Sie biß noch ein Stück Kante ab und verschluckte es: »Lieber Gott, laß mich daran ersticken!« Fräulein Nowakowski war so ein feiner Mensch gewesen, und dann haben sie sie in der Schule nach der Pause auf dem Lehrerklo gefunden, aufgehängt mit dem Bademantelgurt vom Lehrer Neumann, weil der sich eine andere genommen hatte, eine Erika Suschke aus Mathesdorf. Sie war Bedienung im ›Waldschlößchen‹, und er soll mit der schon längere Zeit Verkehr gehabt haben. Wie konnte ein Mensch bloß so tief sinken und eine gebildete Person wie Fräulein Nowakowski stehen lassen für eine gewöhnliche Bedienung? Aber daran kann man sehen: Das Schicksal wendet sich immer gegen die feinen Menschen und hilft den gewöhnlichen! Aber jetzt haute der Lehrer Neumann die Erika Suschke wie einen Hund, und daran war wieder zu sehen, wie sich alles rächt auf Erden.

Dabei hatte alles so schön angefangen! Ganz in Weiß war sie bei der Hochzeit gewesen. Bildschön, wie aus dem Film. Mit allem Pomp hatten sie geheiratet, wie die Grafen. Der Stanik trug einen guten dunkelblauen Anzug, von seinem Bruder geborgt.

»Das Mädel sieht aus wie ein Engel!« hatten die Leute

in Poremba gesagt. Standesamtlich und kirchlich an einem Tag, aber kirchlich zuerst, denn auf dem Wege vom Standesamt kann immer noch was dazwischenkommen. Nur die kirchliche Trauung gilt, und was man hat, hat man!

»Macht das auf jeden Fall an einem Tag«, hatte Frau Schwientek gesagt, »da braucht ihr die Kleider wenigstens nicht zweimal anziehn, denn Weiß schmutzt leicht.« So eine Hochzeit hatten sie hier auf der Oschlowskistraße seit Menschengedenken nicht mehr erlebt. Der Stanik sagte noch oft: »Davon werden die Menschen noch sprechen, mein Lieber, wenn schon längst keiner mehr lebt, so eine Feier war das.«

Und was noch wichtiger war: Die Mickel hatte am Hochzeitstag noch die Ehre, nicht wie die Tochter von Pitterek, die Hals über Kopf zum Traualtar hatte stürzen müssen, damit das Kind nicht vor der Hochzeit kam. Die Mickel und der Stanik waren vorher genau zwei Jahre und drei Monate fest zusammen gegangen. Nicht das geringste war vorgekommen, was die Mickel vor Gott und der eigenen Mutter nicht hätte verantworten können. Aber da hatte die Mutter auch ein Auge drauf gehabt, denn *sie* war nie für den Stanik gewesen. »Von einem Cholonek«, sagte die Frau Schwientek, »kann man sich nich viel erwarten. Was sind das schon für Leute? Die haben nich das Schwarze unterm Fingernagel auf die Seite gelegt. Aber wenn sich so ein Mädel einen Mann einbildet, soll man als Mutter nich dazwischenstehn, hat unsre Tante Hedel immer gesagt. Obwohl unsre Mickel einen besseren verdient hätte. Was sie alles kann!«

Dreiundzwanzig Gäste waren eingeladen, zweiundvierzig waren gekommen.

»Wir müssen die Eltern von seiner Seite auch einladen«, hatte die Frau Schwientek gesagt. »Obwohl ich das lieber nich möchte. Sie sind so einfache Leute, daß man sich vor den andern im Hause schämen muß. Geh rüber in die Jäschkestraße und sag, sie solln auch kommen, aber sie solln sich nich zuviel davon versprechen, denn wir ham zu wenig Stühle!«

Und als dann der Vater Cholonek mit der Mutter kam, lief ihnen die Frau Schwientek durch den Hausflur entgegen und rief schon von oben: »Und seid uns herzlich willkommen! Herzlich willkommen im Brauthause, liebe Schwiegereltern! Setzt euch am besten hier gleich auf die Treppe vom Boden, dort habt ihr schön warm. Wir brauchen die Stühle noch für verschiedene Persönlichkeiten aus der Verwandschaft von meiner Seite, die sich angesagt haben. Ich geb euch gleich für jeden ein Stück guten Kuchen raus und Zeitung auf die Erde, daß ihr nich krümelt. Ihr seid mir doch nich beleidigt, nicht? Hier, wenn ihr noch etwas an die Wand rücken könnt, daß ihr nich so im Wege seid!«

Da saß der alte Vater Cholonek und hatte sich das Taschentuch unter seinen sauber gebürsteten Anzug auf die Treppe gelegt. Die Mutter hatte ihm heute die Glanzflecken auf der Jacke mit Seifenwasser etwas verrieben. Er hielt in den krummen Händen in Stück Streuselkuchen. Neben ihm saß die Mutter Cholonek und hatte fünf Röcke an und trug ein schwarzes Kopftuch. Wenn er Schnaps trinken wollte aus dem kleinen Glas, begoß er sich den Anzug. Sie hielt ihm die Hand und hob sie zum Mund, und er wischte sich mit dem Jackettrevers die Tropfen vom Hängeschnurrbart. Sie sagten nichts, denn sie schämten sich.

»Hol sie lieber rein in die kleine Stube, Mickel«, sagte Frau Schwientek um sechse, »daß sie dort keiner sieht, falls noch bessere Leute kommen sollten. Wie gut bloß, daß die Brüder vom Stanik nich gekommen sind! Die sollen saufen wie die Löcher, das hätte uns viel gekostet.« Dabei hatten sie die Hochzeit schon extra auf einen Tag gelegt, wo die beiden Brüder Nachtschicht hatten. Schlau muß man sein!

Es wurde die schönste Hochzeit, die jemals auf der Oschlowskistraße gefeiert wurde. Die Gäste saßen überall rum. Auf den Treppen, auf den Fensterbrettern im Flur, daß der Putz runterfiel. Auf dem Geländer, auf Stühlen, aus dem ganzen Haus zusammengeborgt. Und der bucklige Aushilfsfriseur Bondarski spielte Ziehharmonika aus dem Effeff. Bucklige sind ja komische Menschen. Sie können immer irgendeinen Quatsch: Musik spielen, pfeifen wie ein Vogel, und sie werden deswegen gerne eingeladen. »Außerdem bringen sie Glück«, sagte die Frau Schwientek. Vier Mark hatte der Ziehharmonikaspieler für den ganzen Tag gekostet, Verpflegung kam dazu. Um halb elfe in der Nacht fiel er mit dem Kopf nach vorn auf die Harmonika und schlief wie tot. Als der Pelka ihm Schnaps ins Hemd gießen wollte, damit er wieder aufwachen und weiterspielen sollte, sagte die Frau Schwientek: »Nich doch, Herr Pelka, lassen Sie ihn schlafen! Der teure Schnaps.«

Sie trugen den Bondarski zu zweit runter ins Parterre; und er ließ die Harmonika nicht los, hielt sie umarmt wie ein Kavalier seine Liebste. Auf die Treppe unten haben sie ihn gelegt, und er holte sich im Durchzug eine Lungenentzündung. »Aber schön gespielt hat er wenigstens«, sagte die Frau Schwientek, als er nach drei Wochen starb.

Laut heulen hätte die Mickel können, wenn sie an die schöne Hochzeit dachte. Jetzt lag der Schleier in Zeitung eingewickelt im Vertiko.

Den Schnaps für die Hochzeit hatte der Stanik aus der eigenen Tasche spendiert. Schnaps ist Männersache. Den Rest hatte die Mama übernommen. Sie selbst, die Mickel, hatte sieben Kannen Einfachbier beigesteuert. Drei Gänse waren geschlachtet worden, und zweiundachtzig Klöße wurden verspeist. Allein von zwei ganzen Hühnern, die sowieso etwas krank waren, hatten sie Nudelsuppe gekocht. Dabei alle Nudeln mit der Hand gerollt! Das hatte die Schwester von der Mickel, die Hedel, gemacht. Dann vier Bleche Kuchen, und die ganze Feier in zwei Abteilungen: vorne, in der Küche und im Hausflur, die lauten Gäste mit der Musik von Bondarski, und hinten, in der kleinen Stube und im Schlafzimmer auf den Betten, die feineren Menschen mit dem Volksempfänger von der Frau Prszczibillok, Sender Gleiwitz. Das hatte auch wieder ein paar Eier gekostet, die die Frau Schwientek der Frau Prszczibillok dafür geben mußte, damit sie nicht blamiert war und ihr nicht nachgesagt wurde, sie wäre geizig. Zwei Verletzte gab es im ganzen. Der Wondrasch fiel im Suff über das Geländer dem Woitaschak auf den Kopf. Aber wenn man denkt, der Woitschak wäre beleidigt gewesen darüber! Nicht die Bohne, denn er bekam einen

Schädelbruch und kam ein Jahr ins Revier. So viel Urlaub konnte sich nicht einmal ein Graf leisten. Und was es wieder für verschiedene Sorten Menschen gibt auf der Welt! Ein andrer wäre sofort nach Haus gegangen und hätte sich groß mit Umschlag und Gezeter ins Bett gelegt. Aber nicht der Woitaschak! Weil er die Stimmung nicht verderben wollte, setzt er sich in eine Ecke und kippte ein Glas nach dem anderen. Dem Wondrasch war nicht viel passiert, er fiel ja auf den Woitaschak ziemlich weich. Bloß einen Finger hat er sich gebrochen, weil er sich an der Frau Kotlosch festhalten wollte und sich in ihrem Nasenloch verfangen hatte. Den Mittelfinger.

Um neune mußte der alte Vater Cholonek mit der Mutter gehn, denn er hatte Frühschicht. Er hatte fünf Mark erspart, weil er schon zeit seines Lebens ein Fahrrad gebraucht hätte. »Hier nehm' Sie das, Frau Schwientek, für die gute Bewirtung, das hab ich übrig gehabt!«

»Nich doch, Vater, machen Sie sich keine Unkosten. Das wäre wirklich nich nötig, da vergelt's Gott, sag ich«, sagte Frau Schwientek. »Für die Kinder macht man alles gerne. Da gibt man sein Letztes dafür. Ich hatte ja hohe Kosten mit der Feier.« Sie steckte das Geld in einen Leinwandbeutel im Schlüpfer. »Und kommt gut nach Haus, liebe Eltern, fallt nich hin, daß ihr euch nichts brecht, ihr seid auch nich mehr jung!«

Von nichts kommt nichts!
Frau Schwientek

Das sagt sich so leicht: Oschlowskistraße und seit Menschengedenken! Dabei hatte die Straße erst seit einem Jahr diesen Namen. Vorher standen die Häuser bloß so da, und man sagte: Dort vor der Schanafka*. Bis dann der Nawrat ankam und in die Wege leitete, daß die Straße getauft wurde. Aber da kann man wieder sehen, was Schiebung ist. Der Nawrat also war auf dem Amt beschäftigt, wo sie sich die ganzen Namen ausdenken für die Straßen und Plätze; nach und nach, haben sie gesagt, sollte hier alles zivilisiert werden. Und dann hat sich der Nawrat eingesetzt, daß die Straße hier nach dem Pfarrer Oschloswki genannt wurde; denn der Nawrat war früher Ministrant bei ihm gewesen und hatte von ihm Protektion gehabt. Das war auch wieder so was: Jedes Straßenschild gaben sie beim Skupin in Auftrag, und der stieß sich damit gesund. Und warum? Weil der Nawrat und der Skupin unter einer Decke steckten und sich gegenseitig alles zuschoben. Obschon es noch einen anderen Schildermacher gab, den Glatzki in der Klausstraße. Andererseits muß man aber auch wieder sagen, daß der Glatzki evangelisch war, und sol-

---

* Schanafka – Name eines schmalen (Grenz-)Flusses.

che Leute sollte man nicht fördern. Denn das ganze Heidentum hier, woher kam das denn? Weil die Menschen sich nicht bekehrten. Das alles war so eine Spekulation vom Nawrat. Der Oschlowski, hat sich der Nawrat gedacht, wird bestimmt später mal, wenn seine Himmelfahrt nachgewiesen ist, heiliggeprochen. Denn umsonst ist der nicht achtundneunzig geworden! Gott weiß, was er tut. Und was ist dann? Dann wird er, der Nawrat, sagen können: »Hier, ich, der Nawrat, Kameraden, immer auf Draht! hab das gewußt! Fingerspitzengefühl!« Schätzungsweise in zwanzig, dreißig Jahren wird das sein. Dann wird wahrscheinlich der Hudlosch der betreffende Oberamtmann geworden sein, hatte der Nawrat sich ausgerechnet. Die Beförderung geht so und so lange vor sich, die ganzen Bestätigungen und das alles haben ihren Weg, gehn von dort nach dort, müssen gestempelt werden, bleiben noch etwas liegen. Dann wird der Hudlosch dort oben den Posten haben, und als nächster ist er dran, der Nawrat. Vielleicht wird er auch einen Aufstieg machen wie ein Komet.

Wie das damals war mit dem Nawrat, als er die Sache mit dem Straßennamen in die Wege leitete, da hat der Pelka das Maul nicht halten können und machte den Nawrat überall schlecht. »Ich wer euch sagen, was der will! Der will sich aufblasen vor die Leute. Ich hab das doch selber erlebt, wie der Oschloswki ihm immer Zucker in' Arsch geblasen hat, geht mir doch weg! Ein Streber war der Pierron schon in der Schule, daß wir ihm immer die Fresse polieren mußten. Erste Bank vorne sitzen, und der Lehrer von vorne und der Lehrer von hinten, geht mir doch weg mit dem Nawrat!«

Der Pelka und der Nawrat waren wie Hund und Katze. Der Nawrat war mit der Zilka von Potrawa verheiratet. Ihr Vater war Dreher. Sie war die einzige Tochter, mit dicken Beinen unten. Sie bewohnten in der Gagfah-Siedlung ein halbes Siedlungshaus für sich allein. So was ist aber auch nicht richtig!

»Der hat's doch bloß auf das Haus abgesehen, geht doch weg, ich kenn den doch«, sagte der Pelka. »Der Pierron hat sich genau überlegt: Wenn der Potrawa mit seiner Lunge jetzt noch soundsoviele Jahre macht, dann wird ihm die Alte auf den Fuß folgen. Dann haben sie bloß die einzige Tochter, und es ist Hochzeit auf der Halde, und hier ich, der Nawrat, werd Alleinbewohner dort, mit der Zilka. Sich breitmachen wie ein Baron, Straßenbahnhaltestelle fünf Minuten direkt vom Haus weg, Wasserspülung, alles aufs Eleganteste. Jeden Tag um fünfe Feiramt. Dann wird der Pierron nach Hause kommen, sich die Potschen anziehn und der Zilka unter den Rock packen, geh mir doch weg mit dem Nawrat! Ich kenn doch die von der Verwaltung, solche Schweine, Guwno!* Ich wer euch sagen: Schön verrechnet hat er sich, denn der Potrawa hat überhaupt nichts an der Lunge und wird hundert Jahre werden, und der Nawrat hat die ganze Zilka umsonst geheiratet.«

Der Nawrat also hatte spekuliert, daß nach einer gewissen Zeit eine Heiligsprechung des Pfarrers Oschlowski nicht mehr aufzuhalten wäre. Dann würden sie ihm die Anordnung geben: »Kümmern Sie sich drum,

---

* Scheiße

Herr Nawrat, das ist Ihr Ressort, und taufen Sie eine Straße nach ihm. Schließlich hat er hier gelebt und gewirkt. Und dann wird er sagen können: »Schon geschehen, meine Herren«, und dann wird er groß dastehen!

»Aber ganz schön dagestanden hat der bei seiner Hochzeit«, sagte der Pelka, »der Nawrat mit seiner Zilka. Wie nämlich wir, der Nowak mit dem einen Bein und ich, der Pelka, wie wir dem gezeigt haben, wo die Ziege Honig hat, mein Lieber! Ein Teufelskerl, der Nowak! Wie der einmal im Weltkrieg auf einen russischen Tank raufgeklettert ist, seelenruhig die Klappe hochgehoben, und dann seine Flasche mit braunem Schnaps dafür geopfert hat und reingoß – Streichholz hinterher! Brrrmm! Aus! – EK I. Wie die also geheiratet haben, der Nawrat und die Zilka, stellt sich das Aas von Nowak direkt hinter den Nawrat, zieht das Rasiermesser aus der Hosentasche, hebt dem Nawrat das Jackett hinten hoch und schneidet ihm die Hosenträger ab. Und da konnte man sehen, was der Nawrat für ein verschissener Heuchler war: Nach außen immer der feine Pinkel und dann auf der Hochzeit nicht mal Unterhosen an! Die Hosen sind ihm bis auf die Schuhe gerutscht, woran man auch wieder sehen kann, daß er an der Zilka überhaupt kein Interesse hatte. Von der Figur her war sie ja eine Naturschönheit, muß ich schon sagen, und der alte Potrawa wird sich sein Teil gedacht haben. Schöne Blamage!«

Auf jeden Fall schloß die Frau Schwientek an ihr Abendgebet immer ein »Bitte-für-uns-heiliger-Oschlowski« an. Schaden konnte das nie. Die Frau Schwientek stand nämlich zu dem Nawrat und seiner Spekulation in gewisser Hochachtung, denn sie wußte von der alten Frau Pitterek, die etwas das zweite Gesicht hatte und Zeichen deuten konnte, daß der heilige Oschlowski ihr schon dreimal erschienen war. Einmal auf dem Friedhof, wie sie das Grab von ihrem Verstorbenen saubermachen wollte, da stand er hinter dem Grabstein und fragte nach diesem und jenem aus seiner alten Gemeinde und soll sich über den Nawrat positiv geäußert haben. Von der Zilka wiederum wußte man unter dem Siegel der Verschwiegenheit, daß der Nawrat selber seit drei Jahren an einer Litanei zum heiligen Oschlowski herumschrieb, was der Oschlowski im Himmel bestimmt schon wußte. Zweimal war er der Pitterek noch zu Hause erschienen: wie sie gerade die Weihwasserschüssel ausgewischt hat und einmal beim Fenster.

»Also wird an dem Nawrat schon was dran sein«, sagte sich Frau Schwientek auf Grund solcher Hinweise vom Himmel und grüßte die Zilka Nawrat immer zuerst, obwohl es sich umgekehrt gehört hätte, denn die Zilka war ein Jahr jünger. Am besten war, sie stellte sich solange mit der Zilka gut, bis alles sich geklärt hatte.

»Nein, nein«, sagte die Frau Schwientek, »wer soviel Verstand hat, der muß schon was sein. Von nichts kommt nichts. Und überhaupt ist der Pelka Linkshänder. Wo eins nich stimmt, sag ich immer, wird mehr auch nich stimmen. Das ist doch wie bei den Künstlern. Wenn der Pelka zum Beispiel abends nach Hause kommt: Kaum hat er seine Stampfkartoffeln runtergemampft, schon jagt er die Kinder runter in'n Hof spielen, schließt die Türe ab und hängt von innen eine alte Socke über das Schlüsselloch, daß man bloß nich neben dem Schlüssel vorbei was sehen möchte, und packt sich die Alte. Und sofort geht hier das Gerumse los, daß das ganze Haus wackelt. Bei Pawlik unten is schon dreimal die Kaffeemühle vom Büffett runtergefallen und einmal dem einen Kind auf den Kopf, jetzt is es dumm. Also, ich bitte Sie, das is doch keine Art! Die Frau von dem stammt doch aus keiner schlechten Familie, und er kann gegen sie nich vorgehn wie ein Karnickel! Kaum hat sie sich erholt davon, kommt er schon wieder aus der Arbeit und fängt von vorne an. Aber man will sich in die Sachen von andern Leuten nich reinstecken. Was gehn mich die Leute im Hause an. Unsre Tante Hedel hat immer gesagt, Künstler sind genauso. Hier soll sich mal einer auf dem Rummel in einer Bude vorgezeigt haben, der gegen Geld seine Frau vorwies: o-h-n-e U-n-t-e-r-l-e-i-b! In einer Bude, ö-f-f-e-n-t-l-i-c-h, fünfzig Pfennig Eintritt. *Ich* möchte so was nich unterstützen und dort reingehen. No, und wie wird es dazu gekommen sein? Rumgedupst wird er haben, bis nichts mehr da war. Geh mir doch einer weg mit den Männern. Unsre Tante Hedel hat zu uns gesagt: ›Merkt euch, Mädels, Männer sind wie Karnickel!‹ Und sie hat bis zu ihrem Tode keinen Mann genommen. So schlau war sie.«

Bei Schwientek gab es so war nicht. Da war alles in Ordnung und sauber. Sie hatte dem Schwientek drei Mädels geschenkt, zwei Totgeburten und aus, Feierabend. Kam er manchmal noch an und probierte, Ansprüche zu stellen, verschränkte sie die Arme über ihrem Nachthemd, im Notfall drückte sie ihn auch weg und sagte: »Nich, Schwientek, du bist immer so laut, du weckst die Kinder, was solln sie sich von ihrem Vater denken!« Mit der Zeit verlor er Gott sei Dank die Lust ganz.

Eine Frau hat es nicht leicht mit drei Mädels. Sich immer rackern und rackern, bis einem die Finger abfallen, und wer weiß, wie sie das einem einmal danken!

Frau Schwientek übte auf dem Wochenmarkt ein Gewerbe als Händlerin aus. Er, der Schwientek, hatte eine »Anstellung beim Magistrat«, wie die Frau Schwientek vor Fremden immer sagte. Er war aber Straßenfeger. Und so gesehen, war das keine Lüge, die Straßenreinigung unterstand schließlich dem Magistrat.

Die älteste Tochter hieß Hedel, nach der Tante Hedel so getauft, und die war auch die Patin gewesen. Die zweite war die Maria, Mickel haben sie sie gerufen, und sie hatte sich den Stanik eingebildet und auch bekommen. Die jüngste hieß Tekla. Sie war erst fünfzehn, aber schon in festen Händen.

»Wenn ein Mädel schön is«, sagte Frau Schwientek, »sind die Männer verrückt nach ihr, logisch.«

Die Mädels von der Frau Schwientek gingen weg wie warme Semmeln, was kein Wunder war, denn sie gerieten ganz nach der Mutter. Der feine Gesichtsschnitt, die starken Haare, und dumm waren sie auch nicht. Die Tekla verkehrte seit ihrem dreizehnten Lebensjahr mit einem gewissen Detlev Hübner. Ein feiner Mensch! Ohne Fehl und Tadel, keine Pickel und kein Körpergeruch, bloß etwas Handschweiß, aber von außen eine blendende Erscheinung. Die Haare auf dem Kopf schön von Natur aus gewellt, und aus einer feinen Familie war der Junge auch. Bei der Mickel sollte man nicht meinen, was sie noch für ein reiner Engel war! Obwohl sie schon mitten im Leben stand, bald eine Frau in den besten Jahren, und der Stanik war auch nicht gerade ein Lamm. Aber den ganzen Tag spielte das Mädel noch Ball mit den Kindern im Hof, jagte sich mit ihnen und war beim Versteckenspielen immer sehr geschickt und erfinderisch. War das Wetter schlecht, brachte sie die Kinder aus dem Haus mit nach oben, und sie spielten am Küchentisch: »Alle Arbeiter mitarbeiten, mitarbeiten, die Taube fliegt...«

Das ist ein einfaches Gesellschaftsspiel, aber es entspannt. Die Mitspieler klopfen mit den Zeigefingern auf die Tischkante, und der Vorspieler sagt: »Die Taube... oder der Hund... oder das Haus fliegt...« Da kommt es auf den Verstand an, denn die Spieler heben bei Vogel und Taube die Finger hoch – bei Haus und Hund *nicht!* Falsch gemacht, ist schon verloren. Das ist nicht leicht, und man muß fix sein.

Die Hedel war mit dem Jankowski verheiratet, aber dem Jankowski fehlte seit seinem neunten Lebensjahr ein Finger. Rechts der zweite von hinten, Ringfinger sagt man. »Besser einen mit einem Finger zuwenig und unbescholten«, hatte die Frau Schwientek damals gesagt, als die Hedel mit dem Jankowski ankam und heiraten wollte, »als umgekehrt.«

Wenn ein Mensch die Veranlagung dazu hat, macht er sich viele Gedanken über alles. Beispielsweise die Frau Schwientek, wenn sie an den Jankowski dachte: Angenommen, es kommt das Jüngste Gericht! Jeder muß vor Gott erscheinen, vollkommen mit seinem irdischen Leibe, kein Glied darf fehlen, der Körper im Zustand seiner Blüte ungefähr, hat der Pfarrer Kosiol einmal gesagt, also um die zwanzig Jahre rum. Und jetzt kommt einer wie der Jankowski! Der Finger fehlt ihm seit er neun ist, und wie das die Bengel so machen und nicht an die Zukunft denken, haben sie den Finger damals nicht gesucht. Sie sind zum Schonketeich angeln gegangen. Der Jankowski, immer vorne dran bei allen Streichen, pinkelt in eine Bierflasche mit Karbid. Und pinkelt und pinkelt und kann nicht aufhören. Das Karbid fängt schon an zu kochen, aber weiß der Teufel warum, er hört nicht auf, korkt die Flasche noch in der letzten Sekunde zu und will sie gerade in den Teich werfen, die anderen sind schon alle in Deckung, da explodiert sie und reißt ihm den Finger weg. Weil es immer Buttermilch bei den Jankowskis zu Mittag gab, und das erzeugt viel Wasser. Du mußt pinkeln und pinkeln, ewig. Sonst wäre das vielleicht nicht passiert. So ist das, man weiß nicht, ob etwas gut ist oder nicht, denn andrerseits sagt man wieder, Buttermilch ist gesund. Aber sonst war am Jankowski nichts auszusetzen, und die Frau Schwientek sagte immer: »Auf Knien kann unsre Hedel dem lieben Gott danken, daß sie so einen geschickten Menschen zum Mann bekommen hat. Nichts, was er einem nich im Haushalt reparieren könnte. Und sauber ist der! Wenn er von der Grube kommt, wäscht er sich vor dem Schlafengehen noch die Füße, dabei is der auf der Grube schon geduscht.«

Ob sie dann beim Jüngsten Gericht das Holzbein noch haben, die im Krieg das Bein verloren haben? Denn Holz hält sich auf keinen Fall über Tausende von Jahren! Man darf gar nicht soviel denken, sonst wird man verrückt, dachte die Frau Schwientek. Warum werden so viele Dichter und Romanschreiber und höhere Beamte denn wohl verrückt?

Weil sie zuviel Verstand im Kopf haben.

Schlecht ist auch wieder für den Jankowski... Angenommen, er möchte gerne Klavierspieler werden. Er möchte beispielsweise Fingerübungen abspielen. Oder Tonleitern. Da fällt sofort auf, wenn ein Finger fehlt; denn fehlt ein Finger, dann fehlt auch ein Ton. Logisch. Oder er wird Spezialist für schwere Musik, Beethoven, Mozart, und wie sie alle heißen. Da ist es wieder besser, weil bei diesem schnellen Geklimper keiner merkt, wenn was fehlt. Anders ist das wieder bei schöner Musik, etwa, wenn so ein Musiker bekannte Lieder spielt: »Was machst du mit dem Knie, lieber Hans, mit dem Knie, lieber Hans...« Wo jeder jeden Ton kennt und mitverfolgen kann. Da fällt auf, wenn was fehlt. Im Café Kochmann ist jeden Sonnabend Vergnügen. Dort wird Musik gemacht, immer das neueste. Oder angenommen Paul Lincke!

Lincke ist ja auch schön. Das paßt zu jeder Gelegenheit. Einmal haben sie sogar bei einer Beerdigung mit der Bergmannskapelle so eine schöne Nummer von Lincke gespielt, weil sie das sowieso eingeübt hatten und es gut spielen konnten, da hat aber keiner auch nur ein Wort dagegen gesagt. Im Gegenteil! Die Angehörigen von dem Toten haben zum Dirigenten gesagt, er möchte noch mal so was spielen. Wenn etwas gut gespielt wird, ist alles schön. Einer wohnte dort, der hatte sich ein Grammophon gekauft, aber dann hatte er kein Geld mehr für Platten, und es ist ihm verrostet. Schade um das viele Geld! Auch wenn unverhofft Gäste in ein besseres Haus kommen, könnte man jederzeit mit Lincke aufwarten. Das ist noch Musik! Da ist Schwung drin! Da hat sogar jeder Gebildete was davon und jeder andre auch. So was soll man mal suchen, so einen Musiker wie Lincke!

Die Eltern von solchen Musikern haben es aber auch nicht leicht, dachte sich Frau Schwientek. Man muß sich das mal überlegen: Erst zahlen sie die teuren Klavierstunden. Dann wohnt der Klavierlehrer meistens woanders, kommt also das Geld für die Straßenbahn dazu. Dann kann man vorher nie sagen: Wird aus dem Kind ein Musiker oder nicht; denn wie viele scheitern nicht schon in der Ausbildung? Jetzt angenommen, es wird ein Musiker, da weiß man wieder nicht, findet er Arbeit oder nicht, denn gerade in der Kunst haben sie die meisten Arbeitslosen. Und dann muß man seine Nerven rechnen, die es einen kostet, wenn jahrelang in der Stube geklimpert und geklimpert wird.

Und weiß man, wie sich so ein Kind später mal gegen die Eltern verhält? Grade bei Gebildeten ist das oft so, daß sie es einem nicht danken.

Wenn die Frau Schwientek ins Grübeln kam, fiel ihr das Kartoffelschälmesser aus der Hand, und sie guckte durch die Scheibengardine ins Leere und bewegte den Mund.

Ein Mensch ohne Finger ist eben ein Mensch ohne Finger und nicht hundertprozentig! Es fehlt ihm was. Nicht umsonst werden schwarze Lederhandschuhe nach Maß angefertigt, wo der betreffende Finger innen aus Holz nachgebaut wurde.

Von dem Räuber Schydlo* sagt man, daß er rechts einen Lederhandschuh trägt, wo der Mittelfinger absteht, der fehlt ihm also.

Der Schydlo soll so ein leidenschaftlicher Skatspieler sein, und neulich war er beim Kapitza in der Kneipe, wahrscheinlich war es ihm zu einsam in den Wäldern. Sie haben ›17 und 4‹ gespielt, und weil der Schydlo immer gewann, sagte der Geida: »Los, zieh doch mal den Handschuh aus, du Lump!«

Der Schydlo hat ihn zuerst mit dem Tisch auf den Kopf gehaun, dann sprang er durch die Scheibe des geschlossenen Fensters nach draußen, und weg war er. Das wär auch nicht passiert, hätte er alle Finger gehabt! »Nein«, sagte Frau Schwientek, »ich sag immer, wer alle Finger hat, is von vornherein gleich besser dran. Aber man macht sich vielleicht zu viele Gedanken. Andrerseits denk ich mir immer, is das besser, wenn man sich viel denkt, man lebt nicht wie eine Henne blöde vor sich hin. Wir sind von Gott gemacht nach seinem Bild und Gleichnis. Bei den Evangelischen weiß ich nich, wie das is. In Schlawienschitz is einer verrückt geworden vom Überlegen. Alles ist gut *und* schlecht zusammen.«

Schön war das auch nicht für eine Frau wie die Frau Schwientek, neben einem Mann zu leben, der gottlos war. Keinen Sonntag ging er in die Kirche, betete nicht beim Essen; man mußte sich vor den eigenen Kindern für ihn schämen. Er war wieder ganz anders veranlagt

---

* Elias, Pistulka und Schydlo – bekannte Räuber aus der Gegend.

als Frau Schwientek, und möglicherweise machte er sich über nichts Gedanken. Der Schwientek sagte immer: »Wenn man sich die ganze Sache so richtig überlegt, hat das ganze Überlegen keinen Zweck.«

So was zehrt an einer Frau. Das lastet auf ihr und macht sie krumm mit der Zeit. Denn man möchte doch einmal nach dem Tode mit allen seinen Leuten wieder im Himmel zusammenkommen. Und ausgerechnet wenn der Mann als Vorstand der Familie fehlt, wie sieht das denn aus? Wenn bloß die Kinder nicht in seine Art schlagen! Aber andrerseits muß man wieder sagen, ist er ein sauberer Mensch. Kein Tag, wo er sich nicht oben bis zum Passek* wäscht und jeden Tag extra noch die Füße. Mit Seife. In der Grube haben sie jetzt das Waschen als Zwang eingeführt. Wär das nicht, würden die Jungs wie die Schweine nach Hause kommen und sich so dreckig ins Bett legen.

Aber der Jankowski war auch sauber. Vorläufig schlief er noch mit der Hedel auf dem alten Chaiselongue in der Küche beim Ofen, bis sie mal eine eigene Wohnung für sich bekommen würden. Das andre Chaiselongue, das in der kleinen Stube, das neue, das hatte die Frau Schwientek mit in die Ehe gebracht. Das konnte man einem Mann nicht oft genug unter die Nase reiben. Was hatte denn *er* mitgebracht? Ein Vertiko, alt gekauft und mit Wasserflecken oben. Die Mickel wohnte also in der kleinen Stube, und das war aus verschiedenen Gründen gut: Die Mama hatte das Kind noch eine Weile für sich und konnte ein Auge auf sie ha-

---

* Gurt

ben. Der Stanik hatte sich gleich nach der Hochzeit als wilder Rammler entpuppt und keine Woche verging, wo er nicht am Sonntag von dem Mädel was wollte. So ein Kind braucht einfach den Schutz der Mutter, bis es mal auf eigenen Füßen stand. Wie oft kam das Mädel an und beklagte sich über ihn, kaum daß man sie eine halbe Stunde alleine ließ! Aber *das* hatte Frau Schwientek ihren Mädels schon von klein auf beigebracht. »Geht den Männern aus dem Weg. Sie sind wie Tiere! Sie haben immer bloß dasselbe im Kopf – und Saufen!«

Frau Schwientek hatte es so eingerichtet, daß die Mickel sofort nach der Hochzeit ihr eigenes Zimmer bekam. Eine Frau hat ein Recht auf Intimität! Sie hatten die Kiste mit den Kartoffeln aus der kleinen Stube rausgenommen und in die Kammer gestellt. Bis der Stanik sich mal eine eigene Existenz gegründet hatte, sollte sie sich's dort bequem machen.

»Bei den Choloneks müssen Zustände sein«, sagte Frau Schwientek, »das muß sein wie in Rußland, was man so hört. Da schlafen die Brüder vom Stanik und er auf Kartoffelsäcken mit Stroh in der Küche, und die Eltern haben das Bett in der einzigen Stube hinten. Dabei könn' sie noch froh sein, daß drei Kinder gleich bei der Geburt hops gingen. Man will ja keinem was Schlechtes wünschen, aber wenn der Lullek, der im Lazarett is, nich durchkommt, bekommen die anderen wenigstens Luft. Das is auch wieder so was, haben Sie davon gehört, Frau Sdrasch? Wie sie dem Lullek in der Grube, wie er beim Austreten war, bissel Dynamit in die Pfeife unter den Tabak gestopft haben? Vor zwei Wochen war das. Aber was muß so ein junger Bengel auch schon rauchen! Jetzt steht er in der Schwebe zwischen Leben und Tod; Rauchen geht auch ins Geld. Aber mußten die das auch machen? Das hätte doch auch den Falschen treffen können. Die Bengels haben nichts wie Schabernack im Kopfe.«

Sprach die Frau Schwientek vor Bekannten über die Tochter Mickel, versuchte sie zu vertuschen, daß sie so eine schlechte Partie gemacht hatte.

»Der Stanik, der Mann von unserer Mittleren, der schläft vorläufig noch in der großen Wohnung von seinen Eltern. Ich habe gesagt, die Kinder sollen es sich bequem machen, solange es noch geht. Sie sparn sich auch das Geld für die Miete, und der Mann kann das auf die Seite legen. Dann gründen sie sich eine Existenz. Später könn' sie zusammen in eine Villa ziehn.«

Die Leute im Parterre hausten wie die Tiere. Die Frau Schwientek sagte immer, wer sich nicht leisten kann, anständig zu leben, hat sich das so verdient. Die Wohnungen unten waren billiger. »Weil sie alles verfressen«, sagte die Frau Schwientek. »Weil sie, kaum daß der Alte Freitag mit der Löhnung kommt, sofort zum Jäschke in den Laden laufen und groß einkaufen: Margarine, Zucker in Hülle und Fülle, drei Kannen Einfachbier sofort, und dann wird gelebt! Aber mal was zurücklegen für die Aussteuer von den Kindern? Nicht dran zu denken!«

Angenommen, die Frau Kowoll... Wenn die Frau Schwientek an die Frau Kowoll dachte, wurde ihr Mund schmal wie ein Messer, und das ist es nämlich: Hätte die Kowoll nicht den Traum vor zwei Wochen gehabt, wäre alles gut. Dann wäre das Kind schon da, dann würde es nicht morgen am Schalttag kommen.

Erschwerend kam dazu, daß die Kowoll in direkter Linie eine Verwandte von der Frau Schwientek war, und zwar eine Kusine vierten Grades; denn schlechte Träume können sich auf den Verwandtenkreis beziehen, und daß es so war, ist hier bewiesen! Zum Glück verkehrte die Frau Schwientek mit der Frau Kowoll aber seit ihrem dreizehnten Lebensjahr schon per »Sie«, denn damals, als sie zusammen in der marianischen Kongregation waren, hatte die Kowoll, sie war eine geborene Zdrawa, hatte sie verbreitet, die Schwientek habe Läuse in die Kongregation eingeschleppt. Aus mit der Freundschaft, Sense! Also, jetzt der Traum! Über die König aus der zweiten Etage kam alles ans Tageslicht. Die Kowoll soll vor zwei Wochen, kaum daß der Alte früh aus dem Haus war, zu der Frau Piterek gelaufen sein, die sich in Weissagung und Traumdeutung auskennt, aber auch gut Kartenlegen kann und die Zukunft aus der Hand liest, und soll ihr brühwarm erzählt haben, was sie von ihr, der Schwientek, geträumt hatte. Sie habe sie auf einem Lastwagen gesehen, wie sie Zukker klaute.

»Lastwagen von links nach rechts oder rechts nach links?« Die Pitterek stellte ihre Fragen, und dann kam die Auslegung: »...Lastwagen bedeuten eine Verspätung. Zucker bedeutet was Schlechtes. Aber machen Sie sich keine Sorgen, Frau Kowoll, denn gut war, daß die Schwientek höher stand als Sie! Das wird auf die Schwientek kommen. Die mittlere Tochter is doch in Erwartung, sagt man? Das Kind wird sich verspäten,

Frau Kowoll...« Die Pitterek war aber auch ein Aas! Sie legte sich alles aus, wie es gerade paßte. Aber dran war doch was! Als nämlich die Frau Kosiolek, deren Mann damals mit der Fuhre vom Kanderzin kam und bei der Überführung eingeschlafen war und runterfiel und gleich tot war, als die von Rosen geträumt hatte und deswegen bei der Pitterek vorsprach, ist sie auch bald darauf gestorben. Dabei sollte man meinen, Rosen bedeuten etwas Schönes!

Auch die Frau Schwientek hatte sich einmal von der Frau Pitterek etwas die Karten legen lassen, und weil das sowieso zwei Mark gekostet hatte, ließ sie sich gleich noch gute Ratschläge geben fürs Leben: »Ich wer Ihnen sagen, Frau Schwientek, was am besten is! Das Beste, von was sie träumen können, is Mehl. Feines Auszugsmehl, Weizenmehl – je weißer ein Mehl is, um so besser stehn die Zeichen. Mehl bedeutet Zuwachs, Gewinn, Glück im Spiel. Und so oft kommt in so einem Traum eine Zahl vor – *die*, Frau Schwientek, versuchen Sie sich zu merken! Und dann sofort zum Lotteriegeschäft und das betreffende Los gekauft! Und lassen sie sich bloß vom Lotterieverkäufer kein andres Los aufschwätzen! Die stecken doch alle unter einer Decke und wissen vorher genau, wer gewinnt. Je mehr er Ihnen abrät, um so mehr versteifen Sie sich auf Ihre Nummer! Garantiert: Sie haben die Million schon in der Tasche! Aber das bedeutet auch: Glück durch einen Fund. Nehmen wir an, Sie gehn auf der Straße. Halten Sie die Augen offen und gucken immer auf die Erde! Auf einmal sehen Sie dort eine kleine Diplomatenaktentasche aus Leder liegen. Da tun Sie am besten so, als hätten Sie nichts gesehen, verlangsamen Ihren Gang, drehen sich vorsichtig um, nach rechts, nach links, nach vorne und hinten, ob keiner was sieht – und dann werfen Sie Ihre Strickjacke auf die Tasche, heben beides zusammen auf und verziehen sich in einen Hauseingang. Und alles ohne Eile, denn Schnelligkeit fällt auf. Und im Hauseingang nehmen Sie das Geld aus der Tasche und stecken es sich mit Seelenruhe am besten in'n Schlüpfer. Dort wird es keiner suchen. So leid Ihnen die Aktentasche tut, werfen Sie sie weg, dann hat man keinen Beweis, Frau Schwientek! Jetzt leg ich Ihnen schnell noch mal paar Karten, daß wir der Wirklichkeit ins Auge sehen, denn vorher, das war bloß Spekulation. Wenn Sie vor dem Schlafengehen viel trinken, träumen Sie viel, und dann kann schon mal sein, Frau Schwientek, daß Mehl vorkommt. Im Leben is alles Bestimmung.«

Aber selbst, wenn das Kind am Schalttag kommt, ist nicht alles verloren; denn eine geweihte Medaille an der Kommunionkerze erwärmen und dem vom Teufel besessenen Kind auf die Stirne drücken, is genauso gut wie eine Nottaufe.

»Nicht von der Kowoll lassen wir uns das bieten«, sagte Frau Schwientek, »nicht von der!«

Astern sind die dankbarsten Blumen.
Frau Gluch

Es sah so aus, als ob der schwarze Stanik von Czenstochau sie auch nicht erhörte. Kein Ziehen war im Kreuz, kein Druck von innen, kein Spannen im Schritt, und die Mickel saß auf ihrem Chaiselongue und heulte.

»Hilf dir selbst, dann hilft dir Gott«, sagte die Frau Schwientek. »Hier, nimm mal die große Dose Nivea für 80 Pfennig und schmier dich ein! Nivea ist für alles gut, hat unsre Tante Hedel immer gesagt.«

»Wo einschmieren, Mama?«

»Unten! Stell dich nich so dumm, du bist doch sonst nich auf den Kopf gefallen!«

Die Mickel hob das Kleid etwas hoch, schmierte sich die Nivea aber bloß seitlich beim Schlüpfer an den Bauch; denn wenn du dich entscheiden mußt, Gott zu gehorchen oder den Menschen, wähle immer Gott, hatte der Pfarrer Koziol in einer Predigt gesagt. Und dort unten würde sie sich nie und nimmer berühren. Sechstes Gebot!

Frau Schwientek blieb nicht neben ihr stehen. Sie hatte die Stubentür angelehnt, wie sich das gehört. »Ich, bei meinen Töchtern«, hatte die Frau Schwientek einmal zu der Frau Pelka gesagt, »immer Diskretion! Wenn meine Töchter Intimitäten und das alles haben, wissen sie, wenn sie sich dort mal waschen wollen, geh ich sofort in den Hof oder mach die Türe zu. Wenn erst mal Sitte und Anstand in einer Familie verfallen, is aus, Frau Pelka.« Die Pelkas wohnten auf derselben Etage wie Schwienteks, genau gegenüber. Dazwischen war der kleine Bretterverschlag, den sie alle im Hause den Schwienteks neideten, denn auf der ganzen Oschlowskistraße, wo alle Häuser nach Schema F gebaut waren – rote Ziegelwände, zwei Stockwerke mit jeweils vier Mietparteien, ohne Unterkellerung das ganze und oben das Dach flach und mit Teerpappe gedeckt, was am billigsten war –, auf der ganzen Oschlowskistraße gab es keinen solchen Bretterverschlag neben der Wohnung, und dann noch ohne Aufschlag im Mietpreis.

Der Verschlag war ohne Genehmigung vor ungefähr zwei Grubengenerationen von einem gewissen Kowalczik gebaut worden, einem Kongreßpolen, der wegen Kriminalität fliehen mußte und Grubenarbeiter wurde. Dann mußten die restlichen Kowalcziks die Wohnung räumen, weil er auf der Grube verunglückte, und ein Onkel von Schwientek hatte die Wohnung übernommen, ein gewisser Jendrella, und wie der dann an Staublunge starb, hatte der Schwientek sofort geheiratet und war eingezogen. Der Verschlag war geblieben, obwohl die Grubenverwaltung viel in den Häusern herumkommandierte. Beispielsweise verlangten sie von den Leuten, daß alle zwei Jahre die Hausflure gestrichen wurden, abwechselnd jeweils von einer Mietpartei. Und zwar der Fußboden mit roter Farbe. Wie sie sagten, wäre das wegen der Bazillen. Als ob nicht jeder wußte, daß es ihnen um die Wanzen ging! Aber was ist schon ein bißchen Farbe gegen Wanzen? Einbildung. Die Brut geht zum Teil ein, das stimmt, wenn man genügend Farbe richtig dick hinter die Fußleisten laufen läßt. Sobald eine Wanze aber laufen lernt, haut sie ab, da kann einer streichen, soviel er will.

Der Pelka sagte: »Wenn man das mal so vergleicht und sich überlegt: Wie viele Menschen sind bis heute durch Ungeziefer umgekommen? Ich kenne keinen. Da sind die neumodischen Bazillen und Krankheiten viel gefährlicher. Und das wird noch schlimmer werden, je mehr Neger und Juden sie am Leben lassen, von wo alle Bazillen kommen. Leider gehen manchmal die besten Leute durch Bazillen drauf. Der Knudlosch, der hier früher gewohnt hat, auch so: Eines Tages kommt er von heut auf morgen ohne besondere Anzeichen ins Krankenhaus und stirbt. Keiner weiß, warum. Ich sag, das warn Bazillen. Das war ein Mensch, der Kudlosch! Der soff dir eine halbe Flasche Brennspiritus in einem Zug auf einmal aus, und ihm war nichts.«

Von der Treppe weg geradeaus und dann links wohnten im zweiten Stock die Königs, wo der Mann Maschinist war, und gegenüber Wondrasch, wo der Mann bloß Häuer war.

»Die König spielt sich auf vor den Leuten«, sagte die Frau Schwientek, »wie eine Diva. Hat eine Aussprache wie eine Baronesse und redet einem nach, daß die Wanzen von uns zu ihr rüberkommen und der Mann vor Beißen nicht schlafen kann, weil ich angeblich kleine Löcher in die Wand gebohrt haben soll. Als ob ein Maschinist eine bessere Haut auf dem Arsch hätte als andere Leute! Ich wer so blöd sein und dort Löcher in die

Wand zu bohren, daß der Gestank von denen rüberkommt zu uns und wir davon ersticken! Von Wieczorek werden die Wanzen sein, von den Hacharen*! Wer schon mal in Baracken gewohnt hat, der hat Wanzen, die gehn durch jede Wand wie Preßluftbohrer, sag ich.«
Was aber auch nicht wahr ist, denn die Wieczorek wohnten in Nummer fünf, im Haus nebenan. Dazwischen war eine Brandmauer. Brandmauern sind geteert, und durch Teer geht keine Wanze, wenn sie nicht muß.

Der Prszczibillok sagte, daß die Wanzen genausogut von Dralla sein könnten, denn als der Dralla noch auf Schacht zwo gearbeitet hatte, waren ihm die Wanzen einmal aus der Jackentasche gelaufen, mindestens hundert.

Obwohl andererseits: Wanzen sind auch wieder nicht so schlimm! Man kann sie, wenn man ein sauberer Mensch ist, in Schranken halten. Überhaupt kann man sagen, daß ein sauberer Mensch auch fleißig ist. Beispielsweise war der Jankowski vor einem halben Jahr dran, den Flur zu streichen. Er hatte von der Kantine, wo sie die rote Farbe von der Grube billiger bekamen, gleich ein paar Eimer mehr mitgebracht; denn was man hat, hat man, und fing nach Feierabend dort oben mit Streichen an. Erst sauber die Fußleisten. Er ließ genügend Farbe nach hinten laufen, damit die Wanzenbrut verreckte. Dann strich er den Fußboden, besserte auch die Löcher mit Fensterkitt aus und legte zum Schluß Klötze hin und Bretter, damit sie drauf gehen konnten. Aber es war noch Farbe übrig, damit bestrich er die

---

* Lumpen

Fensterbretter. Rot zu Rot, paßt immer gut! Damit aber die Fensterkreuze sich nicht abhoben, strich er auch die Fensterkreuze an. Von der Farbe, die übrig blieb, malte er rings um den Flur einen schönen Ölsockel an die Wand. Das konnte ja nicht schaden, denn Ölfarbe ließ sich leichter sauberhalten als Leimfarbe. Es war noch etwas Farbe übrig, und er erhöhte den Ölsockel um etliche Zentimeter nach oben, dreimal, bis er an die Decke reichte. Die Decke wollte er nicht streichen, weil das nicht paßt, wenn eine Decke rot ist. Dann strich er mit dem Rest Farbe die Tür von Pelka. Natürlich mit Einverständnis von ihm, die Frau hatte nichts zu sagen. Der Pelka hatte ihm dafür ein paar Schnäpse eingegossen, und dann haben sie beide weitergestrichen.

Zuerst die Tür vom Wondrasch, der ihnen auch ein paar Schnäpse eingoß, und dann die Tür von Schwientek, denn an sich selbst denkt der brave Mann zuletzt.

Weil beim Pelka die Fensterbretter innen, die Kreuze und die Stubentüren auch nicht mehr gut in Schuß waren, strichen sie das alles zusammen an und hatten dann immer noch etwas Farbe übrig. Damit malten sie die Wände bei Pelka schön rot, und als die Frau anfing zu heulen, jagte er sie in den Hof. Die Kinder waren überall rot, denn was konnte man von Kindern schon erwarten? Sie schmierten auf den Wänden rum, als die Mutter weg war, und tobten sich aus. Die Farbe hätte gut für die Tür von König gereicht, aber da hatte Frau Schwientek schon ein Auge darauf, daß die König nicht von ihrem Jankowski profitierte. Um zwölf in der Nacht schliefen der Jankowski und der Pelka ein, und mit dem Rest Farbe strich der Jankowski am nächsten Tag noch die Latrine von außen, von innen und das Sitzbrett, und die Frau Schwientek sagte der König mit Absicht nichts davon. Nach dem Abdruck vom Hintern war das die König, die sich dort festgeklebt hatte. Das war richtig so!

Von der Farbe, die übrig war, konnte der Jankowski noch bequem die ganze Kammer innen streichen, das sah gut aus. Als der Mann vom Elektrizitätswerk zum Stromablesen kam, sagte er auch gleich, daß sie hier das schönste Stockwerk auf der ganzen Oschlowskistraße hätten.

Auf Schacht fünf hat mal ein Österreicher gearbeitet. »Die Österreicher«, sagte die Frau Schwientek, »tragen das Heu auf dem Buckel, weil sie sich keine Handwagen leisten können.« Der also hatte sich auch verkalkuliert und ein paar Eimer zu viel von der Farbe gekauft. Der malte sogar oben die Decke, den Küchentisch, die Stühle, überhaupt alle Möbel und am Schluß noch die Eimer rot an. Aber man konnte nicht direkt sagen, daß es schlecht aussah.

Hier auf der Oschlowskistraße hatte jede Familie ihren eigenen Handwagen. Überhaupt kann man am Handwagen sofort erkennen, was man von einem Menschen halten soll. Ob er auch selber was auf sich hält oder nicht. Ob der Wagen leicht und elegant in die Kurve geht, weil er gut gepflegt und geschmiert ist, oder ob er klappert und die Deichsel leiert, die Räder eiern und keine Richtung reinzubringen ist. Fehlen dort Speichen am Rad, sitzen die Splinte locker, sind die Seitenbretter gut gespannt, oder fallen die Schieber schon von selber raus? Das alles spielt eine Rolle. Bei Schwientek war alles in Ordnung. Die Deichsel saß eins a! Der Jankowski hatte den Handwagen schön mit roter Farbe angemalt und einen Zierstrich in Weiß oben angebracht. Obwohl ihm doch ein Finger fehlte. Wegen dem verfluchten Karbid! Der erste Vater von der Frau Schwientek, der Kotyrba, kam durch Karbid sogar ganz ums Leben. Das heißt besser: wegen Karbid! Damals, als die große Not war und die Leute vorne und hinten nichts zu beißen hatten, wollte er mit einem Eimer Karbid über die Grenze, wo die Bauern in Bielschowitz Speck und Mehl dafür gaben. Und wie er dann mitten in der Schanafka war, den Eimer auf dem Kopf, die Schanafka war im Höchstfall einen Meter fünfzig tief, der Kotyrba war einssiebzig, knallten ihn die deutschen Zoller ab, Kopfschuß, und das Wasser hat an der Stelle gekocht wie ein Vulkan. Man muß sich mal überlegen, wieviel Karbid das war!

Die Polen schossen weniger Leute ab. Aber darüber sprach auch jeder anders: Der Sajons sagte, weil sie anständiger seien und weil es ihnen leid tue. Der Pelka sagte, weil sie keine Präzisionswaffen hätten und auch nicht zielen könnten. Er habe selber mal einen polnischen Karabiner gehabt, nagelneu, aber am dritten Tag habe die Kimme schon gewackelt. »Es geht nischt über deutsche Waffen«, sagte der Pelka. »Da hast du mit jedem Schuß einen umgelegt. Ich sag, am besten is Mauser. Wart mal! Wenn die Jungs hier an der Regierung sind, dann solln die mir bloß eine Knarre geben, da räum ich aber auf in Poremba!«

Als der Kotyrba tot war, heiratete die Mutter von der Frau Schwientek einen gewissen Borowski. Der hatte ein langes und ein kurzes Bein und war Schmied gewesen; seine Frau war ihm gestorben. Als Witwe mit fünf Kindern muß man froh sein, wenn einen überhaupt einer nimmt. Fünf Kinder fressen was weg, und ein kurzes Bein stört nicht beim Menschen. Richtig warmgeworden sind aber die Kinder der Frau Kotyrba nicht mit dem alten Borowski. Erst auf dem Totenbett hat die eine Tochter von der Frau Kotyrba aus Versehen »Vater« zu ihm gesagt. Die Therese hat ihn immer gesiezt. Hier, vom oberen Flurfenster aus dem Haus Nummer drei, konnte man ihn früher regelmäßig wie eine Uhr um fünf die Straße runterhumpeln sehn. Da ging er auf das Feld bei der Schanafka. Das war die Zeit um Feierabend, die steckte ihm von früher noch in den Knochen, die Zeit vom Hinsetzen und Pfeiferauchen. Dort auf dem Feld war eine Stelle, wo sie früher einen Garten gepflanzt hatten, er und seine erste Frau, dort stand noch die Bank, wie damals. Er setzte sich hin und guckte mit einem Auge über die Grenze nach Bielschowitz, wo noch zwei Schwestern von ihm lebten. Ein Auge ist besser als keins, das andere war ihm vor zwanzig Jahren durch Funkenflug erblindet. Die Sonne ging hinter dem Guidowald unter. Jedes Jahr kamen die Astern wieder, die seine Frau noch gesetzt hatte, und er lockerte mit dem Zeigefinger die Erde auf und wischte ihn an der Hose ab.

»Unser zweiter Vater hat eine gute Hand für Blumen«, sagte die Frau Schwientek. »Was er pflanzt, wächst. Es gibt Leute, die streun Dünger und bringen sich um für ihren Garten, aber wachsen tut gar nichts. Da weiß ich auch nich, wie so was kommt.« Jedes Jahr im März kam er mit Sonnenblumenkernen in der Jakkentasche an, streute sie auf die Erde und verscharrte sie mit dem Stiefel. Sie wuchsen, er riß die schwachen Pflanzen aus, ließ die starken stehn. Von seinen eigenen elf Kindern waren fünf geblieben, den Paulek mitgerechnet. Der war stark wie ein Pferd gewesen. Ein gewisser Kudlik hatte aus Rußland die Nachricht mitgebracht, er habe den Paulek Borowski dort in Witebsk auf dem Verschiebebahnhof gesehen. Dann war er also gar nicht gefallen, wie sie dem Borowski erzählt hatten! Die Beschreibung paßte genau: Aussehen wie ein Bär, Pfoten wie Wagenräder und in der Litewka eine Geige, genau wie früher. Er spielte gerne Geige. Er spielte nicht schnell, aber wenn er sich so hinsetzte und sich was ins Ohr geigte, fing er immer an zu weinen. Er habe in Witebsk einen Sack mit Kartoffeln auf dem Rücken gehabt, sagte der Kudlik, Saatkartoffeln. Aber dann verlor er ihn aus den Augen, denn ein Güterzug passierte den Bahnhof, und der Paulek mußte aufspringen.

Für was die Kartoffeln? hat sich der Borowski gefragt. Wahrscheinlich hat er sie dort einpflanzen wollen.

Der alte Borowski wohnte immer noch in der Wohnung, wo sie dreißig Jahre zusammen waren und wo vor ihm schon der Kotyrba mit der Frau gewohnt hatte: Eine Stube, eine Kammer und eine Küche, etwas unter der Erde gelegen, und bei Regen kam das Wasser durch die Tür. Auch die Wände waren naß, und Pilze wuchsen. Der Borowski war immer noch geschickt und hatte sich unter den Küchenstuhl ein Stück Holzbohle eingepaßt, damit er den kurzen Fuß bequem draufstellen konnte. Das Brot war in der Brotbüchse aus Blech, damit es die Mäuse nicht fraßen. Draußen benützte er eine Krücke, das einzige, was ihm sein Vater hinterlassen hatte, aber aus gutem Holz! Im Sommer und im Winter trug der Borowski eine Baranina*. Mit der Zeit war sie innen auch schwarz geworden, genau wie außen. Im Sommer bei Hitze trug er sie mehr nach hinten geschoben, im Winter bei Frost in die Stirne und über die Ohren.

Wenn er abends ins Bett kroch, und es war nicht kalt, nahm er sie ab und stellte sie neben das Bett auf die Erde. Er hatte Gicht und hätte die Schnapsflasche leicht umwerfen können, weil er mit der Hand schlecht zielte, so steckte er die Flasche lieber in die Baranina.

Ein guter Schluck Spiritus, wenn man aufwacht, tötet alle Bazillen, macht warm und innerlich sauber. Spiritus konnte er sich von der Rente kaufen. Dann brauchte er bis Mittag gar nichts, bloß ein Stück trockenes Brot, in Wasser aufgeweicht, und abends eine warme Suppe. Der Borowski war nur einmal im Leben krank, mit sechsundachtzig, drei Stunden lang, dann starb er. Aber das wußte er schon, als er morgens aufwachte und keinen Appetit auf Schnaps hatte: das war doch bei seinem Vater genauso gewesen. Der Borowski stand an dem Tag gar nicht mehr auf, zog sich bloß ein sauberes Hemd an für den Sarg, deckte sich das Gesicht mit der Baranina zu und schloß die Augen für ewig.

An dem Tag kam die Schwester von der Frau Schwientek zu ihr und sagte: »Komm doch mal rüber

---

* Mütze aus Hammelfell, meist innen weiß, außen schwarz.

zum alten Borowski, wenn du Zeit hast, er is gestorben! Er muß einen schönen, schnellen Tod gehabt haben, denn gestern war er noch munter. Ich kam dorthin und wollte Wasser in der Kanne für ihn holen, weil er mit der Gicht die Kanne nich mehr halten konnte in der letzten Zeit. Er hat sich ein sauberes Hemd genommen und hat sich mit der Baranina das Gesicht zugedeckt, vielleicht war es besser so für ihn. Boreistwo*!«

»Jäsus Mariäa, der arme Borowski«, sagte die Frau Schwientek und fing an zu heulen. »Mußte das gerade heute sein, wo Markt is? Lauf schnell runter, Mickel, und frag bei Prszczibillok, ob sie dir das schwarze Kleid von der Lucie borgen! Sag, unser Opa ist gestorben! Hedel, du hast das dunkelblaue, das paßt auch. Ich wer mir heute abend von meinem Schwarzen die weiße Biese abtrennen. Hat der Vater noch was bestellen lassen an mich, wie er starb?«

»Und was is mit mir?« Die Tekla fing an zu heulen mit ihren dreizehn Jahren. »Für mich kein Kleid? Ich soll zu Hause sitzen mit mein' Arsch, wo ich so gerne auf Beerdigungen geh, waas?« Sie lief heulend in die Kammer und zog den Vorhang hinter sich zu.

»Da, nimm du dir mein schwarzes von früher! Geh zu der Slupina, sie soll dir das abstecken und mit der Maschine drüberfahren. Ich wer ihr was aus dem Garten dafür geben. Und zieh Schlüpfer an, daß du uns nich blamierst vor der, du weißt, wie die is! Die sagt dann immer, wir haben nischt am Arsch anzuziehen!«

Die Tekla kam aus der Kammer, wischte sich die

---

* Wasserpolnisch, etwa: der Arme!

Nase am Vorhang ab und tanzte aus der Türe. Sie hatte sich das schwarze Kleid aus dem Schrank gesucht und trug es zusammen mit dem Schlüpfer in der Hand.

Die Beerdigung wurde dann schöner, als sie dachten. Viele Marktkunden kamen, die sich der Frau Schwientek erkenntlich zeigen wollten für gute Bedienung. Dann kamen die paar Leute aus dem Haus, wo er gewohnt hatte. Die Kinder von der Frau Kotyrba und die Enkel. Ein Sohn von ihm, der extra von Martinau mit dem Fahrrad kam, und zwei alte Kameraden. Dann kamen vier, fünf Leute, die bloß was zu essen wollten, Arbeitslose bestimmt, vier Leichenträger und der Ersatzmann. Falls einer umfiel, schickten sie von der Kirche immer einen Ersatzmann mit, der auch bezahlt werden mußte. Kurz und gut, es kam eine große Gesellschaft zusammen. Der Pfarrer Koziol hielt dem Borowski eine schöne Rede aus dem Brevier. Die Stiefkinder haben geweint, Erde nachgeschmissen, und dann sind sie alle zum Kapitza gegangen, und es kam Stimmung auf.

»Und wenn er uns auch nichts hinterlassen hat«, sagte Frau Schwientek, »aber ein guter Mann war er und kein schlechter Vater. Die Baranina wern wir verbrennen müssen, die kann keiner mehr tragen. Die Krücke nimm du dir, Thäress, wenn deiner sich mal das Bein abfährt! Herr Kapitza, geben Sie hier mal allen eine Lage auf meine Rechnung!«

Dann hat der noch was ausgegeben und der noch was. Sie wurden lustig. Der Kapitza hatte Schlachttag gehabt und spendierte ein paar Semmelwürste. Das wurde noch schön. Aber wie das so geht: Den alten Szewczik aus Bobrek, der extra von so weit zur Beerdigung kam, weil er den Borowski gekannt hatte, den hat noch am selben Tag unterwegs bei der Brücke der Schlag getroffen.

»Ich wer dem Vater, sobald sich die Erde etwas gesetzt hat«, sagte die Frau Schwientek, »Astern aufs Grab setzen. Da nehm ich die aus unserm alten Garten raus. Astern komm' ja jedes Jahr von selber wieder, ohne viel Pflege.«

> Der Geruch gehört zu einer Familie
> wie das Nationallied zu einem Volke.
> Danach richten sich auch die Hunde.

Am schönsten war Schlachtfest. Päppelte sich da so ein Mensch ein kleines Schwein im Kohlenstall hoch, fütterte, hätschelte es und gab ihm das Gespüle vom ganzen Haus zu fressen – und dann auf einmal kam der schöne Tag! Zack! eins mit dem Hammer auf den Kopf – Schlachtfest! Der Pelka war ein richtiges Schwein. Er versuchte immer, sich als Schlächter anzubieten, und dann ballerte er mit einer geborgten Mauser auf das Tier los und zerschoß den ganzen Kopf, pitzelte herum, und am Ende blieb bloß noch Gehacktes.

Wie sich überhaupt beim Schlachtfest die Menschen in verschiedene Kategorien aufteilten. Da waren zuerst die, die sich allein mit Fleisch und Wurst in der Wohnung einschlossen und alles selber fraßen; und von der Wurstsuppe, die sie vor der Türe verteilten, hatten sie noch die Fettaugen abgeschöpft und Wasser zugegossen. Solchen Menschen geht man besser aus dem Weg, denn wer geizig ist, klaut auch.

Dann gab es die Sorte Leute, die sofort nach der Schlachtung ein großes Fest machten, wozu die ganze Straße kam. Wo Bier geholt wurde, und einer spielte Harmonika. Wo sie die Stühle aus der Küche räumten und tanzten. Polka, Schieber, Jimmi – jeder, wie er wollte, und wo die Mutter sich auch nicht einmischte, wenn sich schnell mal einer mit der Lucie hinten in die Stube verzog, schnell etwas dupsen. Essen und Trinken macht lustig, da muß das sein! Das waren die richtigen Menschen, mit denen konntest du gut auskommen. Die Noparliks von der Oschlowskistraße, die waren so. Kaum, daß der Noparlik den Tag erwarten konnte! Jeden Abend nach der Arbeit ging er runter in den Stall und packte das Schwein hinter die Läufe, ob sich schon etwas Fett angesetzt hatte. Und dann zack! eins mit dem Hammer auf den Kopf und Schlachtfest war. Wurstsuppe wurde an jeden ausgegeben, der wollte, und Graupen- und Semmelwurst wurde im ganzen Haus verteilt. Fleisch und Innereien gab es für alle Nahestehenden, und dann zwei Abende hintereinander die Feier selbst! Der Jäschke brachte mit dem Handwagen Bier. Brote wurden gebacken, denn wer sich den Magen mit Brot vollstopfte, brauchte nicht so viel Fleisch. Und es wurde schön. Man konnte sagen, sechs von zehn Kindern in der Oschlowskistraße wurden nach Schlachtfesten gezeugt, das ist kein Wunder.

Die Frau Pitterek sagte, wenn man von Schlachtfest träumt und rotes Blut sieht, muß man sich vor einer schwarzhaarigen Person in acht nehmen. Das sollte man gar nicht meinen, daß von Rot träumen dann Schwarz bedeutet. Bei den übersinnlichen Mächten sich auszukennen ist nicht leicht.

An zweiter Stelle, kann man sagen, kommen in bezug auf Schlachtfest und Freigebigkeit die Wideras. Die Frau Widera gab der Frau Schwientek seit eh und je den ganzen Schweinekopf, das war schon Tradition. Die

Frau Schwientek machte die beste Sülze und gab der Frau Widera jedesmal eine kleine Schüssel von der Sülze zurück. Aber auch sonst ließ die Frau Schwientek auf die Wideras nichts kommen. Die König zum Beispiel sagte: »Die Wideras stinken, und zwar durch die Bank die ganze Bande.«

Da konnte sich die Frau Schwientek drüber aufregen, wenn sie so etwas hörte! Dann fuhr sie der Frau König ins Wort und sagte ihr ins Gesicht, daß grade *sie* was sagen müssen, wo doch jeder einen Bogen um ihren Mann, den Maschinisten, mache, solche Schweißfüße habe der!

Was es bloß für verschiedene Menschen gibt auf der Welt! dachte sich die Frau Schwientek. Gegenüber im Haus wohnt auch so eine, die Frau Kalischke. Nach außen sieht man ihr nichts an. Sitzt in der Kirche immer ganz vorne und macht ein Gesicht wie eine Madonna. Aber dann, jeden Freitag: sie haben sich hier schon immer gedacht, warum jammert die Frau so, daß man es über die ganze Straße hört, und quietscht hinter verschlossenen Türen herum, daß man sich wer weiß was denkt. Die Frau gegenüber aus der Wohnung guckt immer durch das Schlüsselloch und hat gesagt, daß dann jedesmal der Alte, der Kalischke, auf ihr draufsitzt und sie reitet wie ein Kosake, der Teufel, und ihr die Sporen gibt, und sie freut sich auch noch. Schämen möchte man sich für manche Menschen, dachte die Frau Schwientek.

Wie spät das schon war, und vom Kind noch keine Spur! Die meisten Leute im Haus waren längst im Bett. Der Jankowski hatte sich die Füße schon zum zweiten Mal gewaschen, und die Mickel saß auf dem Chaiselongue in der kleinen Stube und hatte vorläufig mit dem Heulen aufgehört.

Ein Junge klopfte an die Tür und sagte: »Der Kapitza schickt mich, ich soll sagen, wenn der Herr Stanik heute wieder die Möbel demoliert und sagt, das is vor Freude, dann poliert der Herr Kapitza dem Herrn Stanik selber solange die Fresse, bis er Allerheiligen sieht, soll ich sagen.«

»Sprich nich so laut, daß das keiner hört! Komm rein, hier hast du ein' Apfel! Jetzt kannst du wieder gehn.«

Daß sich das Mädel ausgerechnet einen Cholonek eingebildet hat! Er wird uns bei den Leuten noch in schlechten Geruch bringen, und die ganzen guten Kunden wern mir am Markt abspringen und bei der Frau Toschek kaufen. Daß das Mädel mir das antun mußte! Am Geruch muß ein feiner Mensch mit guter Nase sofort erkennen, wen er vor sich hat. Angenommen, man stellt einen nackt und mit verbundenen Augen mitten in eine bestimmte Küche und fragt ihn, dann müßte er allein vom Geruch schon wissen, *wo* er sich befindet. Beispielsweise müßte er sagen können: Wir sind bei Schikora. Oder: das riecht nach Prszczibillok. Oder: nach Heidenreich...

Wenn das so ist, dann ist es richtig. Denn jeder Mensch muß einen eigenen Geruch an sich haben, durch den er sich von andern abhebt. Der Geruch gehört zu einer Familie wie das Nationallied zu einem Volke. Danach richten sich auch die Hunde.

Zu jeder Wohnung gehörte eine Kammer. Dort setzte sich der meiste Geruch fest. Eine Kammer hatte niemals ein Fenster. Der Prszczibillok sagte, daß sie deshalb in die Kammern kein Fenster reinmachten, damit der Gestank nicht auf die Straße drang und die Luft verpestete. Das stimmt nicht. Die Grubenverwaltung hatte bei den Häusern die Fenster noch nachträglich aus der Planung gestrichen, Glas war zu teuer.

Die Wand in den Kammern nahm den Geruch an und gab ihn so leicht nicht wieder frei. Wenn einer auszog, konnte es sein, daß sein Geruch noch jahrelang danach dablieb, ja, daß bei ganz starken Vorgängern die neue Mietpartei sogar den Geruch der alten Mieter annahm; dann hatten die alten gewonnen. Man konnte die Kammer natürlich innen streichen, bis alles verschwunden war, aber das machte man weniger, denn dort war es sowieso finster, weil die Kammern keine elektrische Leitung hatten. Das wurde aus Gründen der Sicherheitsbestimmungen so eingerichtet, denn dadurch, daß es dort finster war, konnte sich mal eine Leitung lockern, hing herunter, fiel mit den beiden Polen in den Pinkeleimer, einer kam pullen*, und schon traf ihn der Schlag.

Es ist schade um jeden Menschen, denn wußte man vorher, *wen* es traf?

Die Kammern hatten keine Türen, damit von der Küche etwas Durchlüftung war und auch Licht reinkam. Die meisten Leute hatten alte Pferdedecken oder Chaiselonguebezüge davorgehängt. Das mußte schon aus moralischen Gründen sein, denn in der Kammer stand ja der Pulleimer; in jeder Familie waren mindestens acht Personen, im Schnitt aber vierzehn bis sechzehn, davon etliche Mädels. Wenn die sich auf den Ei-

---

* pinkeln

mer setzten, brauchte nicht jeder gleich zu gucken. Der Eimer war bis zu dreiviertel mit Wasser aufgefüllt, damit der Geruch sich verdünnte. Bei größeren Familien war er nur halbvoll, sonst wäre er bei stärkerer Frequentierung zu schnell übergelaufen und die Mädels hätten sich beim Draufsetzen den Hintern naßgemacht und mir nichts, dir nichts eine Erkältung geholt, damit ist unten nicht zu spaßen.

Die Verwaltung sah das nicht gerne, wenn sie auf Inspektion kam; die Verwalter rümpften die Nase, wenn es zu stark roch. Aber sollte man vielleicht in der Nacht, wenn der Drang zum Wasserlassen kam, sollte man da erst großartig die Küchentür aufschließen, im Hausflur den Lichtschalter suchen, aufpassen, daß man nicht die Treppe runterflog, weil man mit dem Nachthemd am Geländer hängenblieb, dann die zwei Stockwerke runtergehn, sich schon hier kalte Füße und Schnupfen zuziehen, dann die hintere Haustür aufschließen, vielleicht hatte einer den Schlüssel an die falsche Stelle gelegt, dann aufschließen, großartig durch den ganzen Hof gehen und vielleicht beim Pullen auf den Misthaufen fallen, weil dort Dreck liegt, und sich den ganzen Arsch von oben bis unten beschmieren? Das mußte man den Leuten von der Verwaltung mal sagen!

Oder wollten die, daß man noch ein Stück weiter zur Latrine ging, im Finstern lange das Schlüsselloch suchte, bis so ein Halunke da war, der einen anpöbelte, und dann sich auf das alte Brett setzte, wo es von unten zog? Bis dahin war einem das Urinieren längst vergangen, oder man hatte sich den Fuß gebrochen. Da hatten es die Männer leichter. Die gingen zum Ausguß auf jeder Etage, zogen bloß ihren Lellek aus der Unterhose und fertig. Aber *das* sah die Verwaltung auch nicht gern.

Die Frau König war in der ersten Zeit, als sie hier einzog, zu fein für den Pulleimer und hatte sich einmal mit dem Hintern zum Ausguß raufgearbeitet. Da hat sie ihn abgerissen und sich auch noch die Hand verstaucht. *Dann* erst hat sie sich auch einen Eimer in die Kammer gestellt. »Angeblich soll sie immer etwas 4711 Ottokolonie ins Wasser tropfen lassen«, sagte die Frau Schwientek, »der Eimer riecht ihr nicht fein genug.«

Die Kammer war dazu da, daß man alles dort unterstellte, was man beispielsweise im Garten erntete. Ohne Garten kam man einfach nicht aus. Es gab nicht genügend Gärten, und in Poremba hatte nur jede achte Familie einen. Und das Gemüse, das eine Familie bevorzugt anbaute, bestimmte den Geruch der Familie. Gegen sein Schicksal kann der Mensch nichts machen. Bei Minarek zum Beispiel roch es immer bloß nach Bohnenkraut. Warum? Die Frau Minarek baute, weiß der Teufel warum, immer bloß Bohnenkraut an. Sie konnte es gar nicht brauchen, der Alte konnte es nicht mehr riechen, überall lag es herum. Wenn die Kammer voll war, legte sie es oben auf den Schrank, auf das Büffett, untern Tisch, und der Alte haute ihr wenigstens einmal in der Woche Backpfeifen deswegen, aber sie kam nicht davon los, und wenn sie heulte und ihn fragte: »Was soll ich denn anbaun, Mensch?«, da hatte er auch keine Idee.

»Siehst du, so bist du! Klugscheißen und selbst nichts wissen.«

Das waren übrigens nicht die Minareks aus Scheskowitz. Damit keine Verwechslung vorkommt: Der Minarek aus Scheskowitz war der Mann, der vom letzten Weltkrieg ein Bein zu wenig hatte und dem sein Bruder mit geschickter Hand ein schönes Holzbein gemacht hat. Das sah aus wie echt. Das war sogar noch schöner und hatte gegenüber dem andern Bein den Vorteil, daß es kolossal unempfindlich war. Beispielsweise machte es nichts aus, wenn der Minarek die Treppe runterfiel und sich das Holzbein brach. Es war auch egal, ob an diesem Bein der Schuh drückte. Und eines Tages muß den Minarek der Teufel gebissen haben, denn als er in der Kneipe saß, es war Ablaßfest und die Bude voll von Leuten, meistens welche aus andern Gemeinden, die den Minarek nicht kannten, – da mußte er protzen, weil das Bein so schön gemacht und von außen nicht als künstlich zu erkennen war. Fing er also an, mit einem zu wetten: daß er sich neben die Straßenbahn legt und hier! dieses Bein da, das läßt er sich abfahren, aus, zack! Die andern waren auch lustig und für jeden Spaß zu haben und schlugen ein. Bier, Schnaps, Tabak hatten sie gesetzt, da war beste Stimmung! Auch der Kapitza setzte mit, aber nur zum Schein; denn er wußte vom Holzbein und markierte nur den Lockvogel. Gesagt, getan, der Einsatz war gegeben. Die Bahn kam jede zwanzig Minuten. Der Minarek aus Scheskowitz ging raus, nahm sich noch eine Zeitung mit zum unterlegen, damit er sich die Hose nicht beschmierte, und legte sich hinter das Begrenzungsgebüsch von der Straßenbahn. Es war schon dunkel, die andern warteten in der Tür beim Kapitza. Der Kapitza rieb sich die Hände, denn für ihn war das doch auch ein Geschäft, und dann kam die Bahn.

Der Minarek schob schnell das Holzbein auf die Schiene und der Kondukteur hat nicht einmal was gemerkt. Der Bruder machte ihm später ein neues Bein.

Das gefiel dem Minarek gut, so von den Leuten gefeiert werden, und bei der nächsten Gelegenheit machte er dasselbe noch mal. In einer andern Kneipe mit anderen Leuten, und den Lockvogel, der den Einsatz in die Höhe trieb, hatte er mitgebracht. Dann kam die Bahn, der Minarek lag hinter dem Begrenzungsgebüsch. Zwei Meter war die Bahn noch weg, er wollte schnell das Holzbein vorschieben, bekam es so schnell nicht herum, wollte die Wette aber auch nicht verlieren, schob also schnell noch das echte Bein hin und aus war's.

»Aber da kann man sehen«, sagte die Frau Schwientek, »wie man sich manchmal durch einen dummen Zufall aufbessern kann! Denn sie haben vor der Versicherung das Ganze als Unfall getarnt, zwei Kameraden haben für den Minarek ausgesagt, daß er dort bloß Wasser abschlagen wollte und durch einen Apfelgriebsch ins Rutschen kam. Da haben sie ihm die Rente um zwanzig Mark aufgebessert, und das war für nichts und wieder nichts, das soll einem erst mal passieren! Außerdem spart er sich die Straßenbahn«, sagte die Frau Schwientek, »weil er jetzt einen eigenen Wagen mit Handantrieb fährt.«

Bei den Wohnungen im Parterre in den Grubenhäusern sparte man bei der Miete fünf Mark zehn. Die Wohnungen waren dort unten billiger, denn von unten kam es naß herauf, und an den Wänden wuchs Schimmel. Und zwar kosteten die oberen Wohnungen seit der

Erhöhung vom 1. August 1927 ganze 17 Mark 40, die unteren im Parterre 12 Mark 30. Dazu kam, daß die oberen aus Küche, großer Stube, kleiner Stube und Kammer bestanden, die unteren hatten die kleine Stube nicht. Dazu kam, daß man, wenn man schlau war, sich ausrechnen konnte, was man oben an Heizung sparte, denn die Fußbodenbretter hatten Ritzen und die Wärme kam von unten herauf. Die unteren hatten unter sich aber keinen, der heizte. Woran sich schon wieder die Unterscheidung der Menschen in zwei Gruppen zeigt, denn wer sich das nicht ausrechnete, war dumm und zog unten ein, sparte fünf Mark und zahlte trotzdem drauf. »Wenn man nämlich mal den Rheumatismus berechnet«, sagte die Frau Schwientek, »den der Mensch sich dort unten bei dem Durchzog holt, möcht ich so eine Wohnung nicht geschenkt.«

Die Kammern oben waren ja auch feucht, aber nicht *so* feucht. Dadurch hatten alle Kammern ein bißchen den Geruch von Schimmelpilz. Andrerseits war das aber auch wieder gut, denn wo es feucht ist und warm, geht der Sauerteig schön hoch. Wenn einmal in der Woche Brot gebacken wurde, hatten die das schönste Brot, wo der Teig am besten ging, also wo die Kammern am feuchtesten und wärmsten waren. Warm waren alle Kammern sowieso, denn der Ofen in der Küche stand direkt an der Kammerwand. Und dann gut einheizen, ein saubres Tuch über die Schüssel decken, und der Teig ging dir ab wie ein Flieger! Gebacken wurde beim Bäkker Mainka. Das war ein Niederschlesier. So kann man gegen die Niederschlesier nichts sagen, denn sie sind ja auch saubere Menschen. Aber zuerst hat das Brot 10

Pfennig für zwei gekostet, dann ist der andre Bäcker, der Kalisch, gestorben, weil er im Sugg in den Gullik* fiel und sie ihn nicht gleich gefunden haben; die Kinder hatten den Deckel geklaut. Seit der Kalisch tot war, hatte der Mainka den Backlohn auf 12 Pfennig für zwei erhöht, »und daran kann man sehen«, sagte die Frau Schwientek, »daß die Niederschlesier auch Hanakken** sind.«

Einem andern Bäcker ist es schlechter ergangen, als er den Backpreis probeweise raufzusetzen versuchte. Eine Frau dort in Rudzinitz, wo das war, kam durch die Erhöhung in Wut, hat den Bäcker am Hals hinten gepackt und mit dem Kopf so lange in Kuchenteig getaucht, bis er tot war. Vielleicht ist Kuchenteig schöner als Sauerteig, aber tot ist tot, und von der Backpreiserhöhung hat der keinen Profit mehr gehabt. Seit ein paar Jahren sind sie hier mit den Strafsachen penibler, und jetzt, wenn einer den Mainka schnappen und in den Teig stecken möchte, bis er tot ist, der würde schwer bestraft. Aber trotzdem haben manche Leute noch Glück bei solchen Sachen! Vor einem Jahr ungefähr war der Goretzki am Barbaratag von Bobrek nach Zaborze gekommen und hatte dort bei der Überführung den Sawaschke getroffen. Die beiden, früher immer gute Kameraden, hatten sich zehn Jahre nicht mehr gesehen und freuten sich. Der Sawaschke haute dem Goretzki auf die Schulter, packte ihn und fing an zu tanzen, und der Goretzki haute ihn zurück vor Freude. Sie waren lustig zusam-

---
* Gulli
** Lumpen, Halsabschneider

men, nahmen sich Bierflaschen dazu, und mir nichts, dir nichts fiel der Goretzki um und hatte einen Schädelbruch. Na gut! Er kam ins Krankenhaus bei den Josefsbrüdern, und der Sawaschke hat ihn jeden Tag besucht. Wie es dann soweit war und er schon die letzte Ölung hatte, hat sich der Sawaschke beraten lassen und hat sich vom Goretzki noch am Sterbebett für zwanzig Mark eine eidesstattliche Erklärung gekauft, daß er, der Sawaschke, keine Schuld hatte. Aber so ein Glück hat nicht jeder, denn die meisten Leute ärgern sich darüber, wenn sie sterben müssen.

Bei Pelka stinkt es in der Kammer immer leicht nach Nähmaschinenöl, weil der Pelka einen Browning hat. Er hat einen Ziegel in der Kammer gelockert und hebt ihn dort auf, sauber in eine Schmatta* gewickelt, holt ihn aber mindestens einmal in der Woche zum Ölen und Streicheln raus; eine Waffe brauchte Pflege. »Laß mal«, sagte der Pelka, »wenn die SA erst mal Munition verteilt, wer ich den Leuten hier zeigen, wer der Pelka is! Da weht ein andrer Wind, meine Herren, da leg ich hier alle um.«

Ein andrer hatte sich in der Kammer auch einen Ziegel gelockert und dann ein Loch durch die Wand gebohrt. Und die Frau dachte immer, warum er sich so lange in der Kammer aufhält. Da hat das Schwein dort durch das Loch den Mädels von Potrawa beim Wasserlassen zugeguckt.

Und ein gewisser Antek Wienschitz, ein Häuer, hat sich mal im Schlafzimmer in der Wand ein Stück her-

---

* Lappen

ausgebrochen, weil er nicht schlafen konnte und auf der andern Seite ein Kamerad von ihm wohnte.

Da haben sie sich unterhalten und sich zugeprostet.

Aber so etwas geht nie lange gut. Eines Tages kam die Hausverwaltung drauf, da mußte er das Loch vermauern. Auf eine gewisse Ordnung muß geachtet werden, denn wenn jeder anfangen möchte, Löcher in die Wände zu machen, Sodom und Gomorra wäre wieder auf der Welt.

Überhaupt, dachte sich die Frau Schwientek, kann ich nicht verstehn, warum der Stanik das Mädel mit seinen Belästigungen nicht in Ruhe läßt. Wenn er doch sieht, daß sie nicht will! Soll er sich schwere Arbeit suchen, da wird ihm das vergehn. Überhaupt muß überall Anstand großgeschrieben werden, sonst geht es nicht.

Hier im Haus war Anstand, und die Leute verkehrten untereinander per Sie. Die Mädels fingen an, sich untereinander zu siezen, sobald sie zwölf waren. Bei Männern war das nicht so, »weil Männer kein Feingefühl haben«, sagte Frau Schwientek immer.

Früher führte in jedem Haus auf der Oschlowskistraße vom Wasserhahn auf der Etage ein Abflußrohr unterm Ausguß durch die Mauer in ein dickeres Rohr, das senkrecht von oben nach unten führte und dort offen war, wo das Abwasser frei herauslaufen konnte, sich in einer Steinrinne sammelte, die es in die Mitte der Oschlowskistraße leitete, wo es genau bergab lief; denn *das* war gut an der Oschlowskistraße: Sie lief stark bergab, und das Abwasser konnte sich nicht erst in der Straßenmitte sammeln und dort lange stinken. So war das früher, jetzt war es so, daß die jeweiligen Mietparteien die Rohre, die durch die Wand kamen und in das große Rohr, das senkrecht verlief, führte, daß sie die Rohre dort außen abgesägt hatten, was den Vorteil hatte, daß die Abflüsse nicht so leicht verstopften. Bloß war der Nachteil, daß die Wände dort anfingen zu stinken, wo das Wasser außen an der Wand entlang runterlief und sich dann – und das war wieder das Gute – wie vorgesehen in der kleinen Rinne sammelte, von dort in die große Rinne mitten auf der Straße lief, von dort bergab in einen Graben, und von da in die Schanafka. Es war egal, ob die Schanafka stank oder nicht, denn sie gehörte bei genauer Betrachtung halb zu den Polacken. Das stank hier bloß an den Wänden, weil die andern sich nicht an die Vorschriften halten wollten und das Urinierwasser mit dem Eimer und allem, was drin war, in den Ausguß gossen, obwohl das verboten war! Es hatte sich außen an den Wänden so ein gelblich-weißer Belag gebildet.

Gut war wieder, daß einmal im Monat in der Oschlowskistraße Waschtag war. Dann wurde die Waschlauge auch durch die Ausgüsse gegossen und reinigte ihrerseits auch wieder etwas an den Wänden von außen.

Der Waschtag war gemeinsam für die ganze Straße, weil das schön war. Weil es dann von der Lauge überall sauber roch, und dann wurden auch die Kinder gleich mit in das alte Waschwasser gesteckt und gewaschen. Es breitete sich ein schöner Dampf über die ganze Straße und roch bis in den Himmel. Alle Fenster standen offen. Einer stellte seinen Volksempfänger an das Fenster und spielte für alle. Wer selber keine Schmierseife hatte, borgte sich die gebrauchte Lauge von der Nachbarin. Es gab leichte Wäsche und schwere Wäsche. Leichte Wäsche, das waren Unterhosen für Damen und Herren, Trikotagen, Taschentücher, dünne Handtücher, wo keine Schmiere dran war, und Strümpfe. Schwere Wäsche waren dicke Hosen, Jacketts, Arbeitshandtücher. Die schwere Wäsche konnte in der dreckigen Lauge von der leichten Wäsche gewaschen werden.

Wenn gewaschen wurde, wuschen alle. Sauberkeit steckt an. Keiner schloß sich aus. Und wer sich ausschloß, von dem wußte man gleich, was er für ein Mensch war.

Abends, wenn die Männer von der Arbeit kamen, war alles hübsch sauber. Die Fenster waren geputzt, mit dem Wasser, was übrig war. Das Büffet war abgewischt und der Tisch sauber. Und die Weiber hatten sich selber in der Lauge auch gewaschen und rochen nach guter Schmierseife, so daß ein Mann gleich bei der Türe am liebsten reingebissen hätte in das schöne Fleisch. Das war schon eine ganz andre Stimmung. Der Vater war spendabel an solchen Tagen und sagte: »Geh rüber, Josel, und hol drei Flaschen Bier beim Jäschke! Er soll das aufschreiben! Der Mama bring eine Tasse Gurkenwasser und für dich für drei Pfennig Gummibonbon! Lauf, und beeil dich!«

War das erste Bier weg, wurde der Vater immer lustiger und ließ den Josel Schnaps holen und Malzbier für die Frau. Aber dann gab es bei den meisten Ärger, denn die Männer wollten Ansprüche stellen. Zuerst hatten die Frauen so schön gerochen, und dann wollten sie nicht. »Geh doch weg, du alter Tattek, laß mich, heute war Wäsche! Ich kann schon so nich mehr kriechen.«

Dann hatte die Käthe Szczimalla, die als Hutmacherin in Beuthen arbeitete und jeden Tag mit der Straßenbahn hinfuhr, auch ihren guten Tag. Dann kamen nämlich die Männer, und das waren nicht wenig, die sich bei Jäschke noch eine Tüte Konfekt oder eine Bonbonniere holten und unauffällig in der Stube hinten bei der Käthe verschwanden. Kenner wußten das Zeichen: War der Kohleneimer vor der Tür, war sie frei. War er drin, war sie besetzt. Aber als erster war immer der Kaufmann Jäschke dran. Wenn die anderen noch zu Hause das erste Bier tranken, schnappte er sich schon die Käthe und sagte: »Komm, Mädele, iß dir ein Stück Schokolade und nimm dir eine Flasche Malzbier!« Und dann zog er sie hinten ins Lager auf die Zuckersäcke, immer an derselben Stelle, immer schnell und von hinten, für eine halbe Minute, damit seine Frau nichts merkte, seit fünf Jahren dasselbe, und seit fünf Jahren war die Schokolade nicht gut, weil er ihr die aus dem Schaufenster gab, und die war grau. Und seit fünf Jahren hatte sich die Käthe geschworen: »Der Jäschke? Nie wieder!« Und dann hat sie sich doch nicht getraut zu widersprechen.

Aber was hat so ein Mädel schon vom Leben? Früh aufstehn, Malzkaffee trinken, sich etwas Brot schmieren, in Zeitung einpacken und mit dem Handtäschchen in die Straßenbahn steigen. Peter-Paul-Platz umsteigen nach Beuthen, zehn Stunden arbeiten, dieselbe Strecke zurück, und die Männer wollen alle bloß dasselbe, und keiner will sie heiraten, wenn man erst mal soweit ist, daß sie es alle wissen. Und wenn der Jäschke ehrlich war, konnte er sie von vorne nicht angucken; sie war halt keine Schönheit. Und so, wie er das von hinten machte, konnte er wenigstens an die Anni Ondra denken, für die er schwärmte.

Wenn dreimal im Jahr Ablaß war, kaufte sich die Käthe Hustenbonbons, drehte ein paar Runden auf dem Karussell, fuhr Geisterbahn, und dann ging die alte Leier von vorne los.

Sie fuhr in die Arbeit, kam abends in ihre Stube hinten im Hof. Der Jäschke steckte die Miete ein. An allen Tagen war sie einsam, und wenn Waschtag war im Sommer, und die Luft machte die Männer hier verrückt, kamen sie alle wieder an mit Tüten und Konfekt. Das Leben war so ein Mist! Für den Jäschke war das Leben schön.

»Ich sag immer«, sagte Frau Schwientek, »alles kommt, wie es soll, einmal hast du Glück, einmal Pech.«

Einmal wäre ihr beinahe auch so ein Pech passiert. Und zwar war das genau am 21. Juli 1929. Sie konnte sich noch erinnern, als wäre es gestern gewesen; denn das war an einem Freitag. Freitags machte sie immer Stampfkartoffeln mit Senfsoße und Spiegelei. Freitag ist Fasttag. Da kam ein Mann von der Grube, gerade als sie die Senfsoße angesetzt hatte und sich noch überlegte, ob das reicht: »Sie, ich komm von der Grube und soll bestellen, daß der Schwientek verschüttet wurde. Aber er war noch nich auf der Stelle tot. Wie er sich noch bewegte, haben sie sofort einen Krankenwagen antelefoniert, das war Ihnen eine Pracht! Mercedes Benz. Mit Signalhorn und mit Tatütata haben sie den Schwientek dort ins Lazarett gefahren. Das kann der Kaiser auch nich schöner haben. Mein Bruder hat auch ein Motorrad, eine Java, von der Tschechei kommt die. Und wenn wir sonntags losbrausen, das is Ihnen ein Brummer, da drehn sich alle Leute um, Junge, Junge! Haben Sie Schnaps für mich, ich hab mich so aufgeregt!«

So schnell konnte was kommen! Angenommen, sie hätten den Schwientek nicht durchgebracht! Dann hätte die Grube die Wohnung gleich gekündigt. Gespart war nichts im Haus, Wohnung gab's nicht ohne Geld, und die Misere wär dagewesen. Aber dann haben sie wieder Glück gehabt, denn in Camillus war ein Jude als Arzt, ein guter Arzt. So konnte man wieder nichts gegen Juden sagen. Aber einmal an Ostern hatte der Pfarrer Koziol oben auf der Kanzel die Predigt beiläufig noch auf die Kreuzigung gebracht und angedeutet, daß die Juden mit in die Sache verwickelt gewesen waren. Der Herr hatte sie dann verflucht in alle Ewigkeit, und der Mensch sollte in das Urteil Gottes nicht die Nase reinstecken. Es würde über die Juden kommen, wie es sollte. Da fing auf einmal hinten auf der Männerseite der Tetta* von einem Pelka an, laut Beifall zu klatschen, wie in der Operette. Das kam davon, wenn einer bloß einmal im Jahr zu Ostern in die Kirche ging und sich schnell mal die Sakramente spendieren ließ, der konnte ja nicht wissen, daß man in der Kirche nicht Beifall klatscht. Auch nicht, wenn der Pfarrer noch so schön predigt. Alle Leute haben sich nach dem Pelka umgedreht. »Es ist aber immer noch besser«, sagte die Frau Schwientek, »einer geht wenigstens einmal im Jahr zur Messe und macht dort Mist und blamiert sich, hat aber

---

* Dummkopf

die Sakramente genossen, als wie der Schwientek, was gar nich geht. Seit dem Unglück damals is der erst so geworden, dabei sollte er gerade von dort an sich anders benehmen, denn das is bestimmt ein Fingerzeig Gottes gewesen!«

Der Schwientek, früh um viere stand er auf, zog sich das Hemd an, pro Woche ein saubres. Hose, Socken aus Wolle, hohe Schuhe, blies das Feuer aus der Asche raus, legte dünnes Holz drauf, dann dickeres drüber und Kohle und kochte sich zuerst einen Lindenblüten- oder Königskerzentee, je nach Saison. Oder Tee von Apfelschalen. Er aß ein Stück Brot mit Zwiebel, machte sich die Tabaksdose voll geschnittenem Machorka für die Arbeit und zündete sich sofort nach dem Frühstück die Pfeife an, die bis in die Nacht nicht mehr ausging. So wie jeder andere Mensch atmete, ein – aus, ein – aus, so rauchte der Schwientek die Pfeife. Hatte er das nicht, mußte er an der gewöhnlichen Luft ersticken wie ein Fisch, den man aus dem Wasser nimmt. Für ihn war alles Tun auf der Welt sinnlos, aber die Sinnlosigkeit war schön. Die Welt war so eingerichtet, daß gewisse Arbeit gemacht werden mußte. Das wußte er und verhielt sich auch so. Das meiste davon war unnötig, und gegen den Kaiser und die Obrigkeit war der Mensch machtlos. Das Beste war, man ließ alles kommen, wie es kam.

Um halb sechse nahm der Schwientek seine alte Aktentasche und ging von zu Hause weg in die Arbeit. Er hatte einen festen Posten beim Fuhrpark als Straßenfeger und Ablader von Straßenbahnschwellen und Steinen. Er ging langsam, hintenrum durch die Gärten, die Luft war sauber, etwas Nebel lag über den Feldern und

Halden, alles war so frisch, und vom Tau bekamst du nasse Schuhe. Da war es gut, wenn man sie vorher einfettete. Er hatte anderthalb Stunden Zeit, bis die Arbeit anfing, und konnte schön langsam gehen, von Zeit zu Zeit stehenbleiben und sich einen Gedanken durch den Kopf gehen lassen, sich die Pfeife nachstopfen, einen Zug gewöhnliche Luft probieren, so wie ein Fisch schnell mal das Maul aus dem Wasser steckt und nach draußen atmet. Er kam immer als erster im Fuhrpark an und konnte sich auf die Arbeit einrichten. Er arbeitete dann ganz langsam, stopfte sich die Pfeife nach, aß den ganzen Tag meistens nichts und hatte die Aktentasche bloß mit für den Fall, daß er beim Straßenfegen was Brauchbares fände. Fand er nichts, nahm er trocknes Holz für Fidibusse. Abends nahm er den Weg durch die Hauptstraße. Er goß sich Wasser in die Waschschüssel, wusch sich bis zum Gurt. Zum Essen gab es meistens Kartoffelkraut und Hühnerklein, das vom Markt übrig war, oder Knoblauchsuppe mit altem Brot und Bratkartoffeln. Dann legte er sich ohne Jackett ins Fenster und guckte auf die Oschlowskistraße, bis es finster war.

Schöne Abende waren dort manchmal. Die Luft war warm und wie Milchglas. Über weite Gegenden konnte man hören, wie die Leute lachten, wie die Maria Skuttek sich zankte, wie der Ogurek auf der andern Straßenseite in der Küche zu der Alten sagte: »Hier, halt mal den Schuh, mir is der Fuß wieder geschwollen, der geht nich runter, der Pierron verfluchte!«

Und wie das Schwein von Knossalla im Stalle quietschte, weil es schon wußte, was ihm nächte Woche blühen würde: Wurstsuppe! Die Oschlowskistraße war so breit, daß zwei Kohlenfuhren aneinander hätten vorbeifahren können, ohne an den Wänden zu schleifen. Alle Fenster standen offen, tausend Schwalben schrien in der Luft und jagten Fliegen. Unten auf der Straße wälzten sich die Kinder rum und hauten sich, und aus den Wohnungen hörte man die Töpfe klappern und die Leute polnisch sprechen.

Auf der Treppe vor der Haustür von einem Hause saß der Antek Gluch und spielte auf dem Kamm, und die Anna Ogurek lehrte den Josel Schieber tanzen. Und immer, wenn er ihr von hinten zwischen die Beine griff, weil er zwei Köpfe kleiner war, quietschte sie und haute ihm eine in die Fresse, und sie tanzten so lange, bis sie es nicht mehr aushalten konnte und dem Gottschalk mit den Augen ein Zeichen machte. Dann ging er vor in den Hühnerstall und sie zehn Minuten später nach, sang unauffällig und laut: »Wenn die Soldaten durch die Stadt marschieren, fiderallall lalalloolaa...«, daß alle gleich Bescheid wußten, stellte sich mit dem Rücken neben die Hühnerstalltür und schob sich sachte, wenn sie dachte, keiner merkt was, in die halboffene Tür. Kaum war sie drin, versammelten sich draußen um die Astlöcher die andern und guckten zu, wie die beiden dort dupsten, und oben spielte der Zwölfjährige von Michatsch auf der Hohner-Ziehharmonika mit sechs Bässen aus dem Fenster raus: »Waldesluhuhust, Waldesluhuhuluhulust hmtatathm tata...«, damit die Straße seine Fortschritte merken sollte. Aber er machte keine, und am Wandertag schleppte er die Quetschkommode immer mit und spielte ununterbrochen dasselbe, bis sie ihm in die Fresse hauten und er anfing zu heulen.

Am anderen Ende trillerte die Gretel Kottosch auf Teufel komm raus mit ihrer schönen Stimme, daß man es bis Ruda hörte. Der Lipowski und der Kopitz hatten ihre Volksempfänger auf volle Lautstärke gestellt und spielten jeder einen andern Sender, mal sehen, wer gewinnt!

Unten, auf den Treppen vor den Türen, saßen die Mädels mit breiten Beinen, und die Jungs hatten sich davorgehockt und guckten ihnen untern Rock. Hinter den Häusern im Hof schacherten die Männer mit Tauben und Karnickeln, hoben sie mit der Hand, ob sie reif waren zum Schlachten, und aus der Wohnung von Wieczorek hörte man die Alte bis ultimo japsen, weil der Alte sie wieder zwiebelte wie eine Baßgeige. Und der Wischka in seinem Garten machte auch nichts andres, daß die Laube wackelte.

Die Ziegen im Stall hopsten herum, die Hähne krähten, und die Hühner gackerten. Der Himmel war aus Zitrone mit Himbeerwasser, es war zum Verrücktwerden.

Der Kaufmann Jäschke hatte sich hochkant eine Bierkiste vor den Laden gestellt, sich draufgesetzt und trank eine Flache bestes Tichauer Bier, den Leuten Appetit zu machen, damit sie saufen sollten. Aber an so einem Abend hatte keiner Lust auf Schnaps.

Schön war das hier, und man konnte sich auf die Erde setzen und sich vor Freude ins Hemd weinen.

> Der Mensch ist,
> was die Eltern draus machen.
> *Maria Schwientek*

Wenn man penibel war, konnte man sagen: alles hier ist dreckig und die Erde aus lauter Kohlenstaub. Man konnte es aber auch anders sehen und sagen: schön glitzern tut das in der Sonne! Man kann alles so und so betrachten. Im »Wanderer« hatten sie extra eine Rubrik eingerichtet für Heimatliebe, wo sie von »schwarzen Diamanten« schrieben. Aber wie der Schwientek damals verunglückt war und im Lazarett so was in der Zeitung las, dachte er sich auch: Scheiße, nicht Diamanten!

Die Frau Schwientek sagte einmal zur Frau Larisch: »Wie man manchmal alles so verschieden erleben kann! Sehn Sie, damals unser Vater! Wie der verunglückt war und sie und die Wohnung schon gekündigt hatten, da kam unsre Tochter Hedel genau richtig mit dem Jankowski. Der hatte schon eine Arbeit auf der Grube, wir konnten die Wohnung umschreiben lassen, direkt auf ihn, da hab ich vorläufig erst mal Gott auf Knien gedankt und hab nich viel gefragt. Aber wissen Sie, manchmal mach ich mir solche Gedanken, weil dem Jankowski doch der eine Finger fehlt. Grade rechts, an der wichtigsten Hand, der Goldfinger, und er muß den Trauring am Sonntag direkt auf ein' andern Finger stekken. Wenn ein Finger fehlt, fehlt was, und ein Mensch ist dann halt doch nich mehr ganz. Das Mädel hätte sich mit dem, was sie kann – Kochen kann sie, sag ich Ihn' und sauber is sie! – hätte sie sich was Besseres verdient. Manchmal denk ich mir so: Es könnte ja mal was passieren. Es könnte eine Situation kommen, und der Mann müßte beispielsweise einen Schwur ablegen. Vor Gericht, und es geht auf Leben und Tod, und dann – stell ich mir vor – würde ihm nicht der Goldfinger fehlen, sondern ein Schwurfinger, zum Beispiel der Zeigefinger. Was macht er da? Mir kann einer sagen, was er will, aber der Mensch is bloß ganz, wenn er noch alles hat. Manchmal denk ich mir wieder, man soll sich gar nich so viele Gedanken machen, denn es kommt wie es kommt. Heute rot, morgen tot, hat unsre Tante Hedel immer gesagt, genauso is das!«

Aber wenn ein Mensch viel unterwegs ist und Straßenbahn fährt und einmal in der Woche mit dem Güterzug nach Salesche muß, wie die Frau Schwientek, weil sie Ware für den Wochenmarkt holen muß, hat er viel Zeit zum Überlegen. Da sitzt man so, draußen läuft die Landschaft vorbei, vergeht wie das Leben.

Manchmal denk ich mir, dachte Frau Schwientek oft, wenn der Mensch so am Jüngsten Gericht aufwacht und ihm wird wieder sein ganzer, irdischer Leib zuteil, ob dann auch die Goldzähne dabei sind? Man macht sich die hohen Ausgaben dafür, und dann sind sie vielleicht ein für alle Male futsch. Man macht ja Gold nicht ohne Überlegung rein. Man macht das, weil es nicht rostet und ewig Bestand hat. Silber möcht ich auf keinen Fall reinhaben. Die Frau Sisch hat sich jetzt unten Silber reinmachen lassen, das wird im Nu schwarz. Bloß kein Silber! Man sagt immer so, Reden ist Gold, Schweigen ist Silber. Da wird schon was dran sein, weil: reden tut man mit dem Mund. Meistens schlief sie über solchen Gedanken ein. Die letzten Sätze in ihrem Kopf verloren etwas an Genauigkeit. Machte nichts. Kam ein neuer Tag, kamen neue Gedanken!

Wie ist das zum Beispiel mit dem Geruch, den die Menschen so an sich haben? Lehnchen Heiduck hatte mal einen Bekannten, der stellte sich als Baron vor. Aber unter der Hose roch er nach Karnickelfutter. Lehnchen Heiduck hatte sich mit ihrer Mutter darüber unterhalten, und sie sagte: »Sofort Finger weg von dem, denn am Geruch erkennst du den Menschen! Der ist niemals Baron, der ist ein Dieb, den sie gejagt haben und der sich im Karnickelstall versteckt hat!«

Das hatte aufs Haar gestimmt. Er hat der Lehne das Herz gebrochen, hat sie sitzen lassen, Handtäschchen geklaut und am Bahnhof verkauft. Er hieß Brzuch, ein von der Polizei gesuchter Lump.

Und in der Straßenbahn, was kamen da nicht für Gerüche zusammen und strömten auf den Fahrgast ein! Von der einen Seite stank es nach Knoblauch, von der andern nach Erdbeeren, Zwiebeln, Petroleum, vollgepullten Hosen von Kindern und alten Frauen – da konnte einer ganz verdreht werden, wenn er sich hätte überlegen wollen, von wo es kam. Es war auch nicht gesagt, daß der Petroleumgeruch von einem Besoffenen kommen mußte, denn Petroleum war ein beliebtes Mittel, sich nach dem Waschen den Kopf einzureiben; Petroleum ist immer noch das Beste gegen Läuse. Aber wer sich selber für was Besseres hielt, konnte sich auch beim Apotheker was kaufen. Das war erstens teurer und zweitens nutzte es nichts. Überhaupt die Apotheker! Man sollte ihnen aus dem Weg gehn, wo man kann. Einem gewissen Heidenreich haben sie übel mitgespielt. Der Heidenreich, das war der, der im Weltkrieg Sanitäter bei den Italienern war und eine gewisse italienische Lebensart sich angewöhnt hatte. Beispielsweise fing er mit der Klapitschka* Spatzen, schlug sie tot, briet sie in Margarine und fraß sie auf, der Lump. Immer sonntags fing er sie, und montags nahm er sich dann zwischen zwei Klappschnitten eingeklemmt seine zehn, zwanzig Spatzen mit auf die Arbeit. Den andern wurde es ganz schlecht, wenn sie diese Roheit sahen. Einmal haben sie ihm dann in der Frühstückspause auf eine Schnitte Brot so einen lebendigen Frosch gelegt, und er hat ihn gefressen.

Als er den letzten Bissen verschluckt hatte, haben sie ihm das gesagt, und er hat sich auf den Schuh gekotzt.

Und genau diesem Heidenreich ist die Geschichte mit dem Apotheker passiert, und zwar nicht ihm, sondern seiner Tochter, der Liese Heidenreich. Sie ging zum Apotheker Brodosch in der Gneisenaustraße, lief extra noch so weit, weil sie sich vor dem zuständigen Apotheker in der Haldenstraße geschämt hätte, denn er kannte den Heidenreich und hätte ihm etwas davon sagen können. Sie hatte nämlich gegen den Willen des Vaters Umgang mit einem Lumpensammler und sich Filzläuse zugezogen. Der Heidenreich hatte immer gesagt:

* Klappfalle

»Wenn ich dich noch einmal mit diesem Haderlock*
seh, brech ich dir die Knochen im Leib und schmeiß
dich zum Fenster raus.«

Aber das Mädel konnte sich nicht von ihm trennen,
denn er war ein Kavalier und brachte ihr jedesmal eine
kleine Aufmerksamkeit aus seinem Kasten mit. Mal einen Fingerring, eine Goldspange oder einen Spiegel,
und dann war es halt passiert, und sie bekam Läuse im
Schritt. Der Lumpensammler hatte gesagt, sie sollte
Petroleum draufschmieren. »Dann riecht der Vater den
Gestank und weiß Bescheid«, sagte sie. Also ging sie
zum Apotheker Brodosch, kaufte sich dort ein Mittel
und war nach einem Tag tot. Der Heidenreich fand die
Flasche neben dem Totenbett, ließ sich beraten und verklagte den Apotheker auf Schadenersatz. Er brachte einen fadenscheinigen Nachweis, daß ein reicher Geschäftsmann schon wegen einer Heirat mit ihm in Verbindung getreten war, und er selber, der Heidenreich,
hätte sich ein schönes Leben auf die alten Tage machen
können, hätte der Apotheker die Tochter nicht umgebracht. Was war? Der Brodosch wurde freigesprochen.
Weil die Akademiker doch alle unter einer Decke stekken. Der Apotheker hat sich vor Gericht herausgeredet
mit Wörtern, die keiner verstand, und hat gesagt, er
könne nicht den Leuten nachlaufen und ihnen vorlesen,
daß dort »Zum Einreiben« stehe und nicht »Zum Einnehmen« und so weiter.

Ein anderes Mal passierte noch so eine Geschichte

---

* Lumpensammler. Sie bezahlten die Lumpen mit Kämmen,
Knöpfen und Kleinkram, den sie in einem Kasten unter den
Lumpen aufbewahrten.

mit einem Apotheker. Lehnchen Heiduck hatte sich zufällig auch solche Läuse geholt, und zwar bei einem von der Feuerwehr. Aber er war Offizier. Man weiß manchmal nicht, wie diese Leute an das Ungeziefer kommen. Sie also, als es anfing zu beißen, verschämt war die Lehne nie, ging direkt zum Apotheker in die Haldenstraße und sagte frei heraus: »Mich beißt dort. Hier! Haben Sie ein Mittel, was nich so teuer is?«

Der Apotheker packte sich ans Kinn. »Da muß ich mal nachdenken...« Aber er war gar nicht der Apotheker, sondern bloß der Gehilfe. Der richtige Apotheker war in der Stehbierhalle beim Hindelang, gleich um die Ecke, auf ein Bier bloß. Der Gehilfe hieß Ptok, und in seinen Augen fing es schon so an zu glimmen, wie bei einem Verrückten. Er stotterte auch, und die Hände zitterten ihm: »I-ich guck mir das am besten schnell mal selber an, Fräuleinchen, treten Sie näher, hier auf den Operationstisch! Das ganze kost' Sie nich mehr wie zwei Mark.«

Die Lehne ging rein, legte sich auf die Couch und machte sich den Rock hoch. Und wie der Gehilfe Ptok eine Dose mit Vaseline zurechtstellte und sich grade die Hosen aufknöpfte, kam der Apotheker rein, übersah die Lage mit einem Blick und haute ihm eins in die Fresse. »Ich wer dir geben, eine neue Dose Vaseline aus der Schublade nehmen!«

Er warf ihn aus der Ladentür raus, trat ihn hinten noch in den Arsch und kam freundlich zurück. »So, Fräuleinchen, jetzt machen wir das alles. Auf Gehilfen, wissen Sie, is heutzutage kein Verlaß. Vaseline wär das schlechteste gewesen, was es gibt.«

Und was dann kam, kann man sich denken: Das Mittel hat einen Scheißdreck geholfen, die Läuse blieben, und Lehnchen Heiduck mußte auf Petroleum zurückgreifen, und sie konnte sich pudern, soviel sie wollte, der Geruch kam doch durch die Kleider.

»Weil die alten Hausmittel«, sagte die Frau Schwientek, »seit eh und je das Beste sind! Ich schwöre bloß auf Sauerkraut! Kalte Füße? – Jeden Abend regelmäßig ein' Wickel mit warmem Sauerkraut, nich ganz weich gekocht, nach drei bis vier Wochen is die Besserung da. Oder Halsschmerzen? – Einen Halswickel mit Sauerkraut machen, aber kalt, schon is über Nacht alles gut. Was mir auch immer schmeckt, sind Krautgamaschen. Gehacktes wird mit Ei vermischt, mit einer alten Semmel gut durchgeknetet, in Krautblätter gerollt und mit Zwirn verschnürt und in Margarine gebraten, das essen sogar die Barone in Polen. Am besten nimmt man dazu, wenn man hat, Sternzwirn, der hält sich nämlich besser in der Bratpfanne.

Manche ärgern sich auch über Kraut. Wie einmal der Herr Poderwa. Bei denen gibt es immer bloß Kraut. Kraut zu Mittag gestampft mit Kartoffeln, bissel Speck dazu ausgelassen. Kraut am Abend als Stampfkartoffel angebraten. Kraut mit in die Arbeit in der Kasserolle; für die Kinder Kraut auf Brot in die Schule, immer bloß Kraut, Kraut, Kraut. In der Brotbüchse liegt Kraut, alle Töpfe sind voll Kraut, in der Kammer sowieso vier Fässer Kraut – weil sie doch das Krautfeld nach der verstorbenen Tante geerbt haben, die hinten im Stalle eine Krautfabrik betrieb. Nach ihrem Tod hielt sie keiner mehr in Schuß, denn der Poderwa hatte ja seinen Posten in der Grube. Und dann is ihm mal der Kragen geplatzt. Er nimmt beim Mittagessen den Schuh von seinem Fuß ab und haut ihn der Frau auf den Kopf. Jetzt tut ihm das leid, weil sie seitdem stottert. Aber das liegt bloß an ihr; denn aus Kraut kann man hunderterlei verschiedene Delikatessen auf den Tisch stellen.«

Und immer Kümmel rein, muß man sich merken. Das gibt dem Kraut erst den richtigen Geschmack! Im Kochen machte der Frau Schwientek keiner was vor. Sie wurde auf Hochzeiten geholt, auf Beerdigungen, auf Kommunionen, auf alle Arten von Feiern, wenn wo sparsam gekocht werden mußte!

Da war sie einmalig.

Wenn man bloß etwas Grips im Schädel hat, ist alles in Ordnung! Kraut im Ganzen gedämpft, dann Kümmel drüber, schon etwas ausgelassenen Speck drauf und ein halbes Pfund Kartoffeln daneben – wenig Arbeit, aber große Delikatesse! Oder Krautsuppe: viel Kümmel rein, etwas Speckschwarte ausgekocht und alte Kartoffeln mitgekocht – immer zu gebrauchen. Was auch schön ist: Wenn man Kraut, am Sonntag gekocht, auf einem guten Teller mit Goldrand serviert, Löffel und Gabel daneben, und das Ganze mit gerösteten geriebenen Semmeln bestreut. Das wirkt direkt vornehm und schmeckt wie Rosenkohl.

Dabei war noch gar nicht die Rede von Sauerkraut. Sauerkraut ist überhaupt erst das Richtige! Nur von Poderwa, da nimmt die Schwientek kein Kraut an. »Nein, lassen Sie, Frau Poderwa, wir ham noch'n ganzen Topf zu Hause! Lassen Sie, lassen Sie und schön' Dank für den guten Willen!«

Sie wollte ihr nicht ins Gesicht sagen; man soll die Leute nicht kränken, aber der Poderwa hatte Schweißfüße, und das schmeckte man raus. Aber sonst hatten sie doch keinen anderen in der Familie zum Stampfen! Die Kinder waren zu klein, und was mag die Frau schon gehabt haben an Gewicht? Wie die aussah, in Kleidern – sagen wir sechsundachtzig Pfund. Der Kaufmann Jäschke hat sie mal drauf angesprochen, als sie ihm ein Faß Kraut verkaufen wollte für den Laden. Und sie soll ihm gesagt haben, daß der Poderwa sich todsicher saubere Fußsocken anziehe, ehe er in das Faß gehe. Das wird nicht stimmen, dem Geschmack nach.

Frau Schwientek macht der Mickel eine Schüssel heißes Wasser für ein Fußbad: »Steck mal rein! Fußbad is für alles gut. Und merk dir, wenn du nachher Familie hast: Immer Weihwasser im Hause haben!« Und sie spritzte mit zwei Fingern aus dem Weihwasserkessel was in das Fußbad. Vor sechs Wochen war erst Kollende* gewesen, und der Kessel war noch voll bis zum Rand.

»Soll ich dir mal sagen, wie sich die Frau Olesch aus Schechowitz mit Weihwasser das Leben gerettet hat? Ich wer dir das erzählen, Mädel, beweg mal etwas die Füße hin und her, das wird gut sein für das Kind! Wie die Frau Olesch von der Tochter kam, wo sie sich aufgehalten hatte, und es war schon Abend, draußen alles finster, keine Laterne brannte, ruhig alles, kaum ein Mensch noch auf der Straße, und die Geschäfte hatten schon zu, da kommt die Olesch vor das kleine Haus, wo

---

* Hausweihe, z. B. am Dreikönigstag

sie gewohnt hat, und will gerade aufschließen: steht dir direkt neben der Türe ein Mann. Sie erschreckt sich, aber nimmt sich zusamm' und fragt: ›Was wolln Sie?‹ Jetzt sieht sie, daß er gut angezogen is. Schön' Anzug mit Kavalierstaschentuch oben in der Tasche, saubres Hemd und alles, und da hat sie schon Verdacht geschöpft. Sie guckt sich die Schuhe an: prima Lackschuh, Gamaschen – aber ein Klumpfuß! Sie sich sofort gedacht: Halt, das is der Teufel! Nur ruhig Blut und sich nich verraten, denn hinter der Türe hat sie Weihwasser gehabt. Sie schließt auf, geht vor, schnappt sich das Weihwasser und gießt auf ein' Schlag alles über den Satan, und *wie* der abgesaust is, wie eine Rakete, sag ich dir. Sie hat von hinten noch den langen Schwanz gesehn. Mädels, sag ich immer, haltet euch stets Weihwasser im Haus! Und auch in der Ersatzflasche immer was unterm Bett haben. Der Pfarrer gibt euch kostenlos, wieviel ihr wollt, wenn ihr bloß was in' Opferkasten steckt. Weißt du, daß es im Haus von der Frau Olesch noch eine Woche nach verbranntem Horn gestunken hat? Ich hab das mit der eignen Nase gerochen. Aber der kam nich wieder, sag ich dir. Nein, nein, nichts geht über die guten alten Mittel!«

Das Fußbad nützte nichts. Kein Ziehen im Kreuz, kein Spannen im Schritt, das Kind würde heute nicht mehr kommen. Es war schon zehn Uhr. Manchmal möchte sich die Frau Schwientek fragen, ob das Leben überhaupt einen Sinn hat auf der Welt. Da sitzt sie, rakkert sich ab und schuftet sich tot, alles bloß für die Kinder. Andre Leute sitzen da, haben keine Kinder und keine Sorgen.

Aber manchmal machen einem die Mädels auch viel Freude. Wenn es höflich klopft, und der Dettek Hübner kommt rein: »Is die Tekla zu Hause?« Da schlägt das Mutterherz höher. Der wird es mal zu was bringen! Soll man drüber sprechen, wie der sich für alles interessiert? Wie der schon ein halber Arzt ist auf seinem Gebiet? Wie er zu Hause bei sich, bei Hübners, einen ganzen Kasten voll von Pflastern und Binden und verschiedenen Instrumenten hat, wie er sich dann, wenn einer wo ein Geschwür hat, zum Aufschneiden anbietet? Wie er die Frau Schwientek selber schon an die hundertmal gefragt hat: »Wenn Sie wirklich mal was hätten, innerlich, Verdauungsfragen, und ich bei Ihnen ein Klistier machen dürfte, Frau Schwientek, das mach ich gern.«

Und immer hatte er so eine schöne Gummispritze bei sich, mit drei verschiedenen Vorsatzstücken, in der Hosentasche. Er sagte: »Weil, wissen Sie, wie soll ich das erklären, nich jedes Stück paßt gleich bei jeder. Öfters muß ich länger probieren, bis das paßt. Aber wenn Sie wirklich mal soweit sein sollten, vor mir wern Sie sich doch nich genieren, ich als Ihr Schwiegersohn!«

So ein feiner Mensch! Die Frau Schwientek wurde ganz rot bei so was. So ein Kompliment! Jetzt verkehrte er schon seit Wochen hier und hatte sich nicht einmal in die Tischdecke gerotzt! Und er hat immer, wo er auch hingeht, so eine Gummispritze in der Tasche und die drei Sachen zum Aufsetzen, wenn mal Erste Hilfe gebraucht wird. So hat man manchmal auch seine Freude mit den Kindern.

Aber andrerseits! »Was man schon so als Mutter für euch getan hat, das könnt ihr einem nie danken«, sagte

Frau Schwientek soundso oft zu ihren Mädels. Die wußten aber auch, was sie an ihr hatten.

Draußen klopfte es. Noch ein Junge kam: »Der Kapitza läßt sagen, der Herr Stanik is jetzt ein bissel eingeschlafen, weil ihn einer eins auf den Kopf gehaun hat. Wenn ihr möchtet, sollen Sie mit dem Handwagen kommen und ihn holen. Ich soll mal fragen, ob das Kind schon gekommen is.«

Mickel heulte, daß man es bis vorne hören konnte. Von dem Wasser in der Kasserolle auf dem Ofen war schon wieder die Hälfte verdampft, und Frau Schwientek sagte: »Geh Wasser holn, Vater, in der Kanne, daß genug da is, wenn es wirklich noch kommt!«

So ein Mann wie der Stanik kann eine ganze Familie zugrunde richten. So einen wie den Stanik hat sich das Mädel auch nich träumen lassen. Sie hätte bloß ein Wort sagen müssen, da hätt sie der Frisör genommen. Mit Handkuß! Es wird Zeit, daß mal einer dem Stanik die Hörner abstößt. Der Frisör kam jedesmal in der Mittagspause auf den Markt und hat sich etwas Obst gekauft, und jedesmal hat er gefragt: »Was macht die schöne Tochter von Ihnen, Frau Schwientek? Sie wissen, die eine, der paar Zähne fehlen.« Klappstock hat er geheißen. Das is kein schöner Name, aber besser später eine feste Rente bekommen als vorher ein schöner Name und keine Rente. Die Frisöre, sagt man, haben eine gute Versicherung. Jetzt kommt immer mehr die Mode mit dem Bubikopf durch. Man sieht in der Straßenbahn jedesmal drei, vier Leute damit. Manchmal fragt man sich, was so ein Frisör am Tag einnimmt, wenn andauernd die Mode wechselt. Aber sie wollte ihn ja nich. Sie wollte den Stanik. Jetzt hat sie ihn. Beim Kapitza. Eine Abreibung hätte sie damals bekommen sollen. Den nimmst du und keinen andern, hätt man ihr sagen sollen, dem Balg.

Die Eltern waren immer schon viel zu nachsichtig mit den Kindern.

Auch von hinten sah der Klappstock nicht schlecht aus. Er hatte einen Gang wie ein Operettensänger. Der Stanik hatte einen Gang wie ein Kartoffelbauer aus Rybnik. Er hatte keine Art und machte nichts aus sich, er rotzte sich in die Finger, wischte das an die Hose, und wenn ihn einer fragte: »Wie geht es, Herr Stanik?« sagte er: »Scheiße is das!« anstatt sich zu bedanken.

Auch von hinten kann man immer sehen, was für ein Mensch einer ist.

In der kleinen Stube bei Schwientek stand an der Wand der polierte Stubentisch, der gebogene Wohnzimmerstuhl daneben, den sie von der Tante Hedel hatten. Und auf dem Tisch war immer eine saubere Tischdecke, wie sich das gehörte, kein Fleck drauf. Schönes Polster hatte der Stuhl, aus Plüsch! Ein Deckchen lag drauf, daß sich der Sitz nicht abnutzte. Wo früher die Kiste mit Winterkartoffeln stand, war nun das Chaiselongue für das Mädel, auf dem es jetzt halb lag und halb saß, und das Kind kam nicht. In der Ecke war der Waschkorb, und es war feucht. An der Wand rieselte es herunter. Aber Gott sei Dank hinter der Tür, wo man es nicht sehen konnte. Der Jankowski hatte die Wand vor zwei Jahren hellgrün gestrichen und schön mit einer Rolle Silber darüber gewalzt. Das Fenster ging auf die Straße raus, und der Store, den die Tante Tinka vor ihrem Tode für die Frau Schwientek als Hochzeitsgeschenk gehäkelt hatte, hing davor. Das sah von draußen schön aus. Und Blattpflanzen! Über dem Tisch hing ein Bild von der heiligen Magdalena mit der heiligmachenden Gnade dabei, weil sie direkt in den Himmel guckte. Leid war auf ihr Gesicht gezeichnet. Sie trug ein schlichtes, grünes Kleid, hochgeschlossen, ganz leicht gerüscht, ein Stück Stoff reichte noch über den Kopf und bedeckte die Haarpracht. Bei Palluch im Modehaus war vor etlichen Monaten auch so ein Kleid für 48 Mark, das war nicht viel. Man konnte noch genau sehen, wie schön die heilige Magdalena mal gewesen sein mußte. Der Pfarrer hatte mal angedeutet, daß sie ganz früher, als junges Mädel, bissel gesündigt hatte, dann aber bekehrt wurde. Dabei war sie überhaupt nicht angemalt, nur die Backen leicht gepudert. Etwas Lippenstift hatte sie drauf, aber nur ganz leicht, ein Hauch. Etwas ist nicht schlimm. Das Bild war verglast und schön gerahmt. Hinten konnte man den Preis noch erkennen, 16 Mark 50. Das war viel Geld gewesen zu der Zeit, und es war ein Hochzeitsgeschenk an Frau Schwientek von der guten Tante Hedel. Das Bild hatte zweiundzwanzigmal Kollende erlebt und war also gut geweiht. Wenn die Magdalena wirklich so war, wie der Pfarrer schon angedeutet hatte, an was konnte man sich da noch halten? Aber man sieht auch andrerseits, wie das Blatt sich von heut auf morgen wenden kann, dachte die Mickel.

Schön war auch, daß der Heiligenschein bei der Magdalena aus Glimmer war. Das ist viel teurer, denn Glimmer ist wie Silber.

Bei Pelka hatten sie bloß *einen* Heiligen. Die Frau

Schwientek sagte immer: »Ich brauch bloß in eine Wohnung kommen, da weiß ich gleich, wo ich bin.«

Die Mickel konnte die Leute, die sich mit ihrem Leid auf der Straße zeigten, nicht leiden. Die machten solche Augen und erzählten es allen, aber eine echte Frau mußte das Leid nach innen kehren, mußte wachsen und reif werden. Stilles Leid war großes Leid! Die Zarah Leander, die machte das richtig!

Die Mickel tupfte sich die Nase vorsichtig ab, damit der Puder nicht abging. Als die Mama in der Küche war, hatte sie schnell etwas Puder aufgelegt. Auf dem Puderspiegel stand mit schöner Druckschrift: »Andenken aus Bad Altheide«. Alles ist Andenken! Es war ein Geschenk von Lehnchen Heiduck zum sechzehnten Geburtstag.

Etwas von der Seite, wenn das Licht von rechts kam, hatte sie schon einen Zug von Leid um die Mundwinkel. Eine Furche war schon eingegraben, vom Stanik war das, der immer mit demselben ankam! Ach, was hatte sie nicht schon alles mitgemacht!

Wegen dem Kleid bei Palluch hatte sie sich die Augen aus dem Kopf geweint. Aber sie hatten noch mehr Bilder. Über der Mama im Schlafzimmer hing Jesus Christus. Er war etwas durchsichtig; Gott ist sowieso unsichtbar, und man konnte sein Herz sehn, durch die ganzen Kleider. Jetzt gab es Kleider, die waren schon durchsichtig, wenn man sie kaufte, aber man mußte einen Unterrock darunter tragen. Beim Vater über dem Bett hing Jesus am Ölberg, wie er grade an seinem Kelch probierte und sagte: »Vater, nimm diesen Kelch von mir, ich habe mir das nicht verdient!« Er wollte die Erlösung noch abwenden, aber umsonst. Der Kelch bedeutet das Leiden, hat der Pfarrer gesagt. Es gibt viele Wörter, die sind bloß ein Gleichnis.

Von wo die wohl immer wissen, wie ein Heiliger zu Lebzeiten ausgesehen hat? Jetzt mußte sie sich endlich bald mal fotografieren lassen. In Poremba gab es zwei Fotografen: den Marek und den Reschka. Der Reschka war besser, weil er mehr Hintergrund hatte. Die Käthe Mrozek besaß ein Bild von sich selber im weißen Kleid, wo sie vor der Ostsee abgebildet ist. Dahinter ein Haifisch und an der Seite ein schicker Strandkorb. Hedi Gluch wurde zu ihrem einundzwanzigsten Geburtstag neben einer Marmorsäule im Ausland fotografiert. Das mochte Mickel nicht so gern. Man konnte da zu deutlich sehen, daß der Marmor nur künstlich und gemalt war. Früher hatte sie mal Zöpfe, und was hatte sie geweint, als die Mama sagte: »Mädel, in einer Woche is Hochzeit, und du wirst eine Frau. Es gehört sich nich, daß man Zöpfe mit in die Ehe nimmt, das bringt kein Glück!«

Sie heulte leise auf, als ihr das einfiel. Schönes, gesundes Haar, und jeder Frisör möchte sich die Finger lekken, wenn ihm jemand so was verkaufen möchte. Aber nie und nimmer würde sie die Zöpfe verkaufen! Nie, nie, nie! Außer in der höchsten Not, wenn das Kind verhungert und schreit: »Mutti, gib mir Brot!«

Sie mußte weinen, wenn sie sich das ausmalte, wie sie dann langsam an der Häuserwand entlang zum Frisör Klappstock geht und sagt: »Hier, nehmen Sie es hin, Herr Klappstock, es muß sein!« Und der Klappstock erinnert sich an seine Liebe zu ihr, Tränen laufen ihm runter. Sie hatte einmal so einen Film gesehen. Und der Stanik liegt zu der Zeit todkrank zu Hause im Bett. Jetzt lagen die Zöpfe in der untersten Schublade vom Vertiko. Eingepackt in ein saubres, altes Handtuch. Seit ihrem dreizehnten Lebensjahr diente diese Schublade ihren persönlichen Geheimnissen. Die Mama hatte sie damals, denn das war ihr Geburtstagswunsch, für sie ausgeräumt. Dann lag dort noch schön zusammengefaltet der Brautschleier, verpackt in Zeitungspapier, denn man sagt: »Gibst du den Schleier aus dem Haus, geht im Haus das Brot bald aus.«

Jetzt hätte sie Appetit auf Fruchteis Himbeer mit Schokolade. Was der Mensch sich so für verschiedene Gedanken macht! Aber Frau Schwientek sagte immer: »Die Mickel, die hat den Verstand nach mir. Die bringt es mal zu was.«

Die Frau ist der Kopf in der Familie, und der Mann ist das Werkzeug. Männer haben nicht so viel Verstand. Wenn der Stanik bloß auf sie hören möcht – alles könnten sie schon besitzen! Sie sagte immer: »Stanik, jetzt miete dir einen kleinen Laden! Wir fangen ganz klein an! Dann vergrößern wir immer mehr, und nach zwei, drei Jahren kommt der Reichtum. Der Jude Palluch soll das auch so gemacht haben. Und guck dir jetzt sein Modegeschäft an!« Dann kam der Stanik in Wut und schrie sie manchmal an, daß sie wieder heulen mußte: »Red doch nich, was weißt du! Für ein' Laden mußt du Miete zahln! Hast du Miete, no?«

Da war sie dann lieber ruhig.

Es klopfte, und ein Mann sagte durch die Tür. »Sie, der Kapitza läßt sagen, Sie brauchen sich um den Herrn

Stanik nich mehr kümmern. Der Bruder hat ihn auf dem Fahrradanhänger von Skupin abgeholt.«

Dann waren in der Schublade noch ihre persönlichen Postkarten aus aller Herren Länder der Welt. Vierzehn Stück, davon allein elf von der Kommunion. Aus Kanderzin, Beuthen, Emanuelssegen und eine aus Berlin. Die von Berlin hatte sie sich durch Lehnchen Heiduck vermitteln lassen, und zwar hatte Lehnchen einen Bekannten dort. Berliner von Geburt. Früher, als Lehnchen Heiduck in Gleiwitz im Seifengeschäft Verkäuferin war, hatte der Betreffende einmal Aufenthalt auf dem Bahnhof gehabt. Wie er einen Rundgang machte, einmal um den Bull* ging, kam er auch in den Laden rein, und die beiden verliebten sich gleich. Da blieb er dann bis zum Morgen. Zuerst wollte er sich bloß Schuhwichse im Laden kaufen, aber da sieht man, wie das so geht im Leben. Und danach hat er ihr noch mehrere Geschenkpakete aus Berlin geschickt. In der Küche hatten sie noch ein Bild: Jesus spendierte die Hostie an seine Jünger. Das war auch schön. Aber dann, ganz unten in einem blauen Kuvert, mit Kerzenwachs versiegelt und mit einem Ring aus der Wundertüte gestempelt, bewahrte sie zwei Eintrittskarten von einem Tanzvergnügen in der »Waldbaude« auf. Sie wollte das Kuvert erst vor ihrem Tode wieder öffnen, wenn es kein Zurück mehr gab. Der Stanik durfte das nie, nie erfahren! Sie hatte vor vier Jahren einen Mann kennengelernt, einen gewissen Neugebauer, Schneider von Beruf und aus Beuthen. Und zwar war das Liebe auf den ersten Blick

---

* Boulevard

gewesen. Beim Hochamt zwischen Opferung und Wandlung warf sie wie durch Zufall, und magnetisch angezogen muß das gewesen sein, ein Auge auf die Männerseite.

Da stand er! Guckte auch herüber.

Und nach der Messe ging er neben ihr und sprach sie an. Nachmittags fuhren sie mit der Straßenbahn in die »Waldbaude«. Nein, was hatte sie den Mann geliebt! Aber nach zwei Stunden ging alles schon in die Brüche, denn am Eingang zur »Waldbaude« hat die Adelheid Kutschera ihn sofort verrückt gemacht und ihm den Kopf verdreht, und er ließ die Mickel stehn, gab ihr bloß noch die Eintrittskarten zum Andenken mit. Sie wollte sich ins Wasser stürzen. Das war alles so furchtbar, was sie schon mitgemacht hatte. Und wie hätte alles anders kommen können!

Man kann die Menschen in zwei Sorten einteilen – die feinen Menschen und die ordinären.

»Die Mickel geht nach mir«, sagte immer Frau Schwientek. »Die Hedel geht nach mir, aber auch nach unserer Tante Hedel. Nur die Tekla is ganz der Vater. Bei dem Mädel kenn ich mich bald nich mehr aus. Setz dich nich so ordinär hin, du Aas verfluchtes, das hab ich dir schon hundertmal gesagt! Und zieh dir Schlüpfer an!« Die Tekla saß auf dem Küchenstuhl, den Hintern vorne auf der Kante, den Kopf hinten an die Lehne gelehnt, vorne die Beine breit, daß man wer weiß was sehen konnte. In der letzten Zeit fraß sie immer Fünf-Pfenning-Lutscher.

»Wer dem Aas bloß das Geld dafür gibt?« fragte Frau Schwientek. »Mädel, wenn ich einmal merk, daß du mir klaust, schlag ich dich mit dem Hader* tot, du Pierronna verfluchte.«

»Laß mich doch, Mama!« sagte dann die Tekla. »Ich hab doch Schlüpfer an, hier!« und sie hob das Kleid hoch. »Ham sich bloß unten zusammengerollt.«

»Ja, ja«, sagte Frau Schwientek, wenn sie sich abends auf den Stuhl fallen ließ. »Wir arbeiten uns ab, und man kommt mit der Jugend heute nich mehr mit. Bembergseide tragen sie jetzt unten. Dabei geht nichts über gute Wolle, und im Vertiko liegen mindestens fünf Schlüpfer aus Bleyle. Früher wärn wir froh gewesen, wenn wir so was gehabt hätten.«

Aber solange sie hier im Haus kommandierte, wurden Sitte und Anstand großgeschrieben. Zum Beispiel, wenn die Mädels in die Kammer auf den Eimer mußten! Sobald sie fünfzehn waren, bestand Frau Schwientek darauf, daß sie den Vorhang hinter sich zuzogen. Weiß man, was sich überall für Gesindel von Männern herumtreibt und schnell mal einen Blick reinwirft? Die lauern doch bloß alle darauf, daß sie was sehen! Und *das* hatte sie ihren Töchtern von kleinauf eingetrichtert: Männer sind wie Tiere! Und das wußten ihre Mädels wie das kleine Einmaleins. Auch seitdem die beiden Großen schon verheiratet waren, hatte sich da nichts geändert. Dem Jankowski konnte man so nicht viel nachsagen, er war anständig, aber der Stanik! Wie viele Male kam Frau Schwientek zufällig dazu, wie er probierte, der Mickel in die Kammer nachzuschleichen.

»Anno 21/22«, sagte der Pelka, »war auch mal so was!

---

* Scheuerlappen

Die Franzosen waren hier und hatten überall ihre Wachen postiert. Geh ich mit dem Gluch zum Kochmann zum Vergnügen. Wir gehn raus, steht unten an der Treppe so ein Franzosenscheißer auf Wache mit Blick auf den Peter-Paul-Platz. Der Gluch, der Pierron, zieht unter der Joppe sein' Lellek raus und pißt dem dort unten auf den Kopf. Der weiß nich genau, was das is, wischt sich darüber, riecht dran und wir inzwischen die Treppen runter, gehn schnell an ihm vorbei, grüßen noch, und bis der merkt, was es geschlagen hat und in die Luft schießt, sind wir weg.«

Der Pelka, dieser Teufelskerl!

»Wenn der ein bissel Bildung hätte«, sagte Frau Schwientek, wie der Pelka außer Hörweite war, »möchte er solche Schweinereien vor Kindern nich reden. Pfui und noch mal Pfui! Verkehrt bloß nicht mit den Pelka-Kindern, Mädels!«

Auf der Ignazgrube war mal ein Jungsteiger, von dem man denken sollte, er hätte Bildung, aber dann hör sich das einer mal an, was passiert ist! Was auch wieder beweist, daß am Ende auf niemanden Verlaß ist auf der Welt. An Ablaß also, wie die ganzen Buden aufgebaut sind, und es ist schon finster, die Kinder sind zu Hause und bloß die Erwachsenen stehen noch bei den Buden und machen sich Vergnügen, lernt die Anna, vom Häuer Olesch die Tochter, vor einer Spielzeugbude den Jungsteiger Drewniok kennen. Sie kommen ins Gespräch, und er muß wohl auch ein Auge auf sie gehabt haben, sagt jedenfalls zu ihr: »Komm hinter die Bude, Mädel, dorten is ein Loch, da kann man sich das ganze Spielzeug aus der Nähe begucken!«

Sie geht also mit, und auf einmal fängt vorne die ganze Bude an zu wackeln, weil er sich hinter der Bude mit dem Mädel eingelassen hat und sich dort immer mit den Füßen von der Bude abgestoßen haben muß.

In der Bude fällt eine teure Feuerwehr für fünf Mark vom Regal, und die Leiter davon verbiegt sich.

Der Budenbesitzer kommt in Wut, steigt raus und geht nach hinten. Mit ihm noch drei andre, und zufällig ist der Olesch dabei, ihr Vater. Und sie sehn dort die Bescherung. Der Olesch sagt: »Nich doch, stört sie nich, das ist der Steiger Drewniok, vielleicht hat er Absichten, das wär schön! Ich bezahl die Feuerwehr.«

Nicht mal untergelegt hat er dem Mädel was und ihr ein bissel bequem gemacht. Und dann, was kommt? Sitzengelassen hat er sie, und sie ist mit der Straßenbahn zu der Klodnitz gefahren und ist ins Wasser gegangen, wo sie doch nicht schwimmen konnte. Wie sie das Mädel dann rausgefischt haben, hatte sie noch eine Dreierfahrkarte in der Hand und zwei Fahrten nicht abgefahren. So kann das Unglück über einen kommen. Der Olesch war schon Witwer und hatte auch noch das einzige Kind verloren, wo ihm doch zwei Jahre zuvor die Frau genommen wurde, als er ihr einmal, das soll im Spaß gewesen sein, sagen die Leute, mit dem Feuerhaken auf den Kopf gehaun hat, weil sie jeden Tag die Erbsensuppe hat anbrennen lassen. Sie war nicht auf der Stelle tot und hat es noch zwei, drei Wochen gemacht. Sie war auch Kundin bei der Frau Schwientek auf dem Wochenmarkt gewesen.

Man fragt sich manchmal auch, muß das sein, daß eine jeden Tag die Erbsen anbrennen läßt? Als Gewerbetreibende auf dem Markt kommt man viel mit Leuten zusammen und hat manche Abwechslung. Aber den Jungsteiger Drewniok hätte die Frau Schwientek damals ohrfeigen mögen! Obwohl andrerseits, seine Mutter war eine geborene Hanslik und eine sehr, sehr feine Frau und gute Kundin von der Frau Schwientek. Manchmal machen die Jungs Dummheiten, und man muß ihnen verzeihen. Wer von euch wirft den ersten Stein! steht in der Bibel, und die Mutter von ihm kaufte jede Woche ein ganzes Huhn oder eine große Gans bei ihr. Wenn das Mädel hinter die Bude ging, dann lag das bloß an der schlechten Erziehung. »Wie die Eltern, so die Kinder«, sagte Frau Schwientek. »Der Mensch is das, was die Eltern aus ihm machen.«

Lesen macht ein' bloß verrückt.
Frau Schwientek

Frau Schwientek war Besitzerin eines Gewerbescheins für den Handel mit Gemüse, Obst und Geflügel, ausgenommen Südfrüchte und Wild, ausgestellt am 28. März 1927, und sie selber sah auf dem Foto vorne schön aus, wie ein junges Ding. Das war damals die Mode, so eine runde Mütze, bis über beide Ohren und vorn bis in die Augen. Ihre Mädels hatten die Augen ganz nach ihr geerbt. Da ging was weg bei drei Kindern, und wenn man ihnen etwas Bildung zukommen lassen wollte, ging das nicht von dem, was der Schwientek beim Magistrat verdiente. Da mußte so eine Frau hart zupacken, und jeden Sonntag gab es eine Abgerührte*. Wer im ganzen Haus hier konnte sich das schon leisten? Sie wurde am Sonnabend im Küchenofen gebacken, die Türen wurden sperrangelweit aufgemacht, damit sie alle im Hause vor Neid gelb wurden, wenn sie den Duft rochen. Sonnabends und sonntags roch also die Kammer nach Natron, denn in den Kuchen kam viel Natron rein.

Der Pelka sagte mal, er hätte wo gelesen, ein Mensch sei nicht viel wert, wenn man alles zusammenrechne,

---

* Kuchen ohne Füllung

was er so koste an Chemikalien! Da ist etwas Natron drin und Borax und Dings, Karbolineum, oder wie das alles heißt. Dann kostet er zusammen 2 Mark 60. Jetzt machen sie schon künstlichen Dünger. Auch aus diesem verschiedenen Mistzeug. Bloß ist das teurer als ein Mensch.

»Nein, nein«, sagte die Frau Schwientek, »geh mir einer bloß weg mit dem Lesen. Das mach den Menschen verrückt. Er verliert die ganze Ehrfurcht. Nachher weiß er noch weniger als vorher. Da sag ich immer: Lieber solln meine Mädels aufs Vergnügen ins Café Kochmann gehn, aber nich lesen! Diese ganzen Romane sind doch voll von Verrücktheiten.«

Naturdünger ist doch was anderes! »Nichts geht über Natur«, sagt Frau Schwientek und trug immer eine alte Tasche bei sich und eine kleine Schaufel. Lag wo Pferdemist, drehte sie sich um, ob nicht zu viele Leute es sahen, und schaufelte die Krepple* schnell in die Tasche. Immer etwas Pferdemist unter die Schattenmorellen – wunderbar! »Man darf sich überhaupt nich um die Leute kümmern«, sagte sie. »Wenn ich in der Straßenbahn sitz, wie oft rücken sie von mir weg, weil sie sich bestimmt denken: Hier hat wohl einer Pferdekutteln in der Tasche! Aber dann, wenn Ernte is, wollen alle die Schattenmorellen. Aber so ist das.«

Manchmal, wenn sie nicht sofort in den Garten kam, stellte sie die Tasche mit dem Pferdemist erst in die Kammer. Dann roch es etwas danach. Und was noch war: In allen Kammern auf der Oschlowskistraße roch

---

* Pferdekutteln

es durch die Bank weg nach Sacharin. Das überflügelte
den Geruch von den nassen Wänden, vom Bohnenkraut, vom Sauerteig, von der alten Wäsche dort drin.
Der Dettek Hübner sagte: »Das kommt vom Frauenurin.«

Möglich!

Wie der Bäcker Mainka damals den Backpreis raufgeschraubt hat, haben sie ihm aus Rachsucht die Katze gefangen, ihr den Schwanz mit Petroleum angezündet und laufen lassen. Der Pelka sagte, solchen Niederschlesiern kann man nicht genug heimleuchten. Und wenn sie ihm die Knarre gäben, würde er mit den Juden auch nicht lange fackeln. Die Frau Schwientek sagte, die Großhändler müßten auch mal drankommen. Wegen denen legte sie auch keinen Wert auf Südfrüchte. Das ist so: Willst du Südfrüchte auf dem Markt verkaufen, mußt du sie mit dem Handwagen vom Verladebahnhof selber holen, und dort geht alles über die Grossisten. Merken die, das Obst wird knapp, schon gehn sie mit den Preisen rauf. »Sollten Sie mal Gelegenheit haben, Herr Pelka«, sagte Frau Schwientek, »nehm' Sie sich die Großhändler auch gleich vor, die sind genau wie Juden! Der König traut ich auch nich übern Weg.«

Aber wenn sie den Dettek so reden hörte, hätte sie vor Freude weinen können, daß das Mädel so einen feinen Mann bekommen sollte! Schon die ganze Ausdrucksweise mit der Sprache, die der hatte! »Ich habe einen Bekannten, Frau Schwientek, jetzt wer ich Ihnen mal was erzählen, der is in einem Chemielabor. Dort kann man alles, was es gibt, untersuchen. Mit Formeln, Reagenzgläsern, Chemikalien, Karbolineum – alles.

Und von dem weiß ich auch das mit dem Sacharingeruch. Ich sag Ihn', es soll Spezialisten geben auf dem Uringebiet, die riechen mit der Nase den Dingsgehalt raus, den Dings, na, das ist auch so was wie Karbolineum. Und der hat mir auch gesagt, daß man aus Menschen Seife machen könnte, wenn man will.«

»Der Dettek, wenn man ihm zuhört«, sagte die Frau Schwientek, »könnte selber genauso einen Posten dort im Laborium bekleiden.«

Vorläufig war er noch Ausgeber auf dem Materiallager vor der Grube. Das war ja auch nicht leicht, sich alles zu merken, wo was lag! Und selbst angenommen, seine Naturwellen auf dem Kopf wären nicht ganz echt, denn einmal hatte sie in seinem Jackett, als sie es unauffällig kontrollierte, was er so bei sich trug, Lockenwickler gefunden. Hatte ein junger Mensch nicht Anspruch auf alles? Durfte er nicht ein bißchen auf sich halten und sich verschönern? Und da war doch die Veranlagung zu Naturwellen von Haus aus, sonst könnten sie sich von allein nicht halten! Einmal hatte sie sich extra beim Frisör Klappstock eine teure Wasserwelle machen lassen, als nämlich die Sache mit dem Stanik noch nicht spruchreif war, und sie wollte, daß der Herr Klappstock beim Frisieren vielleicht um die Mickel anhalten möchte – nur zwei Tage hatte die Wasserwelle gehalten.

Nein, nein, wer nicht von Natur zu was veranlagt ist, dem hilft nichts! Bloß, daß sich das Mädel, die Tekla, jetzt schon aufspielt wie eine Königin und sich hier so hinsetzt, das wird ihr noch ausgetrieben! Wo sie sich noch nicht mal wegen der Verlobung ausgesprochen haben! Wenn sie selber jünger wäre, dachte sich manchmal Frau Schwientek, könnte sie sich noch in den Dettek vergucken. So ein schönes, volles Haar! Sie hätte auch gegen ein Klistier vom Dettek nichts gehabt, denn das ist doch so: Das betreffende Gebot von der Unkeuschheit (das sechste) bezog sich nicht auf diese Stelle, sondern auf das andre. Mehr vorne. Und während er von rückwärts die Angelegenheit vornahm, konnte sie sich immer noch vor das andre die Hand halten. Wenn er sie noch dreimal fragen möchte, hatte sie eingeplant... beim viertenmal würde sie wollen. Wenn sie dran dachte, wurde sie ganz sinnlich und mußte schnell rauslaufen in den Hausflur und Wasser holen, zwei Kannen auf einmal.

Seine Eltern müssen aber auch feine Menschen sein, nach dem, was er alles spricht! Auch schon, weil sie in der großen Molkerei auf der Dorotheenstraße wohnen, und seine Mutter, sagt der Detlev, wüsche sich nur mit Kalodermaseife. Alles von Kaloderma: Puder, Creme, Seife. »Wenn Sie mal riechen wollen, Frau Schwientek, bring ich Ihnen mal von meiner Mutter ein Stück angebrauchte Seife mit.«

»Man merkt dem Menschen schon von weitem an, ob er was is oder nich«, sagte die Frau Schwientek, »und wenn die König noch einmal ihren Eimer mit Pulle in den Ausguß gießt, laß ich sofort durch meinen Schwiegersohn, Herrn Hübner, einen Brief aufsetzen an die Grubenverwaltung, der sich gewaschen hat. Sagen Sie ihr das mal, Frau Prszczibillok!«

Der Detlev Hübner hatte nämlich eine Handschrift wie gestochen. Ohne vorgezeichnete Linien, einwandfrei gerade wie mit dem Lineal, und keine Fehler! Wenn mal Karten zu schreiben waren, diese ganzen Glückwünsche, wie man das macht, Kondolenz, Gratulation, Kommunion, Neujahr und die ganzen beweglichen Feste, das würde alles der Dettek machen können, wenn er erst mal richtig zu der Familie gehörte! Dabei bildete er sich nicht die Bohne auf sich selber ein.

Es gibt Leute, die können vor Einbildung nicht mehr laufen. Beispielsweise der Leichenträger Ignaz Lukoschek aus Brzeskow, der sich auf seine weißen Handschuhe soviel einbildete, daß die Jungs ihm jeden Sonntag beim Vergnügen eine über den Schädel hauen mußten, damit er zur Besinnung kam. Stolzierte dort herum, einen Handschuh angezogen, den andern locker in der Hand wie ein Pariser Gent und verdrehte den Mädels den Kopf damit! Dabei wußte jeder, daß die Handschuh dem Beerdigungsinstitut Gruschka gehörten.

Draußen war es schon Nacht, und das Kind kam immer noch nicht. Neben der Hedel lag der Jankowski im Unterhemd und hatte die Augen zu. Die Hedel war im Unterrock und noch wach. Die Tekla zog sich einen Kaugummi aus dem Mund und stopfte ihn wieder rein.

»Wie oft hab ich dir schon gesagt, du Aas, du sollst dir die Rotze nich ins Kleid wischen!« sagte die Frau Schwientek.

»Und wenn du immer so ein Dreckzeug frißt, bekommst du noch Würmer. Und sitzt so vielleicht eine Dame, du Kanaille? Ich hau dir eine in...« Und sie hob die Hand, aber geschlagen hätte sie nie. Sie würde sich doch nicht an der Liebsten von einem Menschen wie Dettek Hübner vergreifen. Dafür hatte sie zuviel Achtung vor ihm.

Der Jankowski hatte heute den Stall repariert, die Hühner saubergemacht und der Frau Schwientek zwei Nägel in die Schuhsohle gehaun. So ein Mann kam einem gut zupasse!

Die Frau Schwientek goß den Dreckeimer manchmal, wenn es keiner sah, aus dem Fenster auf die Straße runter. Einmal hatte sie die Frau Kowoll auf den Kopf getroffen. Das konnte die ihr nie verzeihen. Woran man wieder sehen konnte, was für ein kleinlicher Mensch sie doch war. Hätte sie nicht im Parterre gewohnt, wäre es bestimmt zu einer Revanche gekommen. Hätte der Jankowski noch alle Finger, wäre er vielleicht *noch* nützlicher.

Lehnchen Heiduck hatte mal einen Postbeamten mit einem Holzbein gekannt. Sie mußte ihm immer mit einem kleinen Hammer gleichmäßig auf das Holzknie trommeln, dann kam er in Verzückung. Eine Weile machte ihr das Freude, aber dann wurde es langweilig. Einmal haute sie ihn aus Wut mit dem Hammer auf das andre Knie, da kam er nicht mehr.

Was es für verschiedene Menschen gibt!

Die Steiger beispielsweise wohnten in einer ganz anderen Kategorie von Häusern. Alles schön verputzt von außen und innen auch alles picobello. Überall Gardinen, draußen jeder ein Stück Garten um das Haus herum, und einmal in drei Jahren wurde einer von der Grube abkommandiert, mit Farbe und Pinsel, und mußte das Haus außen streichen. Die Männer hauten sich um diese Arbeit, denn zuerst bekamen sie von der Steigersfrau ein Stück Krakauer und eine Flasche Bier dazu, Brot und alles. Dann gab es manchmal warmes

Essen und abends meistens noch zwei Mark extra. Dazu die schöne Arbeit draußen an der frischen Luft, das war doch ganz was andres als unter Tage. Meistens waren die Steiger feine Leute. Nimmt man mal die Frau Larisch, wo der Mann Fahrsteiger ist und ein Ohr weg hat! Wenn die über den Markt geht, letzte Eleganz, fliegt eine ganze Wolke von Tosca hinter ihr her. Das duftet wie tausendundeine Nacht, da drehn sich sogar stockfremde Leute nach ihr um. Nein, unter Steigern gibt es viele feine Leute! Und dann: sommers wie winters hat sie Handschuhe an, immer nach der neuesten Mode, damit sie sich die Hände nicht beschmiert. Und er ist auch so ein feiner Mensch. Wenn draußen mal Dreck auf der Straße liegt, oder es tröpfelt etwas, zieht er sich gleich Galoschen über die Lackschuhe.

Auf die Steiger ließ die Frau Schwientek nichts kommen, denn soundsoviele von ihnen kauften alles an Gemüse und Geflügel bei ihr. Das machte pro Woche einen schönen Verdienst aus.

Es war schon nach zehne, das Mädel hatte immer noch keine Beschwerden, und die Frau Schwientek konnte ins Bett gehn.

Das Kind wird morgen kommen, am Schalttag. Es wird kein Glück haben. Wenn es wenigstens nicht nach dem Stanik gerät, dachte die Frau Schwientek, und mehr nach ihrer Familie. Ein feinerer Mensch hat es manchmal leichter im Leben. Überhaupt sieht man gleich schon aus der Entfernung, ob einer zu den Besseren gehört oder ein einfacher Mensch ist. Wenn so eine Steigersfrau zu ihr an den Stand kam und mit feiner Ausdrucksweise sagte: »Und bötte, Frau, nöhmen Sö das Önnere aus der Hönne, mein' Mann schmöckt das nöch«, wußte man gleich, das ist eine bessere Frau. Sagte eine: »Packen Sie mir alles mit der Henne zusammen ein und wischen sie bloß die Scheiße bissel raus, wir machen von alles Suppe...«

Das war eine einfache Frau.

»Wer sich auskennt, kennt sich aus«, sagte immer die Frau Schwientek. »Man muß bloß Augen im Koppe haben und klaren Verstand.«

Nicht alle Steiger waren bessere Leute. Es gab natürlich auch ordinäre Menschen in diesen Kreisen. Die Frau Niestroi, vom Steiger Niestroi die Frau, war ausgesprochen ordinär. Wenn die über den Markt tanzte und sich zierte wie eine Diva, hier ein Seidentüchlein und dort noch ein kleines Schuhchen, Handtäschchen und Stöckelabsätze, Seidenstrümpfe, wo die Naht schief saß, und Schleierhut! Die stank nach Parfüm wie eine Drogerie, und dann kaufte sie alles bei der Frau Toschek. »Schämen möchte man sich für so ein Weibsbild, ham Sie das gerochen?« sagte dann die Frau Schwientek.

»Du Aas hast dir die Füße wieder nich gewaschen«, sagte sie zu der Tekla, »das riech ich bis hier.«

»Laß mich doch«, sagte die Tekla, »das is doch das Bettzeug, was stinkt, weil das wieder auf dem Chaiselongue von der Hedel gelegen hat.«

Das Mädel war ja so leicht eingeschnappt.

Der alte Schwientek saß noch in der Küche auf dem Stuhl in der Ecke und rauchte Pfeife. Der Jankowski und die Hedel waren auf dem Chaiselongue neben dem Ofen schon eingeschlafen. Das Licht war aus, saubres

Wasser war im Kastrollik aufgesetzt. Tabak war geschnitten für morgen. Der Schwientek hatte Fidibusse geschnitzt und neben den Kohlenkasten gelegt. Soweit war alles in Ordnung. Die Kuckucksuhr tickte, der Kuckuck war aber abgebrochen, und es roch nach Tabakrauch, Brot, Schmierseife, Gemüse hatte es zum Abendbrot gegeben, nach Zwiebeln und Kohlenoxyd. Der Schwientek hatte die Ofentür aufgemacht, damit das Feuer etwas Licht gab. Zeitweilig hörte man ihn an der Pfeife ziehn, und sonst hörte man bloß das Husten vom Prszczibillok im ersten Stock mit seiner Lunge.

Was die alle bloß für Theater machen! dachte der Schwientek. Laufen rum, reden und reden, machen sich Gedanken im Kopf, und dann kommt sowieso alles anders. Dabei ist die Hauptsache, der Mensch hat was zu rauchen, Stück Brot mit Zwiebel und etwas Schmierage* auf'm Brot und is selber gesund. Und wenn du noch zeitweilig deinen Schnaps hast, bist du ein König!

Die Mickel Schwientek in der kleinen Stube schlief schon halb, halb schlief sie nicht und war voll von so einem Glück über ihr Leiden. Sie hatte durch Lehnchen Heiduck bestellen lassen, falls sie die Geburt nicht überleben sollte, daß sie ganz ohne Aufhebens und ohne viel Pomp begraben werden möchte. Nur ein ganz schlichtes Kleid ins Grab, bis oben geschlossen und auf Hohlsaum gearbeitet, den Rock plissiert, drei Knöpfe betont unauffällig, wie es die Zarah Leander damals in dem einen Film »Gasparone« anhatte. Die Maße für das Kleid hatte die in ihrer Schublade im Vertiko gleich

---

* Brotaufstrich

obenaufgelegt; der Schlüssel lag unter ihrem Kopfkissen. Um den Zopf tat es ihr leid, daß er abgeschnitten war und sie die schönen langen Haare nicht würde aufmachen können im Grab.

Lehnchen Heiduck hatte damals gesagt: »Wein nich, Mädel, mit Bubikopf kannst du dich heute überall sehen lassen. Sie könnten dir in den Sarg doch den Zopf hinten anstecken und die Haare locker legen. Wenn du mit dem Kopf draufliegst, merkt man rein nichts.«

Bloß die Bekannten würden wissen, daß er aufgesteckt war! Die Frau Schwientek lag im Bett und konnte nicht einschlafen. Ihr Verstand ließ sie nicht zur Ruhe kommen. Alle möglichen Gedanken gingen ihr wieder durch den Sinn.

Da liegt der Mensch unter dem Firmament und grübelt und grübelt die ganze Nacht. Sie hätte es mal mit Sprühfix versuchen sollen! Vielleicht wäre das Kind doch noch gekommen. Aber das ist auch wieder so eine Sache, wo man sehen kann, wie das Leben ist. Da sitzen Doktoren und Professoren und machen ihre ganzen Prüfungen. Universitäten und höhere Schulen, Praktikum und Physikum, und wie das alles heißt, und dann kommt eine ganz einfache Frau und entdeckt ein Mittel, mit dem man die ganze Welt umkrempeln kann, das für alles gut ist, das niemals schadet, das nur ganz wenig kostet, dabei noch angenehm riecht, nicht viel Platz wegnimmt und sich auch noch in einem schönen, modernen Flakon befindet. Und warum? Weil sie mehr Verstand im Koppe hat als die andern. Weil sie mit offenen Augen rumgeht.

Und zwar hatte Frau Schwientek früher, als es einmal

zur Debatte stand, ob die Mickel auf die Klosterschule kommen sollte, extra zwei Zeitungen abonniert, den »Wanderer« und den »Hausfreund«. Damals konnte man noch nicht wissen, daß das Mädel dann nicht aufgenommen wurde. Es gibt ja verschiedene Kinder, die einen sind still und für sich, die andern sind mehr nach außen, sind lauter und lernen eben leichter. Der »Wanderer« kam regelmäßig zweimal, der »Hausfreund« einmal in der Woche. Der »Wanderer« handelte mehr von Politik und allem, der »Hausfreund« war schöner, bunt, und es waren mehr Bilder drin. Dann zeigte sich aber bald, daß die Mädels kein Interesse für Zeitung hatten, und sie selber, wann kam sie schon zum Lesen? Bloß der Schwientek stürzte sich am Freitag auf das Witzblatt. Deswegen abonnierte man aber keine zwei Zeitungen! Das kostete doch alles Geld. Also bestellte sie erst mal den »Wanderer« ab, ließ den »Hausfreund« noch ein paar Monate kommen – und *da* war sie drauf gekommen! Bei den Anzeigen war unaufdringlich und klein ein »Sprühfix für Fußschweiß« annonciert, das Flakon für soundsoviel, fünf Flakons billiger, bei zehn hatte man zwei umsonst, und wie das immer im Leben ist: Was klein und unauffällig sich präsentiert, ist immer das bessere! Frau Schwientek bestellte zehn Fläschchen Sprühfix und hat es nie bereut. Zwei Flakons verkaufte sie gleich der Frau Zuppek. Die hatte immer schon was an den Füßen. Daran verdiente sie glatt vierzig Pfennig. Vier Flakons tauschte sie bei den Bauern in Salesche gegen Eier, wartete eine Woche, bis die Eierpreise stiegen, und hatte doppelten Reibach gemacht! Zwei Flakons brachte sie nach und nach bei Leuten unter, hatte also zwei Sprühfix umsonst und den Verdienst obendrein. Ein Wundermittel war das! Beispielsweise stellte sich einmal heraus, als in Salesche ein Bauer war, dessen eine Tochter Pickel im Gesicht hatte, so daß sie keiner heiraten wollte, dabei wäre sie sonst keine schlechte Partie gewesen, da stellte sich heraus, wie gut das Sprühfix für Pickel war! Einmal aufgesprüht und aus. Sie hat dann einen Großbauernsohn aus Rudzinitz bekommen; bloß die kleinen Narben im Gesicht sind geblieben. Aber sonst war sie ein Bild von einem Mädel! Der hatte ja Land, Morgen an Morgen! Oder ein anderer Fall: Die Frau Widera, von der Frau Muschiol die eine Schwägerin, hatte immer Beschwerden im Kreuz. Die haben ihr im Liegen etwas Sprühfix draufgesprüht, ein Tuch drauf – wie weggeblasen! Auch Kopfschmerzen können einem mit der Zeit auf die Nerven gehen, und man kann ganz meschugge davon werden. Bißchen Sprühfix auf den Zeigefinger sprühen und sich die Schläfen leicht betupfen – der Schmerz ist weg! Oder auch bloß daran riechen, geht genauso und ist sparsamer.

Angenommen, man hat sich neue Schuhe gekauft, einer paßt nicht, und der Fuß schwillt an! Da nimmt man sich etwas Sprühfix auf die Finger und schmiert den Schuh von innen aus, sofort paßt er. Das ist gut bei Schweißfüßen, denn Sprühfix riecht gut und nimmt den Geruch aus dem Schuh. Deswegen sollte man auch etwas in die alten Schuhe sprühen. Es riecht auch etwas nach Weihrauch. Andrerseits, wenn es draußen regnet, riecht es wieder nach Waldluft. Kommt schnell mal hoher Besuch ins Haus, sollte man auf jeden Fall schnell etwas Sprühfix in die Luft sprühen, und schon stinkt es nicht mehr. Einer Frau aus dem Hause hatten sie ein Gebiß bewilligt. Sie hatte sich einen Zahnarzt ausgesucht, und wie das so ist im Leben, erwischte sie genau den falschen; die Zähne paßten nicht, fielen ihr soundso oft in die Suppe, daß sie überhaupt keine Freude dran hatte. Die Frau Schwientek empfahl ihr Sprühfix; sie hat das Gebiß damit eingerieben, und jetzt sitzt es wie ein Frack. Die Frau hat sich dann über die Frau Schwientek einen ganzen Kasten mit zehn Flakons bestellt. Wieder eine Mark verdient!

Sogar bei Ziegen hilft das! Ein Bauer in Salesche hatte eine Ziege, ein bildschönes Tier mit einem Milchertrag von sechs Litern pro Tag. Da wollte er gern Junge von so einer Rasse und brachte die Ziege zum Decken zu dem besten Bock in der Umgebung. Zwanzig Kilometer ist er mit ihr dorthin gelaufen. Und der Bock ging und ging nicht rauf auf das Tier, das war eine Qual. Sie haben ihn in den Arsch getreten, haben ihn an den Hörnern gezogen, haben ihm den Schwanz angezündet, haben ihm Salbei zu fressen gegeben – nichts! Unverrichteterdinge mußte der Mann nach Hause gehn, und dann haben sie der Ziege Sprühfix unter den Schwanz getupft. Der Bock roch daran, und sie mußten ihn mit drei Mann runterziehn und mit Stricken festbinden. Aber auch gegen Kopfläuse, Flöhe, Grinteln, Achselschweiß ist das gut. Und wenn es gar nicht anders geht und eine Nottaufe müßte sein, kein Pfarrer und kein Wasser ist zu bekommen, bestimmt ist Sprühfix auch dafür gut.

So kann der Mensch sich manchmal auch ein Stück über alles erheben, wenn er viel liest, denn hätte sie nicht gelesen, hätte sie das Sprühfix nicht entdeckt.

Der Pelka liest bloß Tom Mix. Das mit der ganzen Schießerei dort, das ist was für ihn.

In der Nacht um eins kam das Kind. Zu spät, denn ab zwölf Uhr war Schalttag. Es kam ohne Trara, kein Geschrei, keine Schmerzen. Es war nicht groß, eher zu klein, und als die Frau Schwientek barfuß aus dem Bett kam, erwischte sie den Alten, wie er auf dem Stuhl stand und die Uhr um eine Stunde zurückstellen wollte. Sie knirschte mit den Zähnen, zog ihn runter, haute ihm mit der Faust gegen die Stirn und sagte: »Du Pierron, du, das hab ich mir schon gedacht! Gott lästern!«

»Ihr mit eurem beschissenen Schaltjahr«, sagte der Schwientek. »Was kann das Kind dafür! Geh mir doch weg damit, Scheiße is und nich Schaltjahr! Aber macht, was ihr wollt!«

»Los, Hedel, geh zu der Wondrasch und sag, sie soll zu einer Geburt kommen. Ich bezahl ihr das später! Du, Tekla, mach Wasser im Eimer und guck nich so blöd!«

Alles ging normal, und die Frau Schwientek drückte dem Kind gleich eine Medaille vom Annaberg auf die Stirne, die sie vorher an der Kommunionkerze von der Mickel erhitzt hatte, und der rote Fleck blieb ihm auf Lebzeiten. »Das kann niemals schaden«, sagte Frau Schwientek. »Die Medaille is geweiht. Vielleicht hat es dann mehr Glück im Leben.«

»Mädel, Mädel, jetzt kommen Sorgen auf dich zu, als Mutter! Wenn ich bloß denk, war ich alles mitgemacht hab mit euch bei unserm Vater!«

Nach der Marktwaage von der Frau Schwientek wog der Junge sechs Pfund, das machte genau fünfeinhalb.

»Der Junge hat aber einen schön' großen Kopf«,

sagte die Frau Schwientek, »der macht bestimmt mal einen Doktor oder den Professor.«

Früh um fünf fuhr ein Mann aus dem Haus vor der Arbeit noch bei Choloneks vorbei und pfiff draußen auf zwei Fingern.

Der Bruder vom Stanik machte das Fenster auf. »Was is?«

»Is der Stanik da? Ich soll ihm was sagen.«
»Is wichtig?«
»Nich so, soll ich raufkommen?«

Er nahm die Karbidka* vom Fahrrad, weil im Hausflur kein Licht war, und leuchtete sich nach oben. Der Bruder hatte Malzkaffee gekocht und Brot geschnitten und wollte gerade in die Arbeit gehn. Der andre hatte Nachtschicht und war noch nicht da. Der Stanik lag auf der Erde beim Fenster auf einem Sack und schnarchte. Sie konnten ihn nicht ganz wecken, denn er war noch besoffen von gestern. Aber nach dem, was der Mann berichtete, soll er vor Freude wie ein Kind geweint haben, als er hörte, wie der Mann der Mutter Cholonek, die schwerhörig war, ins Ohr schrie: »Ich soll bestellen, von Schwientek soll ich bestellen, dem Stanik soll ich sagen, Sie solln ihm sagen, daß er ein' Sohn geboren hat. Dorten bei Schwientek. Er lebt, alle leben noch, und wenn er Zeit hat, soll er mal gucken komm'. Ham Sie ein' Schnaps für mich, Frau Cholonek? Ein' Schn-a-p-s, ich hab mir die ganze Kehle vom Schrein vertrocknet!«

Nein, keinen Schnaps.

Sie hatte nicht mal Margarine zu Hause.

---

* Karbidlampe

Nach drei Tagen konnte die Mickel schon wieder langsam herumgehn. Frau Schwientek ging wieder auf den Markt. Die Tekla fraß Lutscher und lümmelte sich auf den Stühlen und Treppen herum. Die Hedel machte die Hausarbeit, der Jankowski ging in die Arbeit, kam abends zurück, reparierte, was kaputt war, legte sich schlafen, stand wieder auf, ging wieder in die Arbeit, kam wieder zurück. Der Schwientek auch.

Mickel wurde von den Kindern im Hause mit Fragen gelöchert, und sie warf den Kopf zurück und ließ sie merken, daß sie jetzt eine Dame war. Mutter! Sie stand abwechselnd in jeder Etage eine Zeitlang ans Fensterbrett gelehnt, um sich bewundern zu lassen. »Ach, geht, das versteht ihr nicht, Kinder, der Storch war da!«

»Scheiße, nich Storch«, sagte der Kuttel von Knossalla. Er war elf. »Der Stanik hat das gemacht, mir wirst du nichts erzählen! Storch gebissen, da lachen die Hühner. Los, zeig doch mal, wo dich Stanik gepickt hat!«

Er hob ihr ein Stück das Kleid hoch und rannte weg, die Treppe runter und raus.

Die Leute sind hier so ordinär in der Oschloswkistraße! dachte die Mickel. Wir müssen hier weg und in eine vornehme Gegend ziehn. Wenn der Stanik bloß auf sie hören möchte!

Nach einer Woche sprach keiner mehr vom Kind. Im Haus Nummer drei gab's mehr Kinder als Hühner. Der Stanik hatte noch die Aushilfsarbeit bei der Frau Waleska, wo er dreimal in der Woche mit der Fuhre Kohle ausfuhr. Zwei Mark für eine Fuhre, und wenn die Leute wollten, gaben sie ihm noch Trinkgeld oder eine Flasche Bier. Die Waleska fuhr früher selber aus, aber seit ihrem Rheuma kam sie nicht mehr auf die Fuhre rauf und konnte das Pferd nicht mehr einspannen. Dann mußte der Valek auch gestriegelt und gefüttert werden, und das war Arbeit über Arbeit. Wenn der Stanik sich gut hielt, konnte er mal die Fuhre und das Pferd übernehmen und langsam abzahlen. Der Valek war lammfromm.

Man kann an den Zähnen erkennen, wie alt ein Pferd ist. Man muß ihm in die Schnauze greifen und fühlen, ob die Kaufläche oben schon mehr oder weniger abgenützt ist. Das ist genau wie beim Menschen. Ein junger Mensch hat auf der Kaufläche mehr Zahnschmelz als ein alter. Die Zigeuner haben schöne Zähne. Bloß darf man bei Zigeunern niemals ein Pferd kaufen, das muß man sich für immer merken. Sie bieten einem ein Pferd an, und zuerst ist man beeindruckt. Sie bringen dir da einen Hengst, feurig wie ein Husar, schön den Schwanz gesteift, bestens im Fleisch, und dann kommt heraus, daß er geklaut ist und mit Schuhwichse geschwärzt, tänzelt er wie ein Dressurgaul, und du denkst, er ist ein Husar. Unter die Haut haben sie ihm mit einer Spritze Luft geblasen, daß man meint, es ist Fleisch.

Wenn die Zigeuner kamen, war der Stanik nicht zu halten. Dann saß er mit den Jungs rings um die abgezäunte Wiese in der Hocke, quasselte mit den Zigeunerinnen und bot ihnen Zigaretten an, guckte ihnen untern Rock, weil sie keine Schlüpfer trugen. Totschlagen konnte die Mickel ihn dafür, so ein Aas verfluchtes! In zehn Tagen sollte Taufe sein, und sie wußten immer noch keinen Namen für den Jungen.

Wenn eine Mutter Verantwortung hat, darf sie nicht

irgendeinen Namen nehmen, sondern muß sich Gedanken darüber machen. So ein Name bleibt dem Menschen das Leben lang. Wenn sie sich vorstellt, der Junge könnte später mal einen hohen Posten bekleiden und hieße August! Paßt doch nicht. Manche Leute hier machen sich überhaupt keine Gedanken, wenn sie auf die Taufe gehn. Meistens fällt ihnen der Name erst vor dem Taufstein ein, oder sie lassen den Pfarrer allein machen.

Der Zdrasch, der beim Schwientek in der Kolonne arbeitete, war auch so einer. Vierzehn Kinder hatte der, und weil er immer nicht dran dachte, hatte er schon drei auf den Namen Josef getauft. Zum Glück kam einer davon unter die Fuhre und war gleich tot.

Aber das ist auch wieder so eine Geschichte. Was die Frau Sbinniek mit ihrem Josel für Pech hatte. Da spielte der kleine Josele unter einer Fuhre vor dem Hause. Kam so ein vierzehnjähriger Lümmel, sah das, machte Spaß und haute dem Pferd mit einer Latte von hinten auf den Arsch, und der Gaul raste los, überfuhr den Josel – beide Beine ab. In der Haut von so einer Mutter möchte der Mensch auch nicht stecken. Was die dann für Arbeit und Sorgen hatte! Denn das Kind blieb am Leben und mußte immer getragen werden. Später haben sie ihm eine Kiste gebaut, vier Räder dran gemacht, und mit einem Stecken konnte er sich von der Erde abstoßen und vorwärtsbewegen. Wie er dann schon älter war, hatte es sich gezeigt, daß er für das Holzschnitzen begabt war. Den ganzen Tag saß er in seiner Kiste und schnitzte Spielzeug und Pfeifen. Am liebsten schnitzte er Pferde. Nach Pferden war er immer ganz verrückt. Er verschenkte alles an die Kinder, damit sie mit ihm spielen sollten; denn mit einem Krüppel wollten sie sich nicht abgeben. An einem Sommertag, als die Bälger wieder so ausgelassen auf der Straße rumtobten und der Josel in seinem Wagen konnte nicht mitmachen, haben sie wieder Spaß gemacht und schnappten ihn zu viert, rasten los, zogen ihn mit dem Wagen, bis er richtig in Schwung war, und ließen ihn die steile Oschlowskistraße bergab rasen. Er versuchte mit den Händen an den Rädern zu bremsen, verbrannte sich die ganzen Handflächen, brach sich gleich zwei Finger in den Speichen, kippte um und brach sich auch die Hände; jetzt war es mit Schnitzen vorbei. Und da kann man wieder sehen, wie das Leben ist und immer die Falschen trifft; denn was hatte die Frau Sbinniek getan, daß sie so was treffen mußte?

Sie wird schon ihr Teil Schuld haben, dachte manchmal die Frau Schwientek, denn nichts kommt von ungefähr, und Gott weiß, wen er straft.

Auf den Vater Schwientek war auch kein Verlaß. Er wußte immer bloß, welche Namen man *nicht* nehmen durfte, wenn man ihn fragte, und hatte immer nur Geschichten auf Lager.

»Bei uns in der Kompanie hatten wir einen, den Sigismund Duppser, das is kein schöner Name, und die ham ihn immer gefrotzelt damit. Wie wir dann auf dem Rückzug warn in Rumänien, hatten wir einmal eine ganze Woche nichts zu fressen gekriegt, und da eroberte ein gewisser Lachmann aus Patschin durch Zufall einen Sack Kukuruze*. Wir machen das zurecht,

---

* Mais

damit man das fressen kann, so geröstet, du weißt schon, und der Duppser steckt sich eine ganze Faust voll in die Fresse und fängt an zu husten... Einer aus unsrer Kompanie, ein früherer Ringkämpfer vom Rummel, haute ihm hinten bissel auf den Hals, daß er wieder zu sich kommen sollte, da legt er sich hin, streckt die Hände und Beine weg und is tot. Der Sanitäter sagte, Genick gebrochen! Weiß der Teufel, aber man ist schon ein armer Mensch, wenn man so einen Namen hat. Wir ham ihn als gefallen gemeldet.«

> Honig ist Wachs,
> Wachs ist Bienenscheiße.
> *Sobczik*

In diese Zeit nach der Geburt fiel auch, daß der Pelka sich einmal den Stanik beiseite nahm: »Stanik, komm mit auf ein Bier, ich wer dir was sagen.«

Sie gingen zum Kapitza an einen Ecktisch, damit nicht unnötig jemand die Ohren spitzte.

»Weißt du, Stanik«, sagte der Pelka, »du mußt das machen wie ich: Jetzt in die Nationalsozialistische Partei rein! Ich wer dir sagen, daß der Hitler die Macht übernimmt, und wer dann die kleinen Parteinummern hat, is groß raus. Wir ham ein' Kommunisten auf dem Kieker, wenn der nich bald verschwindet, zack, Gummiknüppel übergezogen, weg is er. Dann kannst du seine Wohnung kriegen. Stanik, ich wer dir sagen, es gibt nischt andres. Hier, sieh dir das an!« Hinter dem Tisch zog der Pelka einen Gummiknüppel aus dem Ärmel. »Und hier, Stanik, sag ich dir unter Kameraden, dort am Knüppel, das is Blut! Vom Antek Sobaschek, Kommunistenschwein. Wenn der wieder aufkommt, hat er Glück. Also, die Wohnung kriegst du. In die Hand, Stanik, hier! Ich mach das schon, glaub mir!«

Er gab ihm die Hand übern Tisch, und in den nächsten Tagen kam der Stanik immer sehr spät nach Hause. Einmal war er blutverschmiert, aber vom eigenen Blut.

Sie hatten ihn irgendwo abgefangen. Pelka kam rüber und feierte ihn wie einen Helden.

In dieser Zeit war die Stimmung etwas erhitzt in der Familie Schwientek. »Laß lieber die Finger davon«, sagte der Schwientek. »Mensch! In so was soll man sich nich einmischen. Sie wern dir eins über die Fresse haun, so oder so. Du kannst machen, was du willst, schlecht is alles bei Politik.«

Der Pelka putzte jetzt seine Knarre fast jeden Abend und trug sie manchmal bei sich, zeigte sie unter der Jacke den Kameraden. »Wenn du Präzisionswaffen hast, is Schießen keine Kunst«, sagte er. »Du legst auf, nimmst Ziel, Kimme und Korn... Am besten is, auf den Kopf zielen oder besser in den Bauch. Bamm! Weg is er! Dem Adamek aus der Haldenstraße is auch mal so was passiert! Er hat sich Treibriemen organisiert auf der Grube und wollte die Rolle über die Grenze nach Ruda bringen, wo er einen Abnehmer dafür hatte, einen Schuster, einen gewissen Wolanski. Ich wer durch den Teich schwimmen hinterm Guidowald, dachte er sich, dort geben sie nich so Obacht, weil sie denken, die Leut könn' hier nich schwimmen und gehn lieber an andern Stellen über die Grenze. Aber Guwno! Grade dort ham sich die Zoller in der Überzahl posiert gehabt, ham den Adamek schon im Auge, kaum daß er den Wald betreten hatte. Sie hätten ihn gleich abfassen könn', aber nein, ham sie gedacht, wir lassen ihn, er hat Richtung auf den Teich, und wenn er auf der Mitte is, machen wir Zielschießen. Die Deutschen, klar! Und wie er auf der Mitte is, fang'n sie an zu knattern mit den Karabinern, und der Adamek schwimmt weiter und stört sich nich.

Bloß manchmal, bei den Einschlägen, merkte man, wie er etwas ruckt. Drei Meter vor der andern Seite geht er auf Tauchstation. Die Zoller denken, jetzt hat's ihn! Sie hörn auf, er steigt raus und macht sich auf die Socken. Ich wer euch sagen, was war: Er hatte sich die Rolle Treibriemen vorne unter die Jacke geschnallt und is auf dem Rücken geschwommen. Alle Einschüsse in die Treibriemen! Aber da kann man sehn, was das für gutes Leder is bei uns Deutschen! Und man kann auch sehn, wie gut Rückenschwimmen is. Der Adamek kam dann wieder, Tasche voll Geld! Für den Verschnitt von den Einschüssen hat der Schuster in Ruda ihm was abgezogen, sechs Kugeln waren drin.«

Wanzen sind auch Rückenschwimmer. Was die Leute bloß immer mit den Wanzen haben! Wanzen kommen genauso vor wie Fliegen und Mücken. Wanze ist kein schönes Wort, aber was soll man machen! Es kommt von Wantlus, das heißt Wandlaus, das heißt Ungleichflügler, Halbflügler, Heteropteren; Ordnung der Schnabelkerfe (Insekten), käferartig, mit zur Hälfte der Länge lederartig festem, zur Hälfte häutigem Flügelpaar, mit Stinkdrüsen und mit unvollkommener Verwandlung, meist Pflanzensaft- oder Blutsauger. Es gibt Fühler- oder Landwanzen mit abstehenden Fühlern; darunter Baumwanzen, Feuerwanzen, Wasserwanzen, Wasserläufer, Hauswanzen und Bettwanzen.

Einmal, sonntags, waren die Männer in der Kneipe und droschen Skat. Der Kapitzka saß auf einer Stuhllehne, hatte die Hände in den Hosentaschen und mußte dort wohl eine Wanze gefühlt haben, denn er nahm etwas heraus, beguckte es, roch daran, und dann muß es ihm langweilig gewesen sein, denn er sagte: »Wer hier die Wanze frißt, bekommt von mir einen Schnaps ausgegeben. Aber ohne Brot! Mit Brot kann das jeder.«

Der Pinkawa lehnte sich zurück, schaukelte mit dem Stuhl auf den Hinterbeinen und zog einen Mundwinkel hoch, wie ein Offizier. »Mach ich. Ohne Brot, gilt?«

»Gilt«, sagte der Kapitza, gab ihm vorsichtig das Tier zwischen die Finger, daß es nicht abhaute. Der Pinkawa beroch es und legte dann den Kapitza rein. Er ging nämlich in die Küche zu der Frau von ihm, von Kapitza also. Aber das war auch wieder so eine Geschichte. Seine erste Frau soll angeblich die Treppe von allein runtergefallen sein. Sie kam dadurch zu Tode. Am Sterbebett soll sie aber noch – sie war eine geborene Janotta aus Morgenroth, die sind dort zählebig wie sieben Katzen –, soll sie zu einer gesagt haben, daß der Kapitza ihr von hinten einen kleinen Stoß gegeben hat, und als sie sich am Geländer festhalten wollte, hat er ihr mit einem Hammer auf die Finger gehaun.

Aber weiß man, ob die Leute solche Geschichten nicht selbst erfinden? Sie haben mal den Kapitza danach gefragt. Er war auffällig zurückhaltend mit seiner Äußerung und sagte bloß, das wäre vielleicht doch besser für sie gewesen, denn sie wäre hier auf Erden immer so ein ruhiger Mensch gewesen und hätte dadurch nicht viel vom Leben gehabt. Auch wäre sie, genau gesehen, immer schon so ein Krepierdel gewesen und hätte sich mehr gequält als gefreut. »Wenn du sie mal in die Hand genommen hast, mußtest du gleich Angst haben, daß du ihr die Knochen im Leibe brichst. Nein, nein, sie wird es gut haben im Himmel, denn fromm war sie schon zu

Lebzeiten. Habe heute noch die ganzen Gebetbücher und Gesangbücher und Rosenkränze oben rumliegen. Ich hab ihr auch eine schöne Beerdigung gemacht, die hat mich über hundert Mark gekostet.«

Dann, die zweite Frau, die hatte es auch nicht besser. Er selber wog über zwei Zentner, haute sie, daß der Putz von der Decke fiel. Und dann den ganzen Tag Biergläser waschen, war auch kein Leben! Der Pinkawa holte sich also aus der Küche bei der Frau Kapitza eine Mohrrübe, wusch sie sauber, zog sein Taschenmesser aus der Hosentasche und putzte die Klinge mit dem Taschentuch. »Jetzt fliegen soviel Bazillen rum«, sagte er, »da is besser, man is vorsichtig. Eh du dich versiehst, hast du was an der Lunge.«

Er schnitt sich zwei Scheiben von der Mohrrübe und klemmte das Tier dazwischen.

»Wenn du den armen Käfer quälst, hau ich dir in die Fresse«, sagte der Joachimski. Auf den Tod konnte er Tierquälerei nicht ausstehen!

Der Pinkawa fraß also vorsichtig die Wanze mit der Mohrrübe, und der Kapitza mußte ihm einen ausgeben. Er schüttelte den Kopf und klopfte ihm auf die Schulter: »Du bist mir schon ein Pierron, Pinkawa, Junge, Junge!«

Die andern schüttelten auch die Köpfe und waren nicht ohne Anerkennung.

Der Pinkawa, ein Mensch, der bis dahin nie viel Erfolg im Leben gehabt hatte und niemals Mittelpunkt oder Sieger gewesen war, zog ermutigt die Schultern hoch: »Noch eine? Mach ich noch mal!« Der Kapitza wollte aber keinen mehr ausgeben, aber der Wierczimok sprang für ihn ein. Der Pinkawa ging an die Wand, bog die Fußleiste weg und fing sich blitzschnell eine Handvoll Wanzen, steckte sie in eine Streichholzschachtel. Die Viecher waren schnell wie die Eisenbahn. Er schnitt sich von der Mohrrübe wieder zwei Scheiben runter und fraß noch eine Wanze. Der Kapitza goß ein, der nächste beteiligte sich an der Wette, und die Jungs haben sich so ganz schön besoffen. Der Pinkawa hat nie ein Wort darüber verloren, ob das schmeckte oder nicht.

Der Kapitza trank auch mit, aber er behielt den Kopf oben. Denn wenn der Gastwirt säuft, wer soll dann kassieren? »Gib mal her, ich probier auch«, sagte er, bekotzte sich aber schon beim Geruch die Schürze. Aber da kann man wieder sehen, wie alles seine schlechten und seine guten Seiten hat, denn der Pinkawa wurde bald darauf Invalide. Wie gut, daß er dieses Kunststück konnte! Denn jetzt wurde er regelmäßig schön auf Hochzeiten, auf Kommunionfeiern, Geburtstage und Taufen eingeladen.

»Wenn Taufe is«, sagte Frau Schwientek, »schenk ich dem Kind von meinem Geld sofort ein ganzes Besteck, versilbert. Der Mensch muß von klein auf lernen, mit Messer und Gabel zu essen, denn wer Bildung hat, kann sich überall sehen lassen. Bloß weiß man immer nich genau, ob das wieder gut is, denn bei Sobaschek hat er, der Mann, durch eine Gabel ein Auge verloren. Die warn immer so etepetete beim Essen, und sie soll aus einer besseren Familie sein und hat ihm immer ein ganzes Besteck neben den Teller gelegt. Wie sie sich dann mal gezankt ham, hat er ihr den Löffel mit Suppe in die Fresse gehaun, und sie hat ihm mit der Gabel aufs Auge gezielt. Auge weg! So weiß man nich, was gut und was schlecht is. Wir könn' das Besteck für das Kind ja kaufen und im Vertiko verschließen, bis es mal groß is, denn was man schon hat, das hat man.«

Der Pinkawa lehrte sich selber mit der Zeit noch kleine Zauberkunststücke dazu und konnte bei den Hochzeitsfeierlichkeiten auftreten und sich schön was neben der Rente verdienen.

Hungerkünstler nannte man so was. Früher hat sich hier in Poremba auch mal einer aus Orzesche niedergelassen, der war gelernter Kammerjäger und soll Lukoschek geheißen haben. Wenn er allein gewesen wäre, hätte es gehn können, aber er hatte zwölf Kinder, und es hat keine drei Monate gedauert, da war schon eins davon verhungert, und sie mußten mit der ganzen Familie wieder weg. Sie sollen ins Reich gezogen sein und sich dort eine Existenz gegründet haben, so daß er noch drei Leute anstellen mußte. Kammerjäger, das sind die, wenn einer Ungeziefer hat und selber nicht weiß, was er machen soll, dann ruft er den Kammerjäger. Und was die immer alle so sagen, daß es hier um Poremba rum – in Ruda, Biskupitz, Bobrek –, manche sagen, sogar in Beuthen und Mathesdorf (was überhaupt nicht wahr sein kann, weil in Beuthen zum Beispiel meistens Beamte von der Post und von der Bahn ansässig sind, aber auch Lehrpersonal), was die immer sagen, daß es hier überall bloß so wimmeln soll von Russen, Schwaben, Wanzen und Ungeziefer, das sind alles Gerüchte. Die Leute waschen sich hier wie überall woanders auch. Jedes Kind weiß doch, was man gegen Wanzen macht: das

Bett nehmen und in vier leere Konservenbüchsen von Erbsen stellen. Es können auch Dosen von Bohnen oder Roastbeef sein; jede andere Sorte geht auch. Man stellt also das Bett mit den vier Beinen dort rein, jedes Bein in eine Dose. Aber die Dosen müssen ohne Loch unten sein, denn man gießt ja Benzol in die Büchsen.

Wenn man hat.

Sonst kann man auch Petroleum nehmen. Das ist ganz einfach erklärt: Die Wanzen trachten in der Finsternis danach, unter die Zudecke zu kriechen und sich dort zu wärmen und den Menschen zu beißen. Der Weg ins Bett geht aber über die Beine. Sie klettern also die Konservendosen hoch und gehen von dort ins Petroleum, in der Annahme, Wasser vor sich zu haben, es durchschwimmen und am anderen Ufer wieder aussteigen zu können. Wanzen sind bekanntlich Rückenschwimmer. Die Wanzen werden das also nicht überleben. Es ist aber zu bedenken, daß die Wanzen das Kunststück bald durchschaut haben und lieber die Wand hochklettern und an der Decke weiterlaufen, bis sie sich direkt über dem Schläfer befinden. Von dort lassen sie sich runterfallen. Freilich sind dann etliche hundert schon tot, bis sie draufgekommen sind, wie man es macht, und die Blechbüchsen sind, sagen wir, bis zu einem Drittel mit toten Wanzen angefüllt. Daran kann man wieder verschiedenes erkennen und sich merken: erstens, daß Wanzen schlauer sind als Menschen, wenn nicht noch mehr, zweitens, daß es ein Sprichwort auf deutsch gibt: Einigkeit macht stark. Man muß bloß genügend eigene Leute opfern, dann hat man schon halb gewonnen.

Drittens, daß man sich die Methode mit den Konservendosen nicht merken muß, weil sie nichts nützt.

Bei den Häusern an der Zdoschka hat einmal ein gewisser Lettenpichler, man merkt schon am Namen, daß er Ausländer war, ein Österreicher nämlich, der hat dort mal was andres gemacht. Er ist zum Kaufmann Gawlonka gegangen und hat dem gesagt, daß er es nicht mehr aushielte vor lauter Beißer dort in seiner Baracke, wo sie ihn vor zehn Jahren vorübergehend untergebracht hatten. Er selbst müsse darunter leiden, dagegen hätten die anderen Leute ein Fell wie die Gemsen und so. Gemsen sind Ziegen in Österreich oder Berchtesgaden. Der Gawlonka hatte darauf erwidert: »Ich sag immer, Spiritus is für alles gut. Ich wer Ihnen mal was erzähln, Herr... Na, Herr Dings! Hier war mal einer, ein gewisser Mlynek. Ein guter Mann war das, eine Seele von Mensch, keiner Fliege konnte er ein Haar krümmen, und der soff Ihnen! Sie, so was ham Sie noch nich gesehn! Setzt eine Flasche an, gluck, gluck, die zweite, und geht hier raus, grade wie eine Eins. Ja, also der, was man sich hätte denken könn', bekommt Ihnen bei vierzig, wo der Mensch in den besten Jahren is, bekommt der Ihnen so ein Rheuma! Unverhofft, wie ich schon sagte, daß ihm kein Arzt helfen konnte. Er sagt zu mir noch: Gawlonka, ich halt das nich mehr aus, ich kauf mir ein' Strick und häng mich auf. Und ich sag: Hier, nimm mal von dem Spiritus, halber Liter kostet dich dreißig Pfennig, und schmier dir immer was auf die Stellen und binde dir eine Fußsocke drüber, was schon getragen wurde, das is ein Mittel von meiner Mutter. Sie! Nich mal das hat ihm geholfen! Aber wie er dann regelmäßig ein Glas Sprit innerlich genommen hat, immer beim Aufstehn gleich, neben dem Bett: wie weggeblasen! Er is dann leider bald drauf gestorben, und ich konnte das nich mehr verfolgen. Sie, aber ich sag Ihnen: Spiritus schön hinter die Fußleisten gießen, und Sie ham keine Wanzen mehr! Sie ham die einmalige Ausgabe von sechzig Pfennig und auf Lebenszeit Ruhe. Soll ich Ihnen was abfüllen?«

Der, wie die Ausländer sind, kauft sich gleich zwei Flaschen, weil er wird sich gedacht haben, doppelt geht schneller, gießt das zu Hause hinter die Fußleisten und zündet es an.

Der Mann lebt jetzt auch nicht mehr, aber die Frau bekommt nach ihm eine schöne Rente. Die Leute haben ihn mit Schaufeln totgeschlagen und das als Unfall angemeldet. Man muß zusammenhalten, wenn es um Scherereien geht. Wenn so eine Baracke mal angebrannt ist, kannst du jahrelang in der Laube wohnen und bekommst nichts mehr, was so billig ist. Und billige Wohnungen brennen wie Zunder.

Aber direkt durch Wanzen ist noch kein Mensch auf der Welt ums Leben gekommen. Und insofern ist das ganze Trara, was man drum macht, umsonst. Vielleicht ein einziger Fall ist bekannt, wo direkt durch Wanzenbiß einer sich ins Grab gebracht hat, und zwar der Klempner Larisch von der Gneisenaustraße. Dabei muß man aber darauf aufmerksam machen, daß der Larisch seit eh und je als jähzornig verschrien war. Und zwar soll das so gekommen sein, daß immer, wenn er gerade anfangen wollte, weich zu löten, ihm das Bein anfing zu beißen wie der Pierron. Und wie er sich kratzt und kratzt und das hilft nicht, bekommt er Wut, krempelt sich das Hosenbein rauf und geht mit der Lötlampe gegen den Wanzenstich vor. Sie haben ihm das Bein abgenommen, aber er muß noch Bazillen dazubekommen haben, jedenfalls nach einem halben Jahr war er tot und liegt jetzt auf dem Annafriedhof. Aber die Handwerker sind ja gut versichert mit ihren ganzen Abgaben, und die Frau hat schön was hinterher bekommen und konnte sich einen feinen Lebensabend machen. Sie soll aber schon zu seinen Lebzeiten Verkehr mit dem einen Gesellen gehabt haben. Das war ein Lockenkopf, der Junge. Am besten ist, man gießt mit einem feinen Trichter den Spiritus in die Löcher. Da gehn die Wanzen von selber ein.

Jetzt war auch die Zeit gekommen, wo dem Kind eine Frisur gemacht werden mußte.

»Mach ihm gleich den Scheitel richtig auf die linke Seite, wie das katholisch is, dann hat es später keine Scherereien damit!«

In Poremba gab es einzeln verstreut etliche Evangelische, aber sie lebten sozusagen im Ghetto. Das war ganz leicht zu erklären, nach dem Glaubensbekenntnis und den Fragen und Antworten des Pfarrers Koziol:

»Und *wer* kann *nur* die ewige Seligkeit erlangen?«
»Der zu der *einen* apostolischen und katholischen Kirche Christi gehört.« – »Und die andern sind?« – »Heiden, Herr Pfarrer...« und so weiter.

Die Evangelischen hatten ihren eigenen Bäcker, wo sie Brot kauften, einen gewissen Herrn Spajek aus Ziegenhals, auch evangelisch. Sie hatten eine extra Schule, wo die Kinder etwa sechs Kilometer hinlaufen mußten, und wenn ein Kind mit dem Hansl Spajek spielen wollte, rief die Mutter: »Komm weg, Ernste, geh auf die andre Seite!«

Die Evangelischen trugen den Scheitel rechts. Man mied ihre Umgebung, wie man sich von einem weghält, der stinkt.

»Das is auch gut«, sagte die Frau Schwientek, »wenn wir das Kind bei der Taufe vor den Pfarrer bringen und er sieht gleich, daß wir darauf achten, daß der Scheitel von klein auf richtig sitzt. Du mußt ihm bloß die Mütze bei der Segnung abnehmen.«

Der Scheitel wurde dem Kind etwas mit dem Kamm eingekratzt, nicht stark, denn die Knochen sind noch weich beim Kind. Aber so, daß man den roten Strich beim Kämmen gut wiederfinden konnte. Das ging nicht so leicht, wie man das sagt, denn die Haare legten sich mit Gewalt anders herum.

»Als ob der Teufel das nich will«, sagte die Frau Schwientek. »Schmier ihm mal Zuckerwasser ins Haar!«

Sie verdickten den Aufstrich immer mehr, und als der Scheitel immer noch nicht hielt, machten sie Umschläge mit dem Zuckerwasser und dann blieb der Scheitel links.

»Auch was die König über Sauberkeit verbreitet«, sagte Frau Schwientek, »is alles Scheiße! Es is doch egal, ob du dich mit Palmolive oder Kaloderma oder guter Kernseife wäschst und das eine Minute auftrocknen läßt! – Wenn einer für Wanzen Veranlagung hat, kommen sie immer wieder. Ich wer dir sagen: Das Beste is und bleibt, regelmäßig Knoblauch essen! Das is auch gut gegen Arterienverkalkung, und immer eine kleine Zwiebel in der Tasche haben! Und dann – sobald ein Stich auftaucht, egal, ob Mücke, Wanze oder was, sofort die Zwiebel drauf und zerquetschen, daß der Saft kommt. Am besten, man beißt sie vorher auf. Wenn du mit Zwiebel eingerieben bist, meidet dich jeder Floh wie der Teufel das Weihwasser. Ich schwöre auch auf Spiritus. Ich tupf mir einmal in der Woche immer etwas unter die Achseln. Das vertuscht den Körpergeruch, erfrischt und riecht immer sauber.«

Lehnchen Heiduck hielt am meisten von Pudern. »Mit 4711-Puder aus der Streudose zum Nachfüllen bekommst du mit der Zeit einen Geruch, wo keiner Ungeziefer bei dir vermutet.« Als sie Verkäuferin in Gleiwitz war, dort in dem Seifengeschäft, hatte sie sich das alles selbst beigebracht, was sie wußte.

Manche Leute dagegen müssen sich aufschreiben, was sie wissen. Einmal hatte Lehnchen Heiduck einen Bekannten, der trug immer etliche Notizbücher bei sich, und dann erwischte sie ihn auf dem Klo, wie er sich verschiedene Einzelheiten eintrug, die einen Menschen beschämen müssen, weil es ihren Geschlechtsverkehr betraf. Sie haute ihm eine Primaballerina von Hutschenreuther auf den Schädel. So in Unterhosen, wie er war, haben sie ihn ins Krankenhaus gebracht. Das war das einzige Mal, daß sie einen schlagen mußte. Das heißt: einmal hatte sie was mit einem Musiker für schwere Musik und Opern, der beim Orchester Gleiwitz arbeitete. Es zeigte sich bald, daß der verkommene Lump auf Extravaganzen aus war und in der Aktentasche immer so ein Metronom* mit sich rumschleppte. Kam es zum Liebesakt, stellte er das Ding neben das Bett auf den Stuhl und stellte den Takt ein. Manchmal hörte er mittendrin auf und stellte den Takt schneller. Nach fünf Tagen war sie ein Nervenbündel, packte ihn am Hals und fing an, ihn zu würgen. Was können sich Musiker schon groß wehren, mit ihren Geigermuskeln? Wäre die Mutter nicht stutzig geworden durch die Unterbrechung der Geräusche und wäre sie nicht ins Zimmer gekommen, hätte die Lehne ihn glatt abgemurkst. Sie haben ihm Kampferumschläge gemacht und ihn dann rausgeworfen, kaum daß er wieder laufen konnte.

In acht Tagen war Taufe, und die Mickel hatte noch keinen Namen für das Kind. »Sobald das Kind getauft is«, sagte die Frau Schwientek, »kauf ich ihm ein schöngemaltes Schutzengelbild über das Bett, dann hat es immer einen Schutz. Von nichts kommt nichts, sagt man, und bis jetzt haben die alten Sprichwörter immer noch gestimmt. Manchmal möchte man sich denken, vielleicht is gerade so ein Schaltjahrskind besonders berufen, denn wer guckt Gott hinter die Karten?«

Ein gewisser Pachullek hatte sich auf dem Markt eine Existenz mit einer ganz schlauen Sache aufgebaut. Das war so einer, der sich nie die Beine brach, um der Arbeit nachzulaufen. Er war mehr ein Stiller, der an den Ecken rumstand und überall die Augen hatte, wo ein Geschäftchen zu machen war. Und einmal sah er auf dem Markt, wie die Marktfrauen dort so rumstanden und in der Kälte zitterten wie Espenlaub, denn gegen zwanzig

---

* Taktmesser

Grad Frost schützen auch keine zehn Röcke mehr! Da friert einem der Arsch an der Wollhose an. Der also, der Pachullek, kaufte sich einen gebrauchten Koksofen und fing an, auf dem Markt Ziegelsteine anzuwärmen und gegen zehn Pfennige zu vermieten. Das war schlau, und nach einem Jahr mußte er sich zwei Angestellte nehmen. Nach zwei weiteren Jahren fuhr er schon mit einem Pferd, und nach vier Jahren konnte er sich einen alten Landauer kaufen. Koks bekam er vom Kontingent seines Schwagers umsonst, Ziegelsteine konnte er sich in der Nacht besorgen. Das war ein Geschäft ohne Einsatz und mit hundert Prozent Reingewinn! Aber so was muß einem gegeben sein, und Verstand muß man haben!

Am besten,
der Mann ist sieben Jahre älter als die Frau.
Da hat er schon mehr Ahnung von allem.
Frau Schwientek

Wie manche Eltern doch sind«, sagte die Frau Schwientek, »geben einem Kind ganz ohne Verstand den Namen. Zum Beispiel Ehrenfried, wie der Mann von der Tinna. Das paßt doch zu nichts.«

»Zu manchen«, sagte die Schwientek, »is der liebe Gott gut und dann zu andern wieder schlecht. So wie sich das jeder selber verdient. Auf den Dettek sind sie uns alle neidisch. Der liebe Gott hat ihm doch alles mitgegeben, was das Herz begehrt: Naturwellen, einen schönen Namen, eine gute Kinderstube, eine schöne Aussprache in der Ausdrucksweise. Hätt ich so ein' Mann, ich würde alles drum geben. Und daß er bissel riecht, wird sich noch verlieren mit der Zeit. Manchen Frauen gefällt sogar ein scharfer Geruch am Mann.«

Der Hübner war sieben Jahre älter als die Tekla, zweiundzwanzig. Frau Schwientek sagte immer: »Am besten is, wenn ein Mann genau sieben Jahre älter is als die Frau, da hat er schon mehr Ahnung von allem.«

Insgesamt besaß der Hübner für die Klistierbälle fünf verschiedene Aufsätze. Aber auch dazu besaß er wieder drei verschiedene Gummibälle, jeder von einer anderen

Marke. Mit der Zeit hatte sich einer als bester erwiesen, und den trug er immer bei sich. In diesem Punkte war er ein Idealist; er arbeitete nämlich für Gotteslohn, wie man so sagt, auf deutsch: umsonst! Und er behandelte ausschließlich Frauen.

»Wie gute Bildung den Menschen schon von außen erkennen läßt«, sagte sich Frau Schwientek, wenn sie ihn von der Seite ansah. »Die guten Manieren sprechen ihm direkt aus dem Gesicht. Immer hat er saubere Hände.«

Einmal hatte sie ihm von hinten auf den Hals geguckt, ohne daß er es merkte, und der war auch gewaschen.

Sonst haben alle Leute einen Dreckrand, wo der Kragen anfängt! »Schweinisch is der«, sagte einmal der Schwientek. Aber da fuhr sie ihm sofort über den Mund, was hatte *der* davon für Ahnung! Sogar der Pelka ging raus, wenn der Hübner kam. »Der stinkt nach Pomade, daß ich mich bekotzen möchte«, sagte er und spuckte aus dem Flurfenster auf die Straße, ehe er in seine Wohnung ging.

»Wer sich das leisten kann«, sagte die Frau Schwientek. »Wellen brauchen immer Pflege, und das is auch nich billig! *Ich* sag, Pomade riecht schön. Ich bin froh, daß der Pelka rausgegangen is. Nachher klaut er uns noch was.«

Der älteste von Ogureks, die dort drüben im andern Haus wohnten, wollte auch immer Wellen haben, aber ihm wuchsen keine. Dann, als ihm die ersten Pickel kamen, fing er mit verschiedenen Fisimatenten an. Rollte sich die Haare mit Lockenwicklern auf und schmierte verschiedenes drauf, wie eine Primadonna. In der Nacht zog er sich eine Frisierhaube an und schlief vorsichtig, damit sich die Haare nicht verlegten. Der alte Ogurek hat sich das eine Weile angesehen, wenn er aus der Arbeit kam. Und dann auf einmal aus heiterem Himmel, als der Junge ihm sagte: »Gib mir doch dreißig Pfennig für Pomade, Tattek*! Für Wellen!« nahm er sich die Krücke vom Büffet und brannte ihm eins über den Schädel und sagte: »Pomade hast du gesagt? Für Wellen? Da mach ich dir eine Welle, für ewig, du Pierron, du verfluchter.«

Der Junge war auf der Stelle tot, und die Mama hat ihm sein Haarnetz noch ins Grab in die Hosentasche mitgegeben. Mit dem Ogurek war noch nie zu spaßen. Er hat einmal unter Tage einen mit der flachen Hand erschlagen und dann einen Stein danebengelegt und behauptet, der wäre vom Steinschlag draufgegangen. Ein Mensch, gut wie ein Bär, bloß durfte man ihn nicht ärgern! Dann haben sie den Jungen als gestorben gemeldet. Sie hatten noch sieben andre Jungs und zwei Mädels. Wie dann einmal die Mutter sich bei einer anderen Frau im Haus über das alles beklagte, hat er sie geschnappt und probiert, sie zum Fenster rauszuwerfen. Sie aber hat sich am Fensterkreuz festgehalten. Da hat sie Glück gehabt, daß ihm das nicht in der Küche einfiel, denn dort waren keine Fensterkreuze, die gab es nur in den Stubenfenstern. Da wär es mit ihr aus gewesen. Durch Zufälle überlebt der Mensch manchmal. Da paßt schon Gott auf, daß die Zufälle kommen.

* Papa

Aber oft überlebt man auch nicht! Der Schuster Bennesch aus Knurow, der beim Schwientek in der Kompanie war, hat nicht überlebt, auch durch Zufall. Wie sie ihm damals den Bauchschuß verpaßt haben und er kein Vertrauen zu den Ärzten hatte, weil sie ihm schon drei Frauen unters Gras gebracht hatten, hat er sein Taschenmesser genommen, es an der Hose abgeputzt und sich selber operiert. Die Kugel hat er zwar gefunden, aber dann ist er gestorben. Der Sanitäter Daniel hat gesagt, das war logisch, weil er sich ohne Narkose operiert hat. Narkose muß sein, weil das desinfiziert, oder wie das heißt. Das ganze Leben hängt mit Zufällen zusammen. Da war beispielsweise einmal ein andrer, ein gewisser Starostczik, der auf dem Schmelzwerk war, der hatte Wut bekommen, weil er sich die ganze Woche schon wie ein Schneekönig auf das neue Witzblatt vom »Hausfreund« gefreut hatte. Kommt nach Haus, will lesen, da hatte es die Frau aufs Klo genommen und verbraucht. Und *der* hat die Frau zufällig in der Küche geschnappt, wo kein Fensterkreuz war, und sie dort zum Fenster rausgeworfen, und sie war auf der Stelle tot. Dann hat er auf dem Klo gesehen, daß das halbe Witzblatt noch da war, und wegen einem halben Witzblatt hätte er das niemals gemacht. Damals haben sie die Fensterkreuze noch aus Eiche gemacht. Es gab ja genügend davon. Heut kann man froh sein, wenn man überhaupt eines bekommt.

»Wenn Gott mitten in das blühende Leben eingreift«, sagte mal der Pfarrer Koziol bei der Predigt, »dann, Schwestern und Brüder, nimmt er zuerst die zu sich, die er am meisten liebt.« Und daß er die Frau Starostczik am meisten liebte, war kein Wunder, denn die Platzki*, die sie machte, waren allererste Klasse. Ein Gleiwitzer, der dort Kalfaktor war in dem Gefängnis, wo der Starostczik lebenslänglich saß, brachte die Nachricht mit, daß er in der Zelle den ganzen Tag bloß von seiner Alten schwärme. Was sie für eine gute Frau gewesen sei und daß sie ihm bestimmt, wäre sie noch am Leben, jeden Tag ein Paket Tabak schicken würde. Andeutungsweise hatte die Mickel schon mal probiert zu vermelden, was für einen Namen *sie* sich für das Kind wünschte: »Dahätläv«. Wie sie das so hauchte, wurde sie ganz rot dabei. Frau Schwientek wurde sofort kalt wie eine Eissäule, als sie das hörte, bekam einen Mund wie ein Rasiermesser und lief auf den Hof, scheinbar um einen Eimer Asche auf den Mist zu tragen. Daß das Mädel *so* ankam! Ein Blinder konnte sehen, was los war, daß sie sich verguckt hatte in den eignen Schwager! Eine der größten Sünden vor Gott, und die Frau Schwientek setzte sich zehn Minuten auf den Eimer in der Kammer, holte sich einen ganz nassen Hintern und konnte sich dabei erkälten, aber sie mußte alleine sein, um die Wut zu unterdrücken. Wer sie genau kannte, wußte, was es geschlagen hatte. Sie sprach drei Tage mit keinem ein Wort. Vor dem eigenen Schwager machen die Mädels heutzutage nicht mal halt! dachte sie. Was sind das bloß für Zeiten! Beim Kaiser war das nicht.

Wenn nun der Schwientek alle vier bis sechs Wochen die Semmeltage** hatte, ging er gleich mit der Lohntüte

---

* Kartoffelpuffer
** Bei Quartalssäufern die Sauftage

am Freitag los und kaufte sich Schnaps. Nach drei Tagen fanden sie ihn auf der Wiese oder an der Straße, und einer lud ihn dann auf die Fuhre und legte ihn vor der Haustüre unten wie einen Sack ab. Und die Frau Schwientek schämte sich vor der ganzen Straße. »Daß das verfluchte Aas uns immer diese Schande macht, man möchte sich gar nich mehr auf der Straße zeigen.« Und gleich unten vor der Türe kontrollierte sie die Taschen, wieviel Geld noch von der Löhnung übrig war, und alles war weg, denn was er nicht versoff, dafür kaufte er Bonbons und verteilte sie an die Kinder. Dann hatte die Frau Schwientek die Kraft von ungefähr drei Männern. Das hatte sie von ihrer Mutter. Dann schnappte sie ihren Mann am Schlafittchen, trug ihn mit einer Hand rauf und warf ihn durch die kleine Stube über die Brüstung ins Bett, und er fing noch im Fluge leise an zu schnarchen, wie ein Kind.

Der Mensch redet und redet und denkt und denkt, aber auch der Frau Schwientek fiel kein Name für das Kind ein. Sie wäre auch für Detlev gewesen, denn das war so ein moderner Name, und wie der klang! Aber andrerseits wußte sie nicht, ob das richtig war, ob das nicht als aufdringlich gegen Herrn Hübner erscheinen mußte. Er war noch nicht mal fest verlobt mit der Tekla.

Die Mickel ihrerseits grübelte auch den ganzen Tag. So ein Name mußte schon sein, mußte ausgefallen sein, mußte modern sein und sollte auch klingen. Er mußte später zu allem passen, was kommen mochte. Angenommen bloß, die Zarah Leander hieße nicht Zarah Leander, sondern Steffi Potrawa! Sie wäre blamiert vor der ganzen Welt. Die Steffi Potrawa war so ungebildet und blöde! Nachdem sie geheiratet hatte, mußte der Mann sie nach drei Wochen halbtot schlagen, weil sie nichts andres kochen konnte als Kartoffelkraut. Jeden Tag dasselbe. Da hat er ihr so lange mit ihrem eignen Stökkelschuh auf den Schädel getrommelt, bis sie ins Krankenhaus mußte. Willy wäre als Name auch schön für ein Kind, dachte die Mickel. Wie der Willy Birgel damals in dem karierten Sportsakko auf dem Rennplatz stand! Von einer Eleganz! O Gott, schon was der für ein Auftreten hatte! Aber Willy ging nicht, denn so hieß der eine Bruder vom Stanik, und von Choloneks, dachte sie, sollte das Kind nichts haben.

In Romanen kommen auch immer schöne Namen vor. Die junge Frau Cholonek verbrachte jetzt mehrere Stunden am Tag damit, die ausgeschnittenen Fortsetzungen des schönen Romans »Der Fremde aus Wien« aus dem »Hausfreund« zu durchsuchen und zu überfliegen. Es stand ja viel drin! Aber, wie der Teufel es so wollte, es war kein Name dabei, der in Frage kam, der an Detlev heranreichte, obschon es Personen gab, die ihr beim ersten Lesen schon sehr imponiert hatten. Sie las die Romane immer drei bis vier Mal, was auch der Grund war, warum sie sie ausschnitt und mit Schleifen von Bonbonnieren, die Lehnchen Heiduck für sie sammelte, in ihrer persönlichen Schublade im Vertiko aufhob. An Detlev kam nichts heran. Mit dem Stanik war in dieser Beziehung nicht zu rechnen. »Laß mal, ich mach das schon«, sagte er bloß immer.

So blöde! Wenn er wollte, daß der erste Sohn, wie das bei einfachen Leuten war, den Namen vom Vater bekam, hatte er sich in den Finger geschnitten!

Der Schwientek konnte den Herrn Hübner nicht leiden. Der Hübner hatte am zweiten Tag der Bekanntschaft mit der Tekla probiert, dem Schwientek eine versilberte Zigarettenschachtel mit Gummizug von innen zu schenken. Der Skubatsch aus Czerwionka, der in der Kolonne vom Schwientek war, hatte auch gesagt: »Wenn dir einer schon so kommt, Schwientek, paß lieber auf! Das is keine Spendierfreudigkeit von dem, das is ein Heuchler, ein Schmierant und Hosenscheißer! Is nischt für dich, Paulek!«

»Der Pierron hat auch immer nasse Hände, daß mich ekelt, wenn der kommt.«

»Der wird Denunziant sein. Oder ein Epileptiker und wie der ganze Mist heißt, wird der sein«, sagte der Skubatsch. »Weißt du, ich selber halte auch nischt davon, was es dort alles gibt, der ganze verzierte Mist: Abitur, Ägypten und diese ganzen Sachen, Lackschuhe und was die ham. Schwientek, das is nischt. Unser Fürst, der war genau wie ich. Auf der Jagd mal, wo ich noch Aufseher war, in Pless, verstehst du, früher, da kam auch mal so einer! Auf Hasenjagd, weißt du. Und der! Auch so. Hier hat er aufgepaßt, daß er sich nich mit Dreck beschmiert, dort sich was von der Hose geputzt. Und hat sich angestellt wie eine Dame beim Pullen. Kriegt unser Fürst die Wut und knallt ihm eine Ladung auf den Arsch. Wenn der kein' Schrot in der Flinte gehabt hätte, wäre das ein Blattschuß geworden. Ich hab ja damals dabei mein Augenlicht auf einer Seite verloren, denn der muß da was Hartes an sich gehabt haben, eine Schnalle oder Eisenknopf, denk ich mir, und so eine Kugel von dem Schrot prallt ab und kommt mir direkt ins Auge geflogen. Ich stand ja nich weit daneben. Schrot streut pierronalisch! Bloß so ein kleiner Pierron von Kugel, nich größer wie Pfeffer, verlöscht mir ein Augenlicht! Gott sei Dank auf links, wo ich sowieso nich soviel damit rumgeguckt hab. Und jetzt wer ich dir mal sagen, wie der Fürst von Pless spendabel war: Zuerst hat er mir Schnaps ausgegeben, daß ich mir nischt draus machen soll, und dann hat er mir direkt von Krakau ein schönes, neues Auge bestellt. Das hat mir besser gepaßt als das alte. Sie solln das dorten extra für mich gemacht haben. Gegossen, denk ich mir. Und was wir uns immer für Spaß bereitet haben damit, Schwientek, wenn ich dir das erzähl! Ich doch, du weißt, wenn ich nich regelmäßig meine Quaretka* hab, bin ich krank, hab immer die Wette gemacht, daß ich mein Auge auf ein großes Glas voll runterspül, und mir macht das nischt.

No, was konnte passieren!

Es kam nachher sowieso immer raus. Bloß einmal nich. Wie das gar nich kam, wollt ich lieber auf Krankenschein zum Arzt gehen, und da war dir dort so eine ältere Person von Schwester. Wie ich nun die Hosen runterlaß und der Doktor mich untersucht, sagt sie noch: Der Teufel guckt ihm aus'm Arsch! und is weg. Herzschlag. Aus! Weil doch das Glasauge dort rausgeguckt hat. Weißt du, Schwientek, ich wer dir sagen: wenn schon einer kommt und gibt dir eine Zigarettenschachtel für die Tochter – verweiger ihm das! Judaslohn. Auch wenn das Silber is.«

---

* Viertelliter, Bezeichnung für Schnaps überhaupt.

Der Skubatsch log nicht. Das Glasauge hat er später verloren, als er ein paar Kartoffeln holen wollte und auf einen Güterwagen aufsprang. »So is das«, sagte er damals, »einmal hast du Glück im Leben, einmal Pech.«

Und so war das auch mit dem alten Wanjek! Ein Gemüt wie Samt und Seide. Von Beruf war er Gärtner für Grünanlagen. Ein schöner Beruf ist das und keine schwere Arbeit, immer alles anpflanzen und wieder rausreißen und die ganzen Sträucher beschneiden. Er wollte sich auch nicht beklagen, bloß brauchte er immer am Freitag nach der Auszahlung seinen Viertelliter braunen Schnaps. Nicht, daß er davon besoffen wurde, du sahst ihm nichts an, und er war wie sonst, aber das brauchte er, sonst wurde im kalt, und er fing an zu zittern. Und dann haben sie doch über Nacht das neue Gesetz gemacht, daß sie keinen braunen Schnaps mehr verkaufen dürfen. Methylalkohol oder wie das heißt, was auch die Tischler für Leim nehmen. Jetzt war das aber so, daß er immer beim Lincke kaufte, der in der Gneisenaustraße die Bude hatte, und war dort, man kann sagen: Stammkunde. Wenn du an was gewöhnt bist und mußt aufhörn oder sollst dir was andres angewöhnen, da kannst du krank werden! Der Lincke war aber auch wieder nicht so und konnte das verstehen und gab dem Wanjek jeden Freitag zum alten Preis seinen Viertelliter Braunen, unauffällig in Zeitung verpackt, hintenrum durch die Tür raus. Soweit war das auch gut. Wenn nicht der Wanjek mit seinem dummen Kopp, der Teufel muß ihn geritten haben – kauft er sich eines Tages ein Los bei der Lotterie und gewinnt: elftausend! Geht er also und kauft sich zur Feier des Tages *drei* Viertelliter von dem Braunen und säuft die auf einen Zug auf nüchternen Magen und wird blind. Geld hin, Geld her, aber er verliert dadurch den guten Posten als Gärtner bei der Anlagenverwaltung. Dabei kann er noch von Glück sagen, daß sie ihm nicht draufgekommen sind und er noch Strafe zahlen mußte wegen Methylalkohol. »Gott gibt, Gott nimmt«, sagte immer Frau Schwientek. Oder: »Wie gewonnen, so zerronnen.«

Der alte Gresok beispielsweise, der im alten Zöllnerhaus am Schonketeich wohnte, hatte keinen Namen. Und zwar hatte ihn vor fünfzig Jahren eine Waschfrau halbtot als Bündel auf einer Treppe gefunden, hatte ihn erst gar nicht gemeldet, denn er war von Geburt an sowieso lahm, hatte ihn zu ihren dreizehn Kindern getan – und er wurde der Gresok. Er hatte einen runden Kopf mit grauschwarzen Stoppelhaaren und barbierte sich einmal in vier Wochen selber mit einer alten Haarschneidemaschine. Er trug einen grauen Anzug aus Drillich. Das hält. Vor ungefähr zwanzig Jahren, als er auf dem Stoppelfeld Ähren sammelte, traf er dort eine Taubstumme. Seither waren sie immer zusammen. Manchmal fragte ihn einer: »He, Gresok, wie macht ihr das? So eine Taubstumme versteht nich und spricht nich, was sagst du ihr?«

»No«, sagte dann der Gresok, »ich habe ihr alles gleich auf einmal gesagt, jetzt weiß sie alles. Was brauch ich da noch sagen? Siehst du.«

Sie hatten sich dort im Zollhaus eine kleine Stube, oben über der Treppe, eingerichtet. Licht gab's nicht, aber der Schalter war noch da, und der Gresok hatte ihn mit Leukoplast umwickelt. »Man weiß nich, vielleicht kommt mal Strom über Nacht«, sagte er, »und es trifft einen der elektrische Schlag.« Die Löcher im Dach über der Stube hatte er mit Blechplatten und Dachpappe vernagelt. Die Wände in dem Zimmer waren weiß gekalkt. Übers Eck hing ein Wandbrett, darauf war ein kleiner Mann, den sich der Gresok aus Lehm gemacht hatte, ein Jesus mit der Dornenkrone. Das Blut war mit roter Tinte aufgemalt, der Lehm an einer Stelle gesprungen. Daneben standen zwei Kerzen.

Sie hatten ein Bett, einen Stuhl, einen Tisch mit Schublade, wo alles drin war, und eine alte Pferdedecke.

Der Gresok probierte manchmal, für drei, vier Tage ins Gefängnis zu kommen. Dort hätten sie ihm Brot gegeben. Er tanzte dann immer an einem Polizisten vorbei, und wenn er in Ohrenhöhe war, rief er schnell: »Hosenscheißer!« Aber die Polizisten kannten ihn schon und verübten selbst Justiz an ihm, indem sie sich schnell umsahen, ob es keiner sah, ihm dann nachliefen und ihn schnell in den Arsch hackten. Das tat weh.

Der Gresok lebte vom Kohleschaufeln. Bekam jemand eine Fuhre Kohle, holte er den Gresok. Die Kohle mußte auf der Straße in Eimer geschaufelt, über die Straße durch den Hausflur die Kellertreppen hinunter getragen und im Keller in einen Bretterverschlag geschüttet werden. Wenn die Kohle im Keller war, kam seine Frau und wischte die Treppe sauber, und die Straße mußte gefegt werden. Dafür bekamen die beiden sechzig Pfennig, manchmal auch etwas Brot oder ein Stück billige Wurst dazu und vielleicht eine Flasche Bier.

Die Frau Schwientek sagte immer, wenn sie einen

Hering hatten, der schon etwas stand: »Hier, Mädel, geh und trag das dem Gresok hin, daß er auch mal was Gutes hat! Er kann mir dann mal wieder die Körbe dafür auf den Markt tragen.«

Starb einer, ging der Gresok zu ihm ans Sterbebett und tröstete ihn. Sagte, er solle keine Angst haben und sich nicht noch am letzten Tag ärgern. Manchmal sagte der Sterbende dann: »Hier, Gresok, ich laß dir mein' Tabak da, guter Krüllschnitt, Paket achtzig Pfennig.«

Wenn wo ein Kind weinte, ging der Gresok hin und streichelte es und schnitt ihm Grimassen, bis es wieder lachte. Wenn eine Feuerwehrübung war, schlug er sich den Kragen hoch und probierte, durch den Wasserstrahl zu laufen, bis sie ihn wegjagten.

Die Kinder durften hinter ihm herrennen und ihn mit Steinen bewerfen. Aber manche Eltern verboten es ihnen. Der Gresok humpelte, und einmal haben sie ihn mit einem Stein am Kopf getroffen. Er lag drei Wochen im Bett. Seitdem flimmerte es ihm vor den Augen, wenn er sich nach einer Kippe bückte. Dann fiel er manchmal um und mußte auf der Erde sitzen bleiben, bis es besser wurde. Die Kinder wußten, daß er nicht weglaufen konnte, tanzten an ihm vorbei und hauten ihm schnell mit der Hand hinten auf den Kopf. Manchmal blutete ihm dann die Nase.

Er liebte Musik. Wenn ein Straßengeiger spielte, wurde er ganz verrückt davon und tanzte auf der Straße. Manchmal war seine Frau dabei. Auch für sie war Musik das Schönste; sie hörte nichts, aber sie sah, wie der Gresok so schön tanzte, und dann packten sie sich an den Armen und warfen die Beine hoch. Am liebsten war ihr Ziehharmonika, wenn der Balg bunt war und auf und zu ging. Was andres kannte sie nicht. Trommeln rechnete sie nicht zur Musik. Trommeln hatten nur die SA-Männer, wenn sie marschierten. Im Winter hatte der Gresok immer Kürbiskerne in der Tasche, die er aufgebissen oder mit dem Taschenmesser kleingeschnitten hatte. Die Vögel fraßen ihm aus der Hand und flogen hinter ihm her.

Allerseelen ging der Gresok früh um sechs zum Grab von der Waschfrau Gresok, die ihn so lange umsonst gefüttert hatte. Er hatte nicht gewußt, daß er nicht ihr Kind war, aber ihre Kinder hatten es ihm mit Prügeln beigebracht. Er kniete sich nieder und grub den Boden mit den Händen auf, machte ihn locker für Blumen und pflanzte ein, was er auf dem Feld hinterm Friedhof gefunden hatte: Löwenzahn und Margeriten. Er machte das Holzkreuz mit dem Ärmel und den Fingernägeln sauber, stellte es grade, und am Abend nahm er eine Kerze aus der Tasche, zündete sie an einem andern Grab an und betete. Seine Finger waren krumm, wie Holz von einem Baum.

Die Frau Schwientek sagte immer: »Es gibt soundso viele arme Menschen auf der Welt, die sich nich zu helfen wissen. Man muß dem lieben Gott danken, daß man selber Verstand im Kopp hat und genug verdient.«

> Wenn ich mir alles so überleg,
> ist das schön! *Sajons*

Wenn der Pelka durch den Hausflur ging, wackelte das ganze Haus, denn seit er in der Nationalsozialistischen Partei war, trug er Stiefel mit passender Hose dazu und machte sich alle zwei Wochen neue Hufeisen an die Absätze. Dafür hatte er sich extra einen Dreifuß zugelegt, und alle drei Tage feilte er die Hufeisen auf Schärfe. »Ich wer dir sagen, Stanik, wie das is«, sagte er. »Wenn so ein Kommunist oder Reaktionär auf der Erde liegt, und du verpaßt ihm schnell noch mit dem scharfen Absatz eine, du meinst nich, wie das auf den wirkt! Und sie könn' dir nichts machen deswegen, das geht alles über die Partei. Den Skowronek, was denkst du, wer ihn befördert hat? Hier ich, der Pelka! Ins Jenseits. Wenn du zu uns in die Partei kommst, besorg ich dir Paar Stiefel. Was hast du für Größe? Ich hör mich mal um, die brauchen nich neu sein. Braun, weißt du, die kannst du auch sonntags tragen, sieht prima aus.«

Der Hübner hielt sich vorläufig noch aus den Parteisachen raus. »Ich wer mir das noch etwas angucken, bis die was zu sagen haben«, sagte er.

»Der Hübner is eben ein Mensch mit Kopp«, sagte die Frau Schwientek. »Was der für eine Sprache hat, mit dieser ganzen Ausdrucksweise! Jetzt wer ich Ihnen mal was erzählen, Frau Pelka, was er neulich gemacht hat: Da hat unser Vater, der Schwientek, hatte seinen vierzigsten Geburtstag. Unverhofft kommt der Hübner. Sie, ich weiß bestimmt, er konnte sich vorher nichts ausdenken, und da fängt er an, einfach mir nichts, dir nichts aus dem Ärmel zu dichten:

> Wir wünschen dir, Vater, das Beste
> zu deinem Wiegenfeste.
> Soll es immer so weitergehn,
> du möchtest noch schöne Jahre sehn.
> Hoch, hoch, hoch!

Und so noch weiter, ich kann mich bloß nich so ausdrücken. Und soll ich Ihn' sagen, Frau Pelka, daß der schon mit jungen Jahren bei den Ministranten war! Sie, das is nich leicht, was die Kinder dorten auswendig zu lernen haben. Das ganze Dominus von vorne bis hinten. Lateinisch! Sie, ich wer Ihn' sagen, wenn der hier bloß die richtige Unterhaltung haben möcht, könnt er sich auf lateinisch unterhalten! Bestimmt. Die wohn' doch mit den Eltern gleich neben dem Apollo-Kino. Wo die schöne, große Molkerei is. Ham Sie mal gesehn, was die in der Annakirche dort auch für schöne Fahnen bei der Prozession haben! Lamm Gottes in Gold und Lamé und alles, und ich wer Ihn' was sagen, Frau Pelka, ich habe eine Fotografie gesehen, da is der Hübner mit der Fahne bei Fronleichnam abgebildet. Nein, nein, Sie, wer den als Schwiegersohn bekommt, kann sich die Finger belecken! No ja, aber kein Wunder, ham Sie gesehen, wie unsre Tekla jetzt hübsch wird? Sie!«

Zu der Mickel sagte die Frau Schwientek: »Wenn du mal könn' solltest, Mädel, mach, daß du dir ein' Chorplatz in Camillus nehmen kannst, ich zahl die dir Hälfte aus meiner Tasche zu. Dort sitzen bloß feinere Leute. Die ganzen Geschäftsleute und die Lehrer und die von der Stadt, die Oberen. Die Maria von Gmyrek, die ist auch immer extra soweit gelaufen und hat dort beim Hochamt den Zdrusch kennengelernt, den von der Regierung oder was der is. Die wird später schöne Rente nach ihm haben. Du weißt doch, der Zdrusch, der den schön' Biberkragen am Mantel hat.«

Die Camilluskirche – ein Traum! Da stimmte die Mickel mit der Mama voll und ganz überein. Schon die ganze Aufmachung dort auf dem Altar! Blumen über Blumen, alles Stiftungen der Gläubigen, und wer einen Platz auf dem Chor vorne hinter der Balustrade wollte, wo er alles schön sehen konnte und die Leute von unten wußten, *wer* dort oben war, mußte sich schon gutstehn mit dem Pfarrer Hallmann.

Sobald das Kind größer wird, bekommt es sofort einen Anzug auf Herrenschnitt, hinten die Haare lang, Fasson, und vorne mit Fixativ schöne Wellen gelegt, und dann wird sie, die Mickel, ihm gleich von klein auf beibringen, jeden Sonntag in die Kirche zu gehen. Dann wird er neben ihr sitzen auf dem Chor und artig sein. Als Stoff für den Anzug wäre am besten Glenschek. Er wird ihn am Anfang noch nicht maßgeschneidert brauchen. Schillerkragen sieht auch immer gutgekleidet aus. Die Leute werden sich alle nach ihr umgucken. Das machen sie jetzt schon, wenn sie Straßenbahn fährt und sich mit 4711 besprizt hat.

»Bloß eins is am Hübner nich hundertprozentig«, sagte die Frau Schwientek, wenn der Hübner und die Tekla nicht dabei waren, »seine Schwester! Sie is geschieden und malt sich an. Aber andrerseits sag ich mir, was kann der Mensch für seine Schwester? Man darf auch nich über andre so hart urteilen. Ich sag euch immer, Mädels, lieber Tod als Scheidung. Wenn eine Frau erst mal geschieden is, is aus! Oder auch die, die sich die Lippen bemalen! Mädels, daran erkennt man die ganze Erziehung, die einer genossen hat. Wenn ich die mal auf der Straße treff, möcht ich lieber weggucken.«

So hat jeder Fehler an sich! Der Stanik beispielsweise kommt aus einfachen Verhältnissen, dem Jankowski fehlt ein Finger, und der Hübner hat die Geschiedene als Schwester, man muß alles so nehmen, wie es kommt. Schon in der eigenen Familie ist nicht alles hundertprozentig, und für manches möcht man sich auch schämen. Der Schwientek zum Beispiel hat keine Ehrfurcht vor Gott. Was macht er Sonntag für Sonntag? Während die andern alle in der Kirche sind und für die Sünder beten, raucht er allein die verschissene Pfeife und verstinkt die Wohnung. Ostern nicht in die Kirche, Weihnachten nicht in die Kirche, Pfingsten nicht, und nicht mal mit der Prozession! Der Teufel hat schon bei lebendigem Leibe Besitz von ihm ergriffen, dachte die Frau Schwientek. Sie drückte ihm jeden Sonntag die Faust gegen die Stirne und knirschte mit den Zähnen. »Die Leute zeigen schon mit den Fingern auf einen, du Aas, verfluchtes! Da sind ja die Leute aus der Baracke besser als du, du Satan!«

Der Pelka sagt, ihm hätten sie mal in der Kirche das

Portemonnaie aus der Manteltasche geklaut, deshalb ginge er nicht mehr hin, und der Sajons von unten sagt, er könne die Luft dort nicht vertragen, weil sie immer Weihrauch machten.

Mit dem Pelka kam der Schwientek nicht zusammen; er konnte den Parteikram nicht leiden. Aber den Sajons traf der Schwientek im Sommer sonntags anstelle der Kirche im Garten. Der Sajons war so ein Schlauer. »Weiß du, Schwientek, wenn ich mir das immer so alles überleg, is das schön. Da hab ich mir voriges Jahr Tabak gepflanzt, du, und der wächst! Dann habe ich mir den Finger unter ein' Treibriem' gekriegt und abgerissen, da hab ich vier Wochen umsonst Krankengeld bekomm', ohne Arbeit! In der Zeit hab ich meine Karnickelställe in Ordnung gebracht, und mit meinen Brieftauben hab ich ein' Preis gemacht, weißt du, Schwientek, die reden alle so viel, Scheiße is das. Jetzt stopf dir mal die Pfeife von mein' eigenen Tabak!«

Und da hatte er recht, daß alles schön war, wenn Sonntag war. Die Bienen flogen herum, die Zechen standen still, die Luft war nicht so verpestet wie in der Woche. Die Weiber waren in der Kirche. Es roch nach Hühnerdreck, Ziegen und Blüten; Autos fuhren keine, und die Sonne schien. Man durfte sich das gar nicht alles auf einmal ansehn, sonst mußte man vor Freude weinen.

Die Laube in dem Garten war sauber mit grüner Farbe gestrichen, und wenn die Sonne heiß schien, roch es nach Teer. Der Jankowski hatte sie vor einem Jahr gebaut, und sie konnte vierzig Jahre halten. Auf dem Tisch in der Laube lag getrocknetes Kräuterzeug aus dem Garten. Über dem Tisch waren Ansichtskarten und ein Marienbild befestigt. Die Grasmücke im Stachelbeerstrauch piepste wie verrückt und fütterte ihre Jungen, und die Erde roch und roch. Früher hatten sie sich hier immer mit dem alten Bronkowski getroffen und zusammen jeder eine Flasche Bier auf ihr Wohl geleert. Jetzt kam manchmal der Sajons zum Schwientek in die Laube. Mal gab der eine eine Flasche Bier aus und mal der andre.

Für Tauben hatte der Schwientek kein Interesse. Karnickel waren ihm auch egal. Früher hatte er welche gehabt, aber seit dem Unfall auf der Grube wollte er bloß noch die Luft durch die Pfeife atmen, ganz langsam gehen und an nichts denken und lange leben. Er hatte Muskeln wie ein Ringkämpfer und konnte mit einer Hand eine Straßenbahnschwelle wie eine Aktentasche tragen. Wenn ihn aber einer angriff, wehrte er sich nicht. Vom Reisen hielt er nichts. Einmal war er in Oppeln gewesen, dort hatten sie ihm die Aktentasche mit dem Frühstück geklaut. Das reichte ihm fürs ganze Leben.

Der Tabak vom Sajons schmeckte ihm nicht. Er aß auch niemals unnötige Sachen; keine Stachelbeeren oder Obst, nur, was zum Frühstück sein mußte, und sein Mittagessen bestand meistens aus Resten vom Markt und aus Kartoffelkraut. Er trank Malzkaffee aus Gerste, die sie sich auf dem Ofen brannten und die er in einer Kaffeemühle mahlte, manchmal mit Zichorie aufgebessert. Schlaf brauchte er vier Stunden. Abends guckte er aus dem Fenster auf die Oschlowskistraße, oder er stand hinter der Bahn beim Feld und guckte nach Polen. Manchmal blieb er unterwegs stehen, wie ein Pferd, das einen alten Weg geht, guckte vor sich auf die Erde und zog tief den Pfeifenrauch ein. Oder er saß im Garten vom Sajons; denn in seinem Garten hatte er keine Ruhe, die Frau Schwientek quasselte ihm zuviel und hatte andauernd eine Arbeit für ihn. Wassertragen, umgraben, der Teufel sollte sie holen! Der Schwientek war untersetzt, hatte einen breiten Kopf, die Haare staubgrau, eine lange, empfindliche Nase, einen Schnurrbart wie eine Bürste. Er nahm nie den Hut ab; der Hut glänzte oben im Knick. Der Schwientek hatte nur einen Anzug. Schenkte ihm jemand einen andern, verkaufte er ihn und versoff das Geld. Er trug niemals Handschuhe, auch nicht im Winter, und hatte zwei Paar Schuhe, trug aber nur die hohen mit der Ledersohle, die anderen drückten ihn. Wenn die hohen Schuhe beim Schuster waren, mußte er drei Tage in den anderen gehen und fühlte sich krank. Er rasierte sich jeden Freitag, die Bartstoppeln waren weiß. Den Passek* hatte ihm ein Russe geschenkt.

»Wenigstens is der Alte getauft«, sagte immer die Frau Schwientek, »und es besteht Aussicht, wenn ihm mal was passieren sollte, daß sie noch den Pfarrer für die letzte Ölung holen könnten, damit er wenigstens nich in die Hölle kommt und später aus dem Fegefeuer nachkommt in'n Himmel, daß man wieder zusammen is. Wenn er nich alles verrauchen möcht, könnt ich ein Haus neben dem anderen besitzen!«

Herr Schwientek war schon zweimal im Bett ange-

---

* Gurt, Riemen

brannt. Er war angeduselt eingeschlafen, und sie hatten vergessen, ihm die Pfeife aus dem Mund zu nehmen. Die Federn konnte Frau Schwientek aus dem eigenen Geschäft nehmen und nachfüllen, aber die Bettwäsche und das Inlett waren futsch.

Einmal im Jahr brachte sie ihn mit Gewalt soweit, daß er in einem geborgten Wagen Jauche aus der Latrine hinter dem Haus in den Garten fuhr. Dann fluchte er drei Tage über die Alte, bis der Gestank sich aus seiner Jacke wieder verflüchtigt hatte.

»Aber fressen kann das Aas«, sagte sie, »wenn Ernte is.« Frau Schwientek knirschte dann mit den Zähnen und biß die Lippen zusammen. Mit der Zeit hatte sie sich angewöhnt, wenn es Löhnung gab, ihn vorne beim Tor vom Fuhrpark abzufassen und ihm sofort die Tüte abzunehmen. 62 Mark 30 Pfennig pro Woche genau, nach Abzügen. Davon bekam er vier Mark für Tabak. Regelmäßig alle fünf bis sechs Wochen, wenn Zeit für Semmeltage war, kroch der Schwientek dann mit der Lohntüte hinten durch ein Loch im Zaun. Im Notfall wartete er, bis es finster war und sie denken mußte, sie habe ihn verpaßt. Die Semmeltage waren für ihn das Wichtigste, das Schönste. Das brauchte er zum Leben. Obwohl er nachträglich alles bereute; denn wenn das Geld weg war, trank er des öfteren eine Tasse Brennspiritus, in der Not auch ohne Verdünnung, bloß mit Zukker. Aber er war danach nie bettlägerig, nur etwas Aufstoßen bekam er von dem Zeug. Der Schwientek trank niemals Wasser. Er hatte Angst davor, wegen der Bazillen darin.

Manchmal, wenn der Schwientek Semmeltage hatte,

kam ein Junge an: »Sie, Frau Schwientek, der Herr Schwientek sitzt vor dem Fenster vom Schuster Dralla und singt, Sie sollen kommen, ihn holen!«

Frau Schwientek wurde dann immer rot vor Wut, kommandierte den Jankowski mit dem Handwagen ab, und dann gingen sie den Alten holen. Sie deckten den Schwientek mit zwei alten Säcken zu, und sie schob hinten den Wagen, damit die Leute nicht wissen sollten, was sie drin hatten. Aber sie wußten es alle, denn der Schwientek unter den Säcken sang:

»Der Kaiser is ein guter Mann
und kommt aus dem Schwahabenland,
und wenn er nich gestorben ihis
mit Herz, mit Fuß und Hand...«

»Es möchte einen nich wundern«, sagte die Frau Schwientek, »wenn der Pierron uns den Ruf so verdirbt, daß die ganze gute Kundschaft zu der alten Frau Tomalla kaufen geht. Aber dann schlag ich dem die Fresse ein.« Und der Schwientek war wie im siebten Himmel und sang weiter:

»Das war im schönen Feld
im Monat Mai,
ein schönes Mägdelein
war auch dabei...
das war im schönen Feld
eins, zwei und drei...
...laß mich doch du alter Drachen!...
Ich hatt' einen Kameraden...«

Herr Schwientek schnarchte nur leicht. Aber Frau Schwientek schnarchte wie ein Waldesel. Dann hielt er ihr die Nase zu, stopfte ihr ein Kissen auf den Kopf. »Weiß der Pierron, daß die nich erstickt!«

Der Schwientek spielte niemals Skat. Der Bennesch kam ja beim Skat sozusagen ums Leben, damals, als der Räuber Schydlo beim Kapitza war und mit den Kumpeln ein Spielchen machte! Wie er nämlich durch das geschlossene Fenster springen mußte und sie ihn noch eine halbe Stunde gejagt haben, weil der Bennesch die Polizei antelefoniert hatte – da paßte der Schydlo zwei Tage später den Bennesch auf dem Hof ab, als der in der Nacht auf die Latrine wollte, und erschlug ihn mit der flachen Hand. Dann hat er noch zwei, drei Wochen abgewartet, bis die Trauer verflogen war und die Frau nicht mehr an den Bennesch dachte, und ging dorthin zu ihr in die Wohnung. Hatte sich sauber angezogen, klopfte, fragte, ob der Bennesch zu Hause sei, und stellte sich als sein Freund vor und markierte, als er von dessen frühem Tode erfuhr, er müsse sich setzen, weil ihn das so ergriffe. Die Frau goß ihm Malzkaffee in die Tasse. Er legte ab und zog ihr dann langsam die Hosen aus. Er borgte sich vorher ein paar Reißzwecken von ihr und breitete sie schön auf dem Stuhl aus. Dann setzte der Schydlo die Frau Bennesch mit dem nackten Hintern auf die Zwecken und ging weg. Aber so war er, der Schydlo.

»Beim Kaiser«, sagte der Schwientek, »da ham wir pro Stunde 60 Pfennig verdient, aber das war wenigstens Geld! Sechs Pfennig ein Hering, halbes Pfund Machorka 50 Pfennig, und wenn du dir eine Mark in die

Tasche gesteckt hast und gingst in der Nacht über die Schanafka, konntest du in Polen einen Monat leben wie der Baron Rothschild: ein Ei ein Pfennig und Schnaps aus allen Löchern. Mann! Auch is die ganze Musik nich mehr so schön wie früher. Die ganzen Polkas und Mazurkas und alles, das war Schwung! Aber was spieln sie jetzt: Schieber, Jimmy und das, da kann doch kein Pierron drauf tanzen.«

Den Stanik konnte der Schwientek gut leiden. Auch wenn der keine Arbeit hatte, und ob da einer lesen oder schreiben kann oder nicht! Hauptsache, er hält sich am Leben! »Weißt du, Stanik, ich weiß von ein' Fall bei uns. Wie ich gedient hab, da war auch einer! Vorne und hinten gebildet wie ein Konditor, Abiturium und Matura und Prüfungen und alles. Weißt du, was sie ihm gemacht haben? Sieben Durchschüsse im Bauch. Und ein andrer, ein gewisser Smaczny aus Bludowitz, konnte sich nich polnisch ausdrücken, konnte sich nich deutsch ausdrücken, hat dir aber die verrücktesten Sachen gemacht mit Handgranaten und alles. Dem is nie was passiert. Ich wer dir was sagen: Keiner weiß, was gut is und was nich gut is!«

Der Hübner rauchte nur das Beste vom Besten, Overstolz in Blechschachteln, abgepackt zu zwanzig Stück mit Goldpapier. Die Mickel war ganz wild auf das Goldpapier und machte sich kleine Vögel davon. Dem Schwientek hatte er schon angeboten, er wollte ihm die Stummel sammeln und auch mal eine leere Schachtel abgeben. »Ach, lassen Sie nur, Herr Hübner, ich rauch wenig«, hatte der Schwientek gesagt. Krätze würde er bekommen von dem seinen Tabak!

Die Frau Schwientek ließ sich die Schachteln immer von ihm zurücklegen. »Es gibt nichts, was man nich mal gebrauchen kann«, sagte sie. Jetzt konnte sie aussortieren: für Nähnadeln eine eigene Schachtel, für Stecknadeln eine, Hosenknöpfe in eine Schachtel, Hemdenknöpfe... und die Mickel machte sich immer die Arbeit, die Schachteln mit einem Lappen und Spucke und etwas Asche zu polieren, bis sie glänzten wie Dublee. Sie hatte für sich selber zwei von den schönsten Schachteln zurückgelegt und in ihrer Schublade versteckt.

An einem Mittwoch war Taufe. Stanik als Vater hatte sich den guten Anzug vom Bruder geborgt und einen gewissen Bodora vom Kapitza als Paten mitgebracht. Der Bodora hatte einen hochroten Kopf vom Saufen und roch nach Mausegift und Zigarettentabak. Als Patin hatte man die Mutter von Lehnchen Heiduck, die alte Frau Heiduck, bestellt. Das war auf Wunsch von der Mickel geschehen. Frau Schwientek hätte als Paten gern bessere Leute gesehen, aber der Stanik ließ sich nicht reinreden, und die Frau Heiduck wollte sie nicht vor den Kopf stoßen, denn eine Schwester von ihr war gute Kundin. Frau Heiduck hatte eine Schießbude am Rummel, wollte aber schon zeit ihres Lebens auf Glücksrad umsteigen. Das war schöner, denn weiß man, wohin diese Besoffenen das Gewehr mal richten, wenn sie der Rappel packt? Frau Heiduck hatte oben und unten schöne Goldzähne, lachte gerne und cremte sich das Gesicht. Sie verwendete Parfüm, das es für sechsunddreißig geschossene Ringe gab, und trug immer Seidenschals und Kleider aus Kunstseide. Sie bevorzugte Rosa und Violett, war aber auch nicht gegen

Lind. Auch Weiß war schön für alles. Lehnchen konnte nicht persönlich kommen, denn sie war auf Kur in Bad Kudowa mit einem gewissen Drogisten, einem Herrn Sasch aus Gleiwitz, mit einer Holzhand links. Sie kannte ihn schon länger, noch aus ihrer Zeit dort, hatte aber erst seit drei Wochen ernsten Verkehr mit ihm. Alte Sachen würde sie nie aufwärmen. Das bringt kein Glück, sagt man.

Dem Banik mit der Holzhand ist auch mal was passiert, bloß hatte *der* die Holzhand rechts. Und zwar wie an Barburka* der Aufmarsch von den Bergmännern in voller Paradeuniform war und sie alle neben der Straße standen und guckten, da stand hinter dem Banik der Weißbrich von der Elisabethstraße, der immer, als er noch lebte, beim Straßenbau den Teer kochte. Der Weißbrich wußte, daß der Banik eine Hand aus Holz hatte, und wollte seinem Kind ein Kunststück zeigen und hielt von hinten das Feuerzeug an die Hand vom Banik. Dem Kind hatte er gesagt, der Mann würde nichts merken. Der Banik hat es aber doch gemerkt, weil der Weißbrich die falsche Hand erwischt hatte, und er haute dem Weißbrich vor allen Leuten mit der Holzhand in die Fresse. Der Banik hat dann lebenslänglich bekommen, und der Weißbrich liegt mit doppeltem Schädelbruch auf dem Friedhof Heiliggeist begraben.

* Barbaratag

Dem Vogel ist egal, wo sein Käfig hängt.
J.

Die Taufe war also an einem Mittwoch, und der Stanik trat schon in der Morgenfrühe als kolossaler Sieger auf. Er hatte zum Frühschoppen Einfachbier und zwei Schnäpse hinter sich und sagte, daß für ihn der Name des Jungen schon feststehe und das würde eine Überraschung werden. Alle würden sie hier umfallen, das Modernste vom Modernen, und so was wäre noch nicht dagewesen.

Sie hatten dem Kind eine Taufdecke in Bleu gekauft. Das hatte die Mickel mit ihrem Heulen durchgedrückt, denn die Steffi Friebe, die mit dem Gemüseladen, habe das auch für ihr Kind gehabt, Batist und auch bestickt.

»Batist will ich auch«, hatte die Mickel gesagt. »Ich bin nich weniger als die Ziege von Friebe.«

»Mit dem offenen Laden ham die Geld wie Scheiße«, sagte Frau Schwientek. »Aber wenn du willst, nehm ich das Geld dafür, was ich mir für den Mantel gespart hab. No ja, und später könnt ihr euch eine Zierdecke für das Kinderbett draus machen, denn was man hat, is nich verloren. Aber schön singt der Mann von der Steffi in der Kirche immer. Ich hör ihn bis vorne durch das ganze Schiff.«

Dann kam der Pfarrer bei der Taufzeremonie an die

Stelle, wo man den Namen nennen muß. Der Stanik stellte sich hin und sagte: »Adolf!«

Das hatte ihm der Pelka eingeredet. »Als Kamerad wer ich dir sagen, Stanik, mit der Polakei is vorbei. Feiramt, aus, zack zack! Unsre Jungs machen die Regierung, und es kommt bereits ein andrer Wind auf, Stanik. Dann muß dein Junge heißen wie unser Führer, und Tür und Tor stehen ihm offen, mein Lieber! Sieg, Sieg auf der ganzen Linie. Vorbei is mit dem schlechten Leben. Vorige Woche hab ich dem Pachulek von den Reaktionären mit meinem Stiefel die Fresse zerhackt, der hat Allerheiligen gesehen, jawoll!«

Der Stanik hatte im Suff beschlossen: »Und sobald der Junge drei Jahre is, bekommt er zum Geburtstag von mir eine kleine SA-Uniform. Die laß ich ihm nach Maß anfertigen. Bei mir kommt nur Maßarbeit ins Haus, Pelka, das sag ich dir, und dazu kleine Stiefel in Chevreauleder, da wern sich alle umdrehn nach uns! Jeronniä, du!«

Der Pfarrer Szewicz machte eine Pause mit der Taufe und guckte sich den Stanik an. »Was, Adolf? Das ist doch kein Name.«

»Ich besteh darauf als Vater!« Das hätte sich der Stanik auch nicht getraut zu sagen, Widerrede gegen die Obrigkeit, wenn er nicht die SA-Stiefel unter den Hosenbeinen gehabt hätte; der Pelka hatte ihm schon ein Paar gebrauchter Stiefel besorgt. Zuerst wollte er sie *über* die Hosen anziehen und die Hosenbeine reinstopfen. Aber die Mickel hatte gesagt: »Nich, Stanik! Mach das nich! Das paßt nich auf Taufe!«

Gut, dann trug er sie eben *unter* den Hosenbeinen.

Das gab ihm Sicherheit und Halt, und Tausende von Kameraden standen im Geist hinter ihm.

Er stand wie ein General vor dem Pfarrer.

»Besteh ich drauf!«

Das hatte der Pelka ihm vorgesagt.

»Und wann, denken Sie«, sagte der Pfarrer, »soll das Kind Namenstag haben mit so einem Namen? Haben Sie sich das genau überlegt?«

»Genau überlegt«, sagte der Stanik und roch wieder nach Einfachbier, weil er aufstoßen mußte, und die Mickel würgte es vor Scham im Hals.

Der Pfarrer Szewczik machte weiter und war verärgert, fragte nach dem zweiten Namen, und da setzte der Stanik aus. Die Mickel war an der Reihe, und sie wurde rot. Ihr war auf einmal heiß. Das Herz klopfte wie verrückt: »Detlev möcht ich«, sagte sie.

Die Mama Schwientek hatte sich eine halbe Stunde vom Markt freigemacht. Der Mittwochmarkt war kein Geschäft. Löhnung gab's erst Freitag; die Leute waren mittwochs abgebrannt und kauften nicht. Aber Markt ist Markt. Wenn man den Stand schon hat, muß man auch hingehen. Mittwochs teilte sie sich den Stand mit ihrer Kusine Agnes Ciupka, und sie machten alles auf Halbe-Halbe.

Nach der Taufe schickte der Stanik die Mickel mit dem Kind nach Hause. Selber ging er mit dem Bodora zum Kapitza feiern.

»Geht mal zum Bäcker Mainka fragen, ob er Kuchen hat, und laßt mir ein Stück, wenn ich komm!« sagte die Frau Schwientek.

Die Tante Heiduck, die Mutter von Lehnchen Heiduck, trug das Kind. »Laß, ich trag das«, sagte sie, »wie schnell kannst du dir was holen nach dem Wochenbett, das is kein Kinderspiel, Mädel! Die Lucie Smolka is davon gestorben. Sie hat sich mit Kohle überhoben. Und die Anni Kutschera is nach der Niederkunft Rad gefahren, hat sich keinen Schlüpfer angezogen – schon hatte sie was weg. Was denkst du, wie das da unten zieht!«

Zu Hause packte Frau Heiduck aus der Handtasche eine große Flasche Parfüm aus. »Ich hab dir eine kleine Aufmerksamkeit mitgebracht«, sagte sie. Das war vom Rummel, was man bei der Suska* bei drei Gewinnen bekam. Drei Sorten gabs davon: für einen Gewinn, für zwei, für drei Gewinne.

»Wenn du aufs Vergnügen gehst, mach dir paar Spritzer aufs Unterkleid, Mädel«, sagte die Tante Heiduck. »Da sind alle Männer nach dir verrückt. Auch wenn der Stanik mal kommt, mach dir bißl auf den Schlüpfer und auch unter die Achsel, das riecht man schon von großer Weite! Das kannst du sogar in die Kirche tragen, das riecht nich aufdringlich. Und hier die Schachtel Konfekt rechne dir von der Lehne als Geschenk! Wenn mal Gäste kommen, oder so mal auf die Schnelle, wenn was is, mußt du immer was im Hause haben, was du anbieten kannst, das sieht immer gut aus, du! Oder iß dir auch selber paar davon, du hast eine schwere Zeit hinter dir, da mußt du zu Kräften kommen! Schade, daß die Lehne nich da is! Das Mädel hat aber auch immer Glück mit Männern. Jetzt is sie wieder mit einem gewissen Sasch auf Kur nach Bad Kudowa gefahrn, das muß aber

---

* Glücksrad

auch schön dort sein! Ich möcht dir auch mal so was wünschen, Kind. Du hättest dir das verdient.« Das Konfekt war grau, und die Mickel bekam davon Durchfall.

Um elf ging die Tante Heiduck nach Hause kochen. Semmelwurst gab's mit Kapusta* und Kartoffeln. Die Tekla war mit den Jungs auf der Halde Schlitten fahren. Die Männer waren alle in der Arbeit, die Mama auf dem Markt, die Hedel war bei Ogurek häkeln, und die Mikkel ging mit ihrer Verlassenheit in die kleine Stube heulen. Adolf Detlev! Wenigstens hatte das Kind jetzt einen schönen Namen!

Und die Sonne kam durch und beleuchtete ihre Tränen. Der Name würde dem Kind Glück bringen. Wenn man als Mutter was im Kopf hat, das macht was aus. Bloß, wenn der Stanik mehr auf sie hören würde! Lehnchen Heiduck hatte mal einen, der machte ganz groß in Margarine und wurde reich davon. Sie hatte sich soundso oft mit dem Betreffenden unterhalten, und er hatte ihr persönlich das Geheimnis preisgegeben. »Sehn Sie, Fräulein Schwientek, das is so: Die Leute brauchen Schmierage**. Was kaufen sie? Butter? Nein. Speck? Is auch teuer. Sie kaufen Margarine, meine Liebe. Sehn Sie, Köppchen!«

Er hatte Glatze und einen Lieferwagen, und Lehnchen Heiduck kam von ihm nicht los, denn wenn er sie quer auf den doppelten Sitz legte – sie hatten eine menschenleere Stelle im Guidowald entdeckt –, stellte er

---

* Kraut
** Fett zum Brotschmieren

den Motor an, und das fing an zu tuckern und zu rütteln und zu vibrieren – wo hat man das?

Das Kind pullte in die Windeln, gerade als Mickel einnickte, und weckte sie mit Geheul. Da bekam es die ersten Prügel im Leben, so lange, bis es aufhörte, weil es Luftnot hatte. »Siehst du, du Aas, wie du parieren kannst«, sagte sie. »Sich bepullen muß einem von klein auf abgewöhnt werden.«

Um drei kam die Frau Schwientek vom Markt, ohne Essen im Magen, durchfroren: »Wenn Kinder wüßten, was Eltern so mitmachen, daß die Bälger was zu essen haben! Habt ihr mir Stück Kuchen gelassen?«

Sie zog sich die Filzschuhe aus und hängte die Fußlappen über die Stange am Ofen zum Trocknen, und sie fingen an zu stinken. Sie rief aus dem Fenster über die Straße die Hedel nach Hause.

»Mach mal die Lappen weg, Mama«, sagte die Hedel. »Ich muß doch für den Jankowski Kartoffeln kochen. Ich wer ihm heute Spiegeleier machen, das wird ihm schmecken, das is immer gesund.«

Um sechse kam die Tekla und brachte gleich den Hübner mit. »Laßt euch nich störn«, sagte der, »eßt weiter. Ich setz mich mit dem Mädel solange in die Stube.« Der Hübner war ein feiner Mensch und immer rücksichtsvoll, niemals aufdringlich zu andern.

Weil Taufe war, spendierte die Mama den Männern jedem zwei Flaschen Bier von ihrem Geld, daß sie ein bissel feiern konnten. »Taufe is nur einmal im Leben«, sagte Frau Schwientek. »Bring Tichauer vom Jäschke! Er soll aufschreiben.«

Als der Hübner etwas getrunken hatte, passierte ihm

das erste Mal, seit er bei Schwienteks verkehrte, daß er sich vergaß und ins Tischtuch rotzte. Die Frau Schwientek verzieh ihm sofort und benutzte seine Schwäche, das Verhältnis zu ihm zu festigen: »Das macht nichts, Herr Hübner, oder ich darf doch du sagen, nich? Als Schwiegersohn, na! Wir sind doch unter uns. Das is sowieso Wachstuch, das geht von alleine raus. Sie könn' hier wie zu Hause sein. Tekla, setzt dich sofort anständig hin, was soll sich der Herr Detlev von uns denken!«

Vom Stanik fehlte jede Spur. Um neune kam der Bodora fragen: »Is der Stanik hier? Wie ich austreten war und zurückkomm, war der weg.«

Der Bodora stank schon von weitem. Die Frau Schwientek konnte ihn nicht ausstehen. Das waren Leute, die immer bloß saufen und saufen und stinken. Der Bodora war auch so ein Parteigenosse, und als er wegging, pullte er sich noch auf der Treppe im Hausflur aus. Das ist auch keine feine Art. Aber andrerseits ärgerte sich Frau Schwientek nicht darüber, denn die Kowoll war mit Flurwischen dran, und Gott sei Dank hatte keiner gesehen, daß der Bodora bei Schwienteks gewesen war!

Der Stanik hatte mit dem Bodora bei Kapitza den ganzen Tag gefeiert und war dann um achte nach Hause gegangen, und zwar hatte er gewartet, bis der Bodora pinkeln ging; er wußte schon, daß der Bodora ihn niemals hätte weggehen lassen, denn sie feierten auf Staniks Rechnung. Aber der Stanik hatte seinem Vater, dem alten Cholonek, versprochen, daß er um achte kommen wollte, die Taufe feiern. Der Vater saß beim Ofen auf der Bank und hatte die Küche warm eingeheizt, damit sie sich besser unterhalten konnten.

»Ich komm später ins Bett«, hatte er zur Mutter Cholonek gesagt. »Weil nämlich, der Stanik kommt noch. Wir machen uns eine kleine Tauffeier zusammen. Da müssen wir noch viel besprechen. Der Stanik mit mir, unter vier Augen.«

Der Stanik hatte einen Kranz Krakauer auf Pump gekauft und brachte noch vier Flaschen Schultheißbier mit und einen Viertelliter Schnaps.

»Schön is Taufe«, sagte der alte Cholonek. »Wie du geboren wurdest, war ich nich zu Hause. Die Mutter sagt, sie wollte gerade in'n Stall gehn, Kohle holen, da bist du auf der Treppe zur Welt gekommen. Die Frau Konieczny war dabei. Ich war ja immer in der Arbeit. Bloß wie der Josek kam, war Sonntag. Ich bin extra zu Hause geblieben und nicht in die Kirche gegangen. Aber dann war Krieg, der Josek is noch nich zurück. Weißt du was vom Josek, Staniczek? Ob er noch lebt? Du hast ihn doch gekannt? Der war der älteste Junge von euch. Du mußt ihn doch hier in der Küche immer gesehen haben, wie du klein warst.«

Der Vater Cholonek konnte nicht lesen. Sie hatten ihm die Nachricht, daß der Josef gefallen war, nicht gegeben. Der Stanik wußte bloß: der Josef hatte hier immer auf dem Sack beim Tisch geschlafen und war früher um halb vier mit dem Vater aufgestanden und in die Grube gegangen. Als der Krieg kam, hatte er sich freiwillig gemeldet, sechzehn war er damals.

»Wenn er kommt einmal, sag, er soll hier warten, ich komm gleich, ich bin noch in der Arbeit! Frag ihn, ob er noch die Tabakdose hat, die ich ihm auf den Weg mitgegeben habe! In'n Krieg.«

Seit 1915 war der Josef tot.

Der Stanik mußte dem Vater die Hand halten, wenn er die Tasse mit Schnaps nehmen wollte, weil sie zitterte und er sich immer begoß.

»Hier, Staniczek, wenn dein Junge groß is, gib ihm meine Uhr. Und sag, die is vom Opa! Er soll sie immer dabeihaben. Sie is geschont, ich hab sie immer im Futteral gehabt, sie geht gut. Wie wird er heißen?«

»Adolf«, sagte der Stanik, »daß er es später gut hat.«

»Adolf?« sagte der Vater. »Das gab's früher nich. Is das ein schöner Name?«

»Schön nich«, sagte der Stanik, »aber der neue Führer heißt so. Der Pelka sagt, wer so heißt, brauch später nich arbeiten. Unser Willem heißt doch auch nach dem Kaiser.«

Der Vater legt dem Stanik die Hand um die Schulter, das war das erste Mal, seit sie zusammen waren. Er nickte mit dem Kopf, war krumm und müde und ging schlafen. Um vier mußte er aufstehen. Tagschicht. Wer seine Uhr verschenkt, der verschenkt sich selbst. Der hätte auch sein Leben verschenkt, ohne zu überlegen.

Solche Uhren waren aus Nickel. Sie wurden in Blechdosen aus Zelluloid und innen mit Samt gefüttert getragen, damit sie keine Kratzer bekamen. Ein Vater gibt seine Uhr dem besten Sohn. Ein Mann gibt sie seinem Freund mit in den Krieg, damit sie ihm das Leben rettet, wenn ihn eine Kugel treffen sollte, indem sie in der Uhr stecken bleibt. Wer seine Uhr versetzt hat, dem ist alles egal. Man hat nur einmal im Leben eine Uhr.

Die Uhr schiebt einen zum Grab, Millimeter um Millimeter. Und wer seine Uhr verspielt hat, bleibt allein. Wessen Uhr aber auf die Sekunde geht, bei dem ist alles gut.

Der Schwientek hatte seine Uhr versoffen. Seit dem Unfall lebte er nur noch für heute. Was morgen kommen würde, war ihm egal. »Wer sich schon für teures Geld eine goldne Uhr kauft«, sagte der Schwientek, »das is ein Theatermacher. Denn wozu braucht eine Uhr aus Gold zu sein? Solche Leute passen nich.«

Der Vater vom Niemiec zum Beispiel hatte vor der Revolution in Rußland gedient und dem Niemiec eine Uhr mit drei Deckeln aus Gold hinterlassen. Auf dem zweiten Deckel war eingraviert, daß der alte Niemiec dem Zaren das Leben gerettet habe. Und *die* Uhr verkaufen – dafür hätte er sich ein Pferd mit der ganzen Fuhre anschaffen und sich selbständig machen können, aber das machte er nicht. An so einer Uhr hängt man!

Der Hübner hatte eine Uhr aus Dublee. »Dublee ist genau wie Gold«, sagte Frau Schwientek. »Zeig mal, Detlev! Schön is die. Da hast du ein Stück von Wert!«

Früher wünschte sich die Mickel immer ein Schmuckstück aus Gold. »Am besten is 585 gestempelt«, sagte Lehnchen Heiduck, und an zweiter Stelle kommt erst 333.« Aber jetzt schwärmte die Mickel für Dublee.

»Dublee is so schön, Mama! Wie der Detlev das hat. So möchte ich mal eine schöne Kette.«

In den nächsten Wochen war viel Unruhe im Haus Oschlowskistraße Nummer drei. Der Pelka machte ein großes Gerede und lief mit einer Hakenkreuzbinde über dem Jackettärmel herum und hatte sich eine SA-Mütze mit Sturmband zugelegt. Wenn er wo stand, traute sich keiner mehr, polnisch zu sprechen. Er sagte: »Drei Monate noch, da sind wie an der Regierung! Dann is aus mit euch Pierronne hier. Aus! Hals ab und alles! Hier, Hacharen*, riecht mal dran!«

Jetzt trug er den Gummiknüppel schon offen unterm Jackett. Auf der Gneisenaustraße hatten sie einen gewissen Prszibilla halb totgeschlagen. Es war schon finster, aber seine Schwester hatte vom Stubenfenster gesehen, wie sie auf ihn losgingen. Zehn Mann mindestens auf einen. Rosel hieß sie, und sie schnappte sich einen Kohleneimer voll mit Kohle, ging runter, fing den an zu schwingen wie ein Rad und pfefferte ihn dem einen an den Kopf. Da lag er dann in seinem Blut, und von der SA-Mütze war nicht mehr viel übrig. Aber sie haben viel Schereien deswegen gehabt, und der Prszibilla ist auf einmal mit der ganzen Familie verschwunden gewesen. Über Nacht hat er die Wohnung verlassen, abgeschlossen, alles drin gelassen. Er soll nach Rußland ausgewandert sein.

Der Stanik arbeitete jetzt vier Tage in der Woche bei der Frau Waleska und fuhr Kohle aus. Abends ging er mit dem Pelka zu der Partei. Der Pelka hatte ihm noch eine gebrauchte Stiefelhose besorgt. Oben war sie zu groß, aber sonst war sie wie neu und nicht teuer, weil der Vorbesitzer, ein gewisser Matuschek, wegen Raubüberfall drei Jahre Zuchthaus bekommen hatte. Sie stank nur etwas nach Urin, und das ging nicht raus.

---

* Lumpen, Gesindel

Der Jankowski ging weiter regelmäßig in die Arbeit. Wie eine Uhr: stand um viere auf, wenn er Tagschicht hatte, ging um dreiviertel fünfe los, kam abends zurück, bekam Stampfkartoffeln mit Senfsoße und ein gekochtes Ei oder Kartoffelkraut mit Speck, einmal in der Woche Bratkartoffeln mit Brotsuppe. Schlief auf dem Chaiselongue mit der Hedel, ging los und kam wieder zurück und reparierte am Abend das, was die Frau Schwientek ihm sagte, ging wieder schlafen, und am Sonntag ging er in die Kirche, in die Frühmesse, damit er keinen Ärger mit der Frau Schwientek bekam.

Beim Schwientek war das genauso: stand um vier auf, ging um sechse los, rauchte in der Arbeit ohne Unterbrechung Machorka, kam abends zurück, bekam Stampfkartoffeln mit gekochtem Ei und das, was vom Markt übrig war, rauchte Pfeife bis er schlafen ging, schnitzte Fidibusse, machte Feuer, schnitt Tabak, ging schlafen, stand auf, las am Freitag das Witzblatt und etwas im »Hausfreund«. Jetzt im Winter konnte er sonntags nicht in den Garten gehn und Bier mitnehmen. Da blieb er da und wärmte sich am Küchenofen.

»Einmal haben sie in dieser Zeit den Hübner im Tanzcafé Kochmann erwischt. Er hatte auf dem Klo ein Loch in die Wand gebohrt, rüber zum Frauenklosett. Hätte er nicht den Finger durchgesteckt, hätten sie ihn nicht gefaßt. Aber wie diejenige dort auf der anderen Seite, eine Tochter von Pitterek, den Finger durchkommen sieht, schnappt sie ihn, hält ihn fest und schreit um Hilfe. Sie sagen, das war gar nicht der Finger. Die Frau Schwientek sagte: »Mädel, gib bloß nischt drauf, was die Leute sagen! Eine Frau muß immer zum Mann halten, und ich laß auf unsern Dettele nichts komm'! Ich wer die ganze Familie Pitterek nich mehr grüßen auf der Straße, und ihr macht das auch.«

Und die Tekla lief den ganzen Tag, als das aufkam, mit zusammengekniffenem Mund herum, wie die Mama, wenn sie Ärger hatte, und schrie immer: »Ich wer ihm zeigen, ich wer ihm die Fresse polieren, ich wer ihm die Brotbüchse auf dem Schädel zerschmettern!«

Einmal hatten sie ihn auch schon in der Kneipe vom Sedlaczek erwischt, auf dem Frauenklo. Damals hat ihm der Sedlaczek persönlich eine in die Fresse gehaun, daß er zwei Zähne ausspucken mußte. Backenzähne zum Glück, und man konnte das nicht so sehen. Aber die Nilla Haida war auch in den Fall verwickelt gewesen, weil sie auch dort auf dem Klo war. Ihr Vater hat ihr nachher den Rock hochgehoben, da hatte sie keinen Schlüpfer an.

»Die Mädels sind so schlecht heute«, sagte die Frau Schwientek, als ihr eine die Sache hinterbrachte, »daß man sich für die schämen möcht. Wissen Sie, wenn bei meinen Töchtern so was vorkommt, ich schlag sie mit eigner Hand tot!«

Wie dann der Hübner kam und die Tekla damit anfing, sagte er nur: »Ihr wer't doch nich *das* von mir glauben, Schwiegereltern! Ich wer doch nich, wenn dorten schon groß und breit ein Männerklo da is, wer ich es doch nich auch noch auf das andre Klo abgesehn haben, oder? Na, also.«

Die Tekla wollte mit dem Zetern nicht aufhören, bis ihr die Frau Schwientek eine Backpfeife gab, daß sie wieder zur Besinnung kam. Sie zerrte sich nach hinten in die Stube, machte beide Türen zu und zischte mit zusammengepreßtem Munde: »Du Satan wirst so lange machen und den uns verärgern, bis er abspringt von der Verlobung, dann bist du guwno na patetschuku*, wer ich dir sagen!«

Wenn der Hübner mal sonntags auf Besuch kam, hob die Frau Schwientek was Gutes für ihn auf. Nudelsuppe, oder wenn sie eine Henne auf dem Markt nicht verkauft hatte und sie mußten sie selber essen, die Brust, Brust ist das Beste!

»Na, spring doch schon, Mädel! Kümmer dich mal bissel um dein' Mann. So ein' Mann muß man bemutteln wie sein Kind und ihm alles gut machen! Na los, hast du nich gehört! Nimm ein' Löffel und mach ihm mal die Fliege raus vom Teller! Also, die Mädels heute wern das nie lern, da warn wir ganz anders früher. Nich mit den dreckigen Fingern, du Aas!«

Der Hübner war schon von sich aus ein ganz anderer Mensch als der Stanik. Sprang um das Mädel rum und war ganz verrückt auf sie. Hier Tekla, da Tekla, bediente sie vorne und hinten wie eine Gräfin, begleitete sie auf Schritt und Tritt, daß ihr nichts passieren möchte. War es bloß bissel finster draußen und sie mußte aufs Klo im Hof, hatte er sich schon Schuhe angezogen und ging sofort mit. Einmal kam die Frau Prszczibillok vom mittleren Stockwerk rauf und sagte: »Sie, dort unten im Hof auf Ihrem Klo is Ihr Schwiegersohn mit Ihrer Jüngsten. Die machen Spaß, daß die Bude wackelt, und schäkern rum, und er spricht immer

---

* Wasserpolnisch: Scheiße auf der Kohlenschaufel!

von einer Muschikatze. Sie, wenn das *unsre* Katze is, die is seit einer Stunde nich mehr da, und sie ham sich die mitgenommen, da wer ich ihm aber was erzählen! Sagen Sie ihm das, gute Nacht!«

Es haben sich auch schon viele darüber Gedanken gemacht, warum grade hier im Poremba Vogelfangen so verbreitet und beliebt ist. Es gab keine Familie, die sich nicht wenigstens einen Stieglitz oder Zeisig vor das Fenster hängte. Das war im Sommer so ein schöner Gesang, daß man sich freuen konnte. Dabei ist das ganz einfach: warum, weil die Leute hier alle musikalisch waren, sich aber kein Radio oder schon gar nicht ein Grammophon kaufen konnten. Tanzvergnügen war einmal in der Woche und kostete Geld. Ein Vogel kostete nichts, bloß etwas Futter. Am besten singen Stieglitze. Aber darüber sagt auch jeder was anderes. Viele sagen wieder, daß Hänflinge besser sind. Weibchen singen überhaupt nicht, und ein Weibchen kann man sich höchstens als Verzierung in die Stube hängen. Wenn ein Vogel in seinem Käfig lustig herumspringt, so ist das ja auch schön. Aber dann ist eher zu einem Dompfaff zu raten, der singt auch nicht viel, ist aber schöner. Auch ein Buchfink ist dafür geeignet, wenn es einem nicht so sehr auf den Gesang ankommt. Es ist auch so, daß alte Leute, die allein sind – vielleicht haben ihre Kinder sie nicht überlebt oder sie haben sie im Stich gelassen –, daß alte Leute, wenn sie sich hinten im Hof, wo sie allein in einer Stube wohnen, daß sie sich so einen kleinen gefiederten Freund halten, weil sie dann schon nicht mehr so allein sind. Und dann ist es wieder besser, sie haben einen guten Sänger. Der springt herum, ist lustig, singt, verscheucht die Sorgen und man kann sich mit ihm über alles unterhalten.

Auch Hänflinge sind anzuraten, die singen auch nicht schlecht. Aber wie gesagt: keine Weibchen! Auch wenn sich einer einbildet, daß er eine Zucht anlegen kann, wenn er ein Männchen und ein Weibchen zusammen in einen Käfig steckt, der täuscht sich. Denn bei Vögeln ist das nicht wie bei Menschen. Wenn du sie mal in den Käfig steckst, legen sie vielleicht noch Eier, aber sie brüten nicht. Beispielsweise muß man auch aufpassen, wenn man sich einen Vogel nicht selber fängt, sondern beim Vogelhändler kauft, weil man vielleicht selber keine Fallen zu bauen versteht, weil viele Vogelhändler Halunken sind! Sie drehen dir zum selben Preis ein Weibchen an, und wenn es dann nicht singt, sagen sie, das liegt an der Umgebung. Dabei ist das Mist; dem Vogel im Käfig ist egal, wo der Käfig hängt. Anders ist das in der Freiheit, denn dort hat der Vogel wie jedes andere Tier auch besondere Plätze, wo er gern herumfliegt und es sich bequem macht. Es ist vielleicht gut, wenn man sich merkt, wie eine Vogelfalle gemacht wird und auch, welche verschiedenen Sorten von Vögeln es gibt; denn wie schnell ist der Mensch mal einsam und braucht so einen kleinen, lustigen Freund.

Es gibt Vogelfänger und Fallensteller, die sind raffiniert und ausgekocht und können die Falle so einrichten, daß sie sich die Vögel aussuchen können, die sie fangen wollen.

Die Einzelheiten über die raffinierte Technik können später besprochen werden.

Oder vielleicht ist es besser, das gleich zu beschreiben, denn wie schnell wird etwas vergessen! Also erstens und von vornherein wissen solche Vogelfänger schon sowieso, *wo* die betreffenden Vogelsorten sich am liebsten aufhalten. Stieglitze findest du, wo die Disteln wachsen, Hänflinge wieder woanders und so weiter. Zweitens wissen sie, *was* die betreffenden Vögel am liebsten fressen, und mischen sich das richtige Futter schon zu Hause zusammen. Drittens können sie pfeifen wie die Vögel und sie somit locken. Viertens haben sie Nerven wie Stricke und sind nicht nervös wie sonst die Menschen, kaum, daß sie drei Vögel unter der Falle haben, verlieren sie die Nerven und denken, drei Vögel sind mehr als ein Vogel und ziehen zu. – Nein, die raffinierten Fänger warten, bis sie ihre zehn, fünfzehn Sänger unter dem Netz haben, und dann ziehn sie.

Es gab Invaliden, die sich allein vom Vogelfangen über Wasser halten konnten, weil sie die Vögel weiterverkauften. Ein gewisser Galonski hier, der hat sich ausschließlich auf den direkten Vogelhandel spezialisiert. Er hatte ganz klein angefangen, zuerst bloß den Mittler zwischen Vogelfängern und Kunden gemacht. Später hat er sich in der Wohnung etliche Käfige gezimmert und verkaufte zur Türe raus. Eines Tages konnte er sich einen Laden mieten und war raus aus dem Schlamassel. Danach war er ein feiner Mann und zog in eine Dreizimmerwohnung. Er nahm Fische in den Laden und stellte schöne Aquarien auf. Er führte die ersten Kanaris ein. Aber ein Geschäft war das nie, denn allein beim Transport gingen schon soundsoviele ein. Aber was willst du machen? Als Vogelhändler brauchst du Auswahl. Einmal hat ihm einer eine Schlange in Kommission gegeben. Von Schlangen hatte er keine Ahnung, und wie er so war, wollte er sich einen Spaß machen und steckte sie seiner Frau ins Klavier. Wie die anfing zu spielen, muß die Schlange sich geärgert haben, kam raus und biß sie. Der Galonski hat um die Frau sehr getrauert, und wenn er nachher nicht die Hedwig Oschlach zum Heiraten gefunden hätte, könnte er heute noch seine Käfige allein saubermachen und den Laden wischen, und Vögel machen viel Dreck! Aber der Affe war eine Sensation! Er hatte einen kleinen Affen, an dem hing er so, daß er lieber auf die Frau verzichtet hätte, als den Affen zu verkaufen. Er hatte sich das so eingerichtet, daß seine sieben bis acht festen Fänger nur für ihn auf Fang ausgingen und ihm einmal in der Woche vierzig, fünfzig Sänger ablieferten. Garantierter Absatz – dafür etwas niedrigerer Preis! Aber ausgekocht war er wie ein Jude! Er blies den Vögeln unter dem Schwanz die Federn an die Seite, sagte: »Nehm ich nich, is ein Weibchen. Könn' Sie sich an den Hut stekken.« Oder er guckte den Vogel an und sagte: »Hat die Staupe. Krepierdel könn' Sie selber behalten.« Dabei wußte er von vornherein, daß die Männer die übrigen Vögel nicht mehr mitnahmen. Was sollten sie damit machen? So holte er bei jedem Geschäft seine drei, vier guten Sänger nebenher raus. Da kann man sich leicht einen Affen kaufen, wenn man solche Geschäfte macht.

Dabei ist Vogelfangen eine Kunst und macht viel Arbeit! Die einfache Klapitschka* ist und bleibt die beste Falle und hat sich über Jahrtausende bewährt. Man

---

* Vogelfalle

braucht nicht viel: einen viereckigen Rahmen aus Holz. Die Größe kann man sich selber nach der Erfahrung ausdenken. Dann ein dünnes Netz, einen leichten Stock zum Abstützen, der gerade noch den Rahmen halten kann. Und etliche Meter Spagat, je nach der Entfernung, in der man sich hinter den Sträuchern postieren will. Und dann gute Nerven! Haubenlerchen läßt man besser gleich frei. Sie halten sich nicht, und es ist auch schade drum. Auch Amseln gedeihen nicht gut in der Gefangenschaft. Sie fressen außerdem viel, machen Dreck – aber schön singen tun sie ja! Bei Amseln muß man sich verhalten, wie man meint. Da kann einem keiner raten. Nachtigallen erwischst du nie, das brauchst du gar nicht zu probieren. Hier war mal ein Italiener. Vom Krieg ist er hierher verschlagen worden und hat sich damals mit einer Frau eingelassen, die hat ihn nicht mehr losgelassen. Weil sie ein Kind bekommen hat, haben sie sich ihn geschnappt und in die Stube eingeschlossen und gefüttert, bis er sich gewöhnte. Bis dahin haben sie aber noch drei Kinder bekommen, und dann ist er hiergeblieben. Und dieser Italiener, das war ein kolossaler Feinmechaniker! Der konnte überhaupt alles. Messer schleifen, Mundharmonika spielen. Ziehharmonika spielen, Skat spielen, wobei er immer gewann, und keiner wollte mehr mit ihm spielen. Und dieser Italiener, *der* konnte Nachtigallen fangen. Aber dann hat er den armen Tieren die Augen ausgestochen, daß sie glauben, es sei Nacht, und anfangen zu singen. Aber der Mann lebt nicht mehr, weil der Jendrack, der hier weit und breit die beste Taubenzucht hatte, und er ließ auf Tauben und Vögel nichts kommen, der ist in

Wut geraten über den Lump und hat was Schönes gebastelt, aus Dynamit und aus einem Zündhütchen! Er hat das Ganze unter eine Schuhsohle von einem einzelnen Schuh eingebaut, wo ihm der zweite sowieso gefehlt hat, und ging dann zum Italiener. »Hier, Spaghetti, mach mir mal an dieser Stelle ein' Nagel rein, wo ich das Kreuz gemacht hab. Das kann ich nich selber machen, hab kein' Dreifuß. Kapisko? K-e-i-n' Dreifuß! Ich komm morgen.«

Der hat dort einen Nagel reingehaun und ging in die Luft, für immer. Gut war, daß er oben gewohnt hat, so kam über ihm keiner zu Schaden.

Ein Stück neues Dach mußten sie machen.

Es ist unnötig, komplizierte italienische Vogelfallen zu bauen, eine einfache Klapitschka ist und bleibt das Beste.

Dynamit brachten sich die Männer von der Grube mit. Es war gut, wenn man immer etwas davon im Hause hatte. Das hatte nichts mit Vogelfangen zu tun, wie man sich vielleicht denken könnte, weil man zum Beispiel mit Dynamit auch fischt. Aber im Notfall braucht man es eben doch. Denn angenommen, einer hat einen guten Teich, wo die Karpfen bloß so wimmeln, und der Betreffende hat nicht viel Zeit, weil der Besitzer kommen könnte, vielleicht auch, weil Schonzeit ist, oder er hat nicht viel Urlaub. Am besten ist, man trägt immer etwas Dynamit bei sich. Und nicht viele Fisimatenten machen, alles rausholen! So wie die Kinder das machen: Karbid in eine Bierflasche, reinpinkeln und dann zukorken und ins Wasser werfen. Nur mit Dynamit. Dynamit muß man zu Haus gut aufheben, daß die

Kinder nicht drankommen. Hinter der Wäsche ist gut oder besser noch in einer verschließbaren Schublade.

Es kam das Problem auf, wie das Kind gerufen werden sollte. »Wie soll ich ihn nennen«, sagte Frau Schwientek, »wenn ihr schon so ein' Namen ausgesucht habt? Ich wer zu ihm Dollelä sagen. Wie, sagte der Stanik, heißt das Kind?«

»Adolf«, sagte die Mickel. »Aber *ich* wollte das nich.«

Das Kind mit dem zweiten Namen zu rufen, bringt kein Glück. Sie, die Michel, sagte Tätätä zu ihm, die Hedel sagte Dollollo, die Tekla Tchitchi, und der Jankowski hielt sich raus. Der Pelka war nicht ohne Teilnahme, denn er hatte den Namen gewählt und sagte gern und laut, obschon er sonst für Kinder kein Interesse hatte: »Adolf! Stanik, wie macht sich der Adolf? Aus dem Jungen wird was werden, sag ich dir! Schön' Namen hast du ihm ausgesucht.«

Herr Schwientek vermied es, den Jungen beim Namen zu nennen, und sagte: »Choppek!« Das bedeutet: kleiner Mann!

Der Stanik kam selten, denn am Tage fuhr er mit der Fuhre, und am Abend war er bei der Partei. Ihm gefiel der Name auch nicht mehr richtig, denn er konnte ihn nicht richtig aussprechen, und jetzt gab er auch zu, daß er vor der Taufe was getrunken hatte. Der Pelka hatte ihm damals drei Runden ausgegeben. Bestimmt, damit er es sich nicht anders überlegte. Stanik sagte: »Ja, was macht denn unser Adolfelein? Und gib ihm viele Mohrrüben, das ist gut für die Zähne.«

Der Stanik hatte die Uhr vom Vater Cholonek der

Mickel gegeben; sie sollte sie aufheben. »Nickeluhr?« hatte die Mickel gesagt. »Unser Kind braucht keine Nickeluhr. So eine alte!«

»Was du immer so blöde redest«, sagte der Stanik. »Das is doch bloß ein Andenken, daß ich zu dem Kind mal sagen kann: Das is die Uhr von deinem Opa Cholonek! Andenken braucht nich Gold sein. Jetzt heb sie erst mal auf, das andere zeigt sich später!« Und die Mikkel verschloß sie im Vertiko, aber nicht in der persönlichen Schublade, sondern unter der Bettwäsche.

Kurz vor Ostern bekam Herr Schwientek wieder die Semmeltage. Aber wie es der Zufall wollte, erwischte ihn die Frau Schwientek mit der Löhnung und nahm ihm die Tüte weg. »Hier, du Pierron, weil Ostern is, hast du drei Mark für eine Flasche und Schluß!« Es ist beim Menschen wie beim Tier. Wenn der große Durst bloß ein bißchen gelöscht wird, vergeht er nicht, sondern steigert sich bis zum Verrücktwerden, und der Schwientek wußte nicht, was er tat, und er versoff die Uhr. Die Mickel sagte: »Is nich schade drum, Vater, die war bloß von Choloneks, von denen braucht mein Kind nichts anzunehmen.«

Der Stanik konnte den alten Schwientek gut leiden und sagte: »Ich werde dem Jungen später mehrere Uhren aus Gold kaufen, weg is weg.«

Der Schwientek fühlte sich danach noch ein paar Wochen bedrückt und probierte verschiedentlich, die Uhr dem Sedlaczek wieder rauszulocken, aber der hatte sie auch schon weitergegeben, an einen Juden. In den Jahren danach hat der Stanik noch oft von der Uhr gesprochen.

Es gibt soviel, was gesagt werden müßte auf der Welt, und man kommt vom Hundertsten ins Tausendste, wenn man erst einmal anfängt, sich gut zu unterhalten mit einem, so daß man gar nicht mehr weiß, wo anfangen und wo aufhören. Aber angenommen, es tritt ein, daß die Alte von dir verlangt, du sollst im Garten eine Grube ausheben, beispielsweise für Kompost. Weil sie Mist sammeln will und weil das für die Sauerkirschen gut sein soll, auch fürs Gemüse, und so einen Quatsch erzählt sie dir, und du willst bloß deine Ruhe haben! Du kommst aus der Arbeit und willst dir die Füße in die Schüssel mit warmem Wasser stecken, und sie geht dir damit auf die Nerven. Und *da* ist Dynamit schön! Anstatt erst die Schaufel sauberzumachen und lange zu schärfen und dann zu graben und die Erde wegzubringen und alles: bloß ein kleines Loch in die Erde stechen, bissel Dynamit reinstecken und aus! Danach kannst du in aller Seelenruhe deine Sachen erledigen, Tauben saubermachen, im Hof hinten mit den andern eine gute Unterhaltung führen, Pfeife rauchen und deine Aktentasche zusammennähen.

Manche Leute auf der Welt, die leben vor sich hin wie die Tiere und wissen nichts von dem, was alles ist. Kommt was auf sie zu, wissen sie sich nicht zu helfen und kommen dir an: »Herr Nawrat, ich muß das und das machen, und ich weiß nicht, wie das geht, können Sie mir nich helfen?«

Nein, nein! Man sollte sich immer einen halten, der Zugang zum Depot hat und einem einmal in der Woche etwas Dynamit in der Aktentasche mitgibt.

Einmal ist auch so eine Sache vorgekommen! Ein gewisser Dziuba, der auf Delbrück gearbeitet hat, kam an einem Mittwoch aus der Arbeit und hatte sich in die Aktentasche etwas Dynamit eingepackt und mitgenommen, Stück Zündschnur dabei; er wollte den Stall abreißen, weil oben das Blech durchgerostet war. Das Holz hatte angefangen zu schimmeln. Von unten war mit den Pfeilern auch nicht mehr viel los. Da wollte er den Stall wegmachen und an derselben Stelle einen neuen bauen, und die Pfeiler unten gut teeren, daß das so schnell nicht wieder passierte. Unterwegs machte er einen kleinen Abstecher zum Kapitza in die Kneipe was trinken, ihn hat es im Hals gekratzt. Und wie das immer ist, stand an der Theke der Zdrusch von der Haldenstraße, hat den Dziuba lange nicht gesehen und gibt ihm einen aus. Da kommt der Schikora rein, kippt einen und sagt: »No, Brüder, weil jetzt bald Ostern is, spendier ich ein' auf meine Kasse. Kapitza, gib den Pierronne hier mal eine Runde, ich bezahl!«

Der Dziuba wollte sich nicht lumpen lassen und gab die Runde zurück. Dann wollte sich der Zdrusch wieder vom Schikora nichts schenken lassen, weil er sich schon mehrere Male über ihn ärgern mußte, und gibt wieder eine Runde aus. Da macht der Schikora Revanche, gibt noch eine Runde aus, bis dann nach der sechsten Runde der Dziuba (Der Name ist richtig, aber es gab auch noch einen anderen Dziuba in Poramba. Nur hat *dieser* nichts mit dem Fall hier zu tun!) in Stimmung kam. Er war richtig aufgelegt zum Spaßmachen, denn als lustiger Vogel war er immer schon bekannt. »Ich mach jetzt was«, sagte er. »Ich steig hier mit Schuhen auf den Tisch. Wir passen ab, bis der Kapitza in der Küche is, der is ja mit seinen Möbeln immer so komisch. Dann kommt der Zdrusch, nimmt hier die Zündschnur und zündet meine Aktentasche unterm Tisch mit Dynamit an, und ich hab keine Angst. Ich bleib oben, bis es knallt. Wetten! Flasche Tichauer?«

Sie wetteten, setzten eine Flasche Bier dagegen. Fünfe waren in der Kneipe, einer, und war der Stippa, hat nicht mitgemacht, weil er nicht verlieren wollte. Er sagte: »Mach ich nich mit, mit dem Pierron! Ich kenn ihn doch, der hat so was schön öfter gemacht. Der scheißt euch doch alle an.«

Wenn Männer besoffen sind, werfen sie mit dem Geld herum, als hätten sie das große Los gewonnen. Also sie machten das. Paßten ab, bis der Kapitza mal beim Pullen draußen war. Der Dziuba legte auf den Tisch eine Zeitung unter die Schuhe und sagte: »Ich will dem Kapitza den Tisch nicht beschmieren. Oder ich zieh gleich noch besser die Schuhe aus, wenn er kommen sollte. Heute früh hab ich mir saubre Socken genommen.«

Der Zdrusch zündete schnell, bevor der Kapitza zurückkam, unterm Tisch die Lunte ganz kurz an, daß keiner stören konnte, und alle nahmen Deckung draußen im Hof. Der Schikora hatte seine Mütze drin vergessen und hat sie dadurch verloren. Aber zum Glück wohnte sonst niemand in der Bude, und die Frau vom Kapitza war in der Kirche den Altar schmücken für den St. Josefstag. Und da konnte man sehen, wie Gott einen beschützt, wenn man auch mal außer der Reihe in die Kirche zum Schmücken geht, denn wäre sie zu Hause in der Küche geblieben, es wäre Feierabend mit ihr gewesen. Von der Küche haben sie bloß noch Töpfe und die Stange vom Küchenofen gefunden. Das Klo war mit einer Zementmauer geschützt, und der Kapitza bekam bloß einen Splitter oben ins Schulterblatt. Er hat dann eine neue Kneipe in der Sandstraße aufgemacht. Gut war auch, daß der Zdrusch daran gedacht hat, das Fahrrad vom Dziuba vorher an die Seite zu stellen. Dem Dziuba ging nämlich nichts über sein Rad. Der Kapitza hat sich übrigens durch den Umzug verbessert, denn die Säufer von der Sandstraße *und* die von früher kamen zusätzlich zu den neuen Gästen.

Nach der Feier ist der Zdrusch zu der Frau vom Dziuba gegangen, den Hut bringen. Wie durch ein Wunder war der noch gut. Im Hof probierte er erst, ob sie zu Hause war, und pfiff unten; denn sie wohnten oben, damit er nicht unnötig rumlaufen mußte. Manchmal war sie um die Zeit weg, bei Katschmarek Federn schleißen. Dann paßte bloß die Schwiegermutter auf das Essen auf, damit nichts anbrannte. Mit der konnte sich der Zdrusch nicht gut verständigen, weil sie taub war. Aber die Frau von Dziuba war heute oben. »Sie, ich bring den Hut vom Richard«, sagte der Zdrusch. »Er wird heut nich kommen, soll ich bestellen, weil er jetzt tot is. Bloß, wie wern Sie die Beerdigung machen, weil man nichts mehr von ihm hat? Ich hab Ihn' hier die Flasche Tichauer mitgebracht, die hat der Richard von mir gewonnen. Der Kapitza verkauft nichts mehr, da habe ich das beim Jäschke geholt. Da wern Sie kein' Sarg für ihn brauchen. Sie, Frau Dziuba, ich wollte Sie was fragen –

das Rad? Weil, das is doch ein Herrenrad, und Ihre Kinder könn' noch nich fahren. Wer weiß, was bis später wieder kommt, wenn Sie das nich mehr brauchen. Ich möcht Ihn'n fünf Mark dafür geben.«

Die Frau Dziuba wollte zehn haben. »Weil der Dziuba«, sagte sie, »der hat immer so auf das Rad geachtet, und *wie* hat er das immer geputzt! Immer freitags hat er es in die Stube raufgebracht, daß kein Dreck drankommt, und jedes Jahr neu gestrichen! Hätte er nich so dran gehangen, dann ja!«

Sie sagte, der Wilschek habe schon lange drauf spekuliert und dem Dziuba zu Lebzeiten sogar schon zehn geboten. Das wollte der Zdrusch nicht zahlen, weil er noch ein anderes Rad wußte, von einem, der unter die Grubenlok gekommen war. Bloß die Frau war noch nicht reif zum Verkaufen, weil ihr Junge damit fuhr. Aber da kann man wieder sehen, was es für Menschen gibt auf der Welt: Man kann reden und reden, und sie gehen mit dem Preis doch nicht runter.

Dem Schikora muß man auch zugute halten, daß er ein Ehrenmann bis auf die Knochen war. Das Tichauer, das er verloren hatte, hat er bei der Frau Dziuba abgegeben. Von den andern drei Flaschen hat sie keine zu sehen bekommen.

Früher hatten die Männer viel mehr frische Luft, wenigstens bei der Grube Emanuelssegen, die im Wald gelegen war. Das war schön. Dort hat damals alles dem Fürsten von Pless gehört: die Zeche, der Wald, die Häuser, der Bäcker und die Leute. Gesprengt wurde noch mit Schwarzpulver der Sprengstoffabrik Berun bei Pless. Der Zechenälteste hatte das Pulver in einer

Posba* angebracht und genau eingeteilt. Da konnte sich keiner was mitnehmen und zu Hause Feuerwerk machen! Schafranek hieß der, der das Pulver unter sich hatte. Er kam zufällig ums Leben. Als er nämlich Pilze sammeln ging und sich gerade bückte, knallte ihn ein Jagdgast des Fürsten, ein Graf Schubert aus Leobschütz, ab – glatter Blattschuß. Der redete sich vor dem Richter damit raus, daß der Schafranek von der Seite wie ein Wildschwein ausgesehen habe. Der Richter ließ sich eine Fotografie vom Schafranek vorlegen und sprach den Betreffenden frei. Da sieht man, wie das geht auf der Welt. Für fünf Mark schwört dir jeder, was du willst, und der Fürst von Pless wird dem Richter ein paar Mark in die Hand gedrückt haben.

Sie hatten dort in der Zeche Emanuelssegen Pferde für die Grube. Wenn sie abends aus dem Schacht kamen und gingen mit den Ölfunzeln so durch den Wald, hinten der Pferdeführer – das war schön! Die Grubenglocke bimmelte, und zu Haus die Alte hatte das Essen fertig. Später wurde es immer schlechter. Sie haben die Pferde gar nicht mehr erst raufgebracht, haben ihnen dort unten ihr Heu zum Fressen gegeben. Schließlich wurden sie blind und krepierten. An einem Pferd hast du mehr als an einem Menschen. Wenn du abends aus der Kneipe kommst, draußen regnet es, oder es ist kalt – wer steht vor der Fuhre und wartet auf dich? Dein Pferd. Du haust ihm eins auf den Arsch, und schon geht es los und zieht dich nach Hause. Dafür kostet ein Pferd auch mehr Geld in der Anschaffung als ein Mensch.

* Ledertasche

> Die wahre Eleganz ist ganz schlicht,
> auf Hohlsaum gearbeitet und hochgeschlossen.
> *Mickel Ch.*

Der Nadolny, der mit dem Stanik und dem Pelka in der Partei war, hatte sich Wickelgamaschen scharf um die Waden gedreht, damit die Kommunisten von weitem denken sollten, er hätte auch Stiefel an. Nicht jeder konnte sich Stiefel von Anfang an leisten.

»Neulich«, sagte Nadolny, »wie ich dort auf der Straße ging, ham sie auch von weitem gedacht, ich hab Stiefel an, und sind abgehaun wie die Hunde.«

»In drei Monaten«, sagte der Stanik, »komm ich mit einer picobello SA-Uniform an und zeig denen hier, wer der Stanik Cholonek is. Jawohl, Kameraden! Und später dann nur noch Maßarbeit, Kollegen, Breeches wie bei der Jagd!«

Bei der Klappfalle braucht man den meisten Verstand; denn bei der Klappfalle kommt es allein auf Fingerspitzengefühl an. Ist sie zu schwer, schlägt sie die Vögel tot. Ist sie zu leicht, klappt sie zu langsam zu, und die Vögel hauen ab. Eine landschaftlich schöne Gegend, um die Falle dort aufzustellen, reicht noch nicht aus. Wichtig ist, ob sich die Vögel dort auch aufhalten. Am besten kennt sich darin der Grziwotz aus, der Schuster von der Blücherstraße. Der geht an die Vögel mit einem feinen Gefühl ran, das sollte man gar nicht meinen!

Denn was nützt es, wenn möglicherweise das Netz zu stramm sitzt und drückt den Vogel halb tot?

Dann hat keiner was, der Vogel nicht und du nicht. Für eine Klapitschka sucht man sich einen Platz, wo Büsche stehen und wo der Fänger sich leicht verstecken kann. Wo die Vögel dich nicht schon von weitem sehen und wo du dich in aller Gemütsruhe bequem postieren kannst, ohne daß dir gleich die Glieder steif werden. Gebaut wird sie ganz einfach: ein Rahmen, ungefähr einen Meter lang, einen Meter breit, wird locker mit einem Netz bespannt. Nicht zu stramm, nicht zu locker, aber lieber etwas lockerer, denn die Vögel sollen geschont und nicht zerquetscht werden. Der Rahmen wird schräg aufgestellt, mit einem Stock abgestützt, der Stock mit einem Spagat verknotet. Der Spagat muß mit Gras getarnt sein, und er muß bis zu der Stelle reichen, wo der Fänger sich verbirgt. Unter den Rahmen wird das Futter gestreut, je nach Vogelsorte verschieden; für Stieglitze nahm der Grziwotz einfaches Vogelfutter, gemischt mit Negersamen*. Das ist auch für Hänflinge gut. Aber es lohnt nicht, sich zu merken, was der Grziwotz nahm, denn die Vögel fressen von Gegend zu Gegend was anderes, und du wirst wohl kaum nach Poremba kommen? Oder? Es ist deshalb besser, jeder probiert seine Futtersorten selber aus. Die einen Vögel wollen das, die andern das. Du mußt bloß die Augen aufmachen, den Vögeln nachgehen, sie locken, lange beobachten, auch mal stehenbleiben, dich umgucken und den Charakter der Gegend dir einprägen, wo die

---

* Vogelfuttersorte

Vögel leben. Du mußt ihre Lebensgewohnheiten studieren und ihre Nester beschleichen, wie sie ihre Jungen füttern, und probieren, auf welchen Lockruf das Männchen kommt.

Und kaltblütig!

Du muß kaltblütig bleiben. Wenn du schon deine drei, vier Peppeln* unter der Falle hast, nicht sofort ziehen; denn wenn die Falle einmal gefallen ist, kommen die anderen Vögel nicht mehr wieder! Du mußt warten. Sie sollen sich in Sicherheit wiegen und Gefallen an dem Futter finden. Möglicherweise locken sie noch mehr Vögel an. Und besauf dich nicht, wenn du Vögel fangen gehst! Besoffene sind tapsig wie Ochsen! Stinkst du nach Fusel oder Bratkartoffeln, riechen das die Tiere und bleiben dir vom Leib. Aus mit der Freude!

Beim Fischen ist das ganz anders, denn da gibt es verschiedene Gerüche, auf die sind die Fische direkt wild, beispielsweise auf Arnika! Den Regenwurm bißchen mit Arnika betupfen, und die beißen an wie verrückt. Bei Frauen ist das mit dem Geruch verschieden. Die einen kannst du damit locken, wenn du nach was riechst, und die andern laufen dir weg deswegen. Bei der Mickel war das auch so: Einfachbier, da wurde ihr schlecht. Kaloderma, da war sie selig. Der Dettek wusch sich auch hier und da mal mit der Kalodermaseife seiner Mutter.

Die ganz einfache Klapitschka ist dafür gedacht, daß man sie auf das Fensterbrett stellt. Schnell mal so einen Vogel ohne viel Arbeit und auf die Schnelle fangen! Je-

---

* Kosewort für Vögel

der Schuhkarton ist dafür gut genug. Aber man muß den Deckel mit Blei oder so etwas beschweren. Am besten ist, das Blei von innen mit Leukoplast anzukleben, damit der Vogel es nicht schon von weitem sieht, denn wie gesagt: Vögel sind nicht dumm. Im Kasten befindet sich Futter, der Deckel steht schräg und wird durch einen Stock gestützt, welcher auf einem Querstock steht. Diesen Querstock muß der Vogel berühren, weil er sonst das Futter nicht erreicht. Hopst er nun auf die labile Konstruktion, fällt der Deckel zu, und du hast ihn.

Der Stanik redete in dieser Zeit bloß von seiner SA-Uniform, sonst von nichts. Früher ging er noch jeden Sonntag Fallen auslegen. »Mensch, wenn die Stiefel schön gewichst sind und poliert mit einem weichen Tuch, mein Lieber, dann drehn sich alle Leute um. Dazu schöne passende Hosen, an der Seite breit, daß du in die Straßenbahn nicht reinkommst, das haut um, Junge!«

In dem Sommer, der nun kam, passierte in Poremba viel. Die Frau Foltis gab ihren Garten auf, weil sie starb, und über dreißig Bewerber meldeten sich. Bekommen hat ihn die Frau Bannik, weil in der Gartenverwaltung einer saß, ihr Neffe oder Cousin.

Im Hinterhaus vom Kaufmann Jäschke stürzte eine Wand ein, weil der Laszczik den Schornstein saubermachen wollte und Dynamit dafür genommen hatte, und die Laszcziks zogen in ihre Laube.

»Mädel, ich weiß nich, zu was das gut is, was der Stanik macht, aber ich will mich nich reinstecken! Soll er machen, was er will«, sagte die Frau Schwientek.

In diesem Sommer äußerte der Hübner zum ersten

Mal ernste Heiratsabsichten, und die Verlobung wurde im engsten Kreise gefeiert. Aber mit lautem Gesang, damit die Leute im Haus es merken sollten. Das Mädel wurde gerade sechzehn im Juli. Zwei Bleche Kuchen hatte die Frau Schwientek gebacken, die Streusel halb aus guter Butter und halb aus Margarine. Die Niederschlesier, sagt man, nehmen nur gute Butter, aber die haben ja auch Kühe! Für die Männer hatte sie pro Kopf drei Flaschen Schultheißbier spendiert. Sie tischte schöne Nudelsuppe auf, und für den Abend gab es noch zwei Flaschen Schnaps, daß es gemütlich wurde. Die Eltern vom Hübner kamen, und man machte sich bekannt. Frau Schwientek bot ihnen das Du an, aber der alte Herr Hübner stellte sich dumm, als hätte er nichts gehört. Der Dettek aber blieb dabei und sagte Mama zu ihr, und als die Eltern schon vorausgegangen waren, kam er wieder auf die Beschwerden zu sprechen und bot ihr das Klistier an. Frau Schwientek bereute es in der Nacht, daß sie noch nicht angenommen hatte, und konnte nicht schlafen, denn die Beschwerden waren sofort wieder da. Vier Tage nach der Verlobung, als der Hübner da war, klagte sie wieder über zunehmende Beschwerden. Zum Glück hatte er alles dabei und konnte einspringen.

»Wie soll ich mich bücken, Dettel? Nich, du denkst dir doch nichts dabei? Du könntest genausogut Arzt sein.«

»Wie werde ich? Etwas tiefer bück dich, Mamele!«
»Nich Dettek, das is nich dort, etwas höher!«
»Laß doch, Mama, dort is das auch gesund. Paßt das? Nicht? Da muß ich eine Nummer größer nehmen.«

Von da an wurden die Beschwerden bleibend, und Frau Schwientek konnte pro Woche eine Behandlung nehmen. Was man sich Geld spart, wenn man einen so guten Schwiegersohn hat!

Der Herr Schwientek duzte den Hübner nicht.

Zwei Wochen später kam der Stanik mit einer kompletten SA-Uniform an, in kolossaler Haltung! Sie war so gut wie neu, aber vier Mark unterm Preis, weil das Hemd angeschmutzt war. Aber an einer Stelle, wo man das nicht sah. Er mußte nur etwas aufpassen und es in die Hose nachschieben. »Ich weiß nich, Stanik, ob das schön is«, sagte die Mickel. »Ich bin mehr für Eleganz und Mode, wenn ich mir das bedenke.«

»Ach, was du immer dumm redest!« sagte der Stanik. »Du sollst mal sehn, wie die Leute mir schon nachgeguckt haben! Wenn der Kotlosch von unserm Zug mit Uniform ins Apollo-Kino geht, lassen die ihn sofort ohne Karte rein, und ich kann dir sagen, das wird noch immer besser!« Stanislaus Cholonek bekam eine niedrige Parteinummer und wurde dem Zug zwo zugeteilt. Er wurde zum Wahldienst abkommandiert, und der Pelka zeigte ihm, wie man das macht. »Paß auf, Stanik, hier is die Liste von den Verdächtigen. Verstehst du? Die ham wir auf dem Kieker. Kommunisten, Insurgenten, Hacharen und so ein Gesindel. Jetzt paß auf! Dort kommt die Frau Strelczyk. Du guckst auf die Liste... Steht hier! Da nimmst du von dem Stempelkissen unterm Tisch unauffällig etwas Schwarz auf den Daumen... Heil Hitler, Frau Strelczyk! Nehm' Sie sich dorten ein Kuvert und machen Sie, wie Sie wollen! So is gut, hier in den Kasten, geben Sie her, erledigt! – Siehst du, und da merkst du dir die Ecke, wo der schwarze Fleck is, und abends wird nachgeguckt! Hat sie falsch gewählt, is aus mit ihr. In drei Wochen spätestens, Stanik, bist du fein raus. Wir ham ein' auf'm Kieker, Kommunist. Zwei Zimmer mit Bad und Küche und Kammer. Die bekommst du.«

Im Oktober konnte der Stanik mit der Mickel die Wohnung beziehen. Das Kind blieb vorläufig in der Oschlowskistraße. Sie hatten noch keine Möbel.

»Laß das Kind hier, Mädel«, sagte die Frau Schwientek. »Macht es euch dort erst mal gemütlich!«

»Aber mach, Mama, daß das Kind nich mit Leuten zusammenkommt, die polnisch sprechen! Lern ihm kein Wort Polnisch, sag ich dir! Ein Kind muß immer gleich von vornherein die richtige Erziehung genießen, sonst kann das nichts werden.«

Wenn die Frau Schwientek auf dem Markt war, kam das Kind zu der alten Frau Koschinski von der Rudzinitzer Straße. Die Frau war sauber, und man brauchte um nichts Angst haben. Sie lebte von zwei Ziegen und etwas Häkeln. Sie konnte etwa dreihundert Wörter sprechen, die waren nicht deutsch und nicht polnisch. Mit dem Kind sprach sie in Lautsprache. »Mach dir lululu! Wo is Tetete und gogogogogo.«

Sie trug es in der Hazka*. Der Frau Schwientek war lieber, wenn sie sich mit dem Kind hier in der Schwientekschen Wohnung aufhielt; denn bei der Koschinski zu Haus war es feucht und kalt. Da mußten nachher die Windeln extra getrocknet werden.

---

* Tuch, das um die Schultern gebunden wird.

Einmal in der Woche kam die Mickel zum Kind. »Ein Kind braucht«, sagte sie, »eine Mutter, da kannst du mir sagen, was du willst. Damit es immer unter Aufsicht steht und Erziehung bekommt. Und paß auf, daß es nich mit den Choloneks in Berührung kommt! Solche einfachen Leute machen immer Einfluß auf ein' Menschen! Wundern möcht mich auch nich, wenn es Ungeziefer von dorten mitbringt.«

»Das erste, was ich kauf«, sagte der Stanik, »is ein schönes Klavier in Nußbaum. Die Leute solln sehn, wer wir sind! Da macht die Mickel vier, fünf Klavierstunden, und dann geht es los: Ich tanze mit dir in den Himmel hinein, in den siebenten Himmel... und alles, mein Lieber! Und dann als zweites laß ich ihr ein schönes Gebiß machen, sobald wir in der Krankenkasse sind. Den Rest zahl ich aus meiner eignen Tasche drauf, daß es nich rausfällt, schön an den Seiten Gold 585 für die Halter und in der Mitte reines Weiß, mein Lieber. Hier, Stanik Cholonek wird euch jetzt zeigen, wer er is! So was hat die Welt noch nich gesehn!«

Er wechselte in dieser Zeit viermal die Arbeit. Die Partei hatte ihm verschiedene Stellen besorgt, aber das war alles nicht das, was er gemeint hatte.

In dieser Zeit kaufte er auf Abzahlung von einem Juden, der ausgewandert war, ein gebrauchtes Klavier in Nußbaum, und sie stellten es in das Zimmer, wo der Ausziehtisch hinkommen sollte. Billig und wie neu, höchstens zwei-, dreimal darauf gespielt.

»Ich hab gleich den Klavierstimmer bestellt, daß er alle drei Wochen kommen soll. Ich sag immer, wenn schon, denn schon!« sagte der Stanik. »Und ich habe einen Blinden genommen, denn der Katschmarek sagt, die Blinden solln die besten Musiker sein. Konservatorium und wie das alles heißt! Ja, Mädel, wir bringen es mal weit.«

Früher hatte Lehnchen Heiduck mit einem Klavierspieler vom »Waldschlößchen« Verkehr. Sie ging extra für die Mickel zu ihm und mußte eine halbe Stunde bleiben, und er malte ihr auf ein Blatt Papier, wo das C liegt beim Klavier, und die Mickel fing schon an mit dem Üben. »Vielleicht, Stanik, wer ich doch nich Klavier lernen, denn wir ham das ja mehr für das Kind gekauft, nich?«

Nach und nach kauften sie sich noch mehr Möbel für das Zimmer, passend zum Klavier und schön mit Furnier.

Der Stanik sagte: »Verstehst du, der Pelka sagt, wenn noch mehr Juden auswandern, gibt's hier Möbel in Hülle und Fülle, und sie haben von der Partei schon eine Juden-Planung gemacht.«

Lehnchen Heiduck wohnte Gott sei Dank nicht weit weg von der neuen Wohnung. Sie lebte mit ihrer Mutter in einem Haus in der Gagfahsiedlung. Die Lehne hatte ein eigenes Zimmer, und die Mutter redete ihr nichts rein. »Mach dir schöne Jugend, Mädel«, sagte sie, »wer weiß, ob das noch mal wiederkommt! Ich war ja genau wie du – immer schön adrett angezogen, und alle Männer ham sich nach mir umgedreht. Dein Vater wollt mich immer heiraten, aber ich hab eisern nein gesagt.«

»Ich wer dir was sagen, Mickel«, sagte Lehnchen Heiduck, »du bist jetzt eine Frau. Der Stanik is sowieso immer weg, da kommst du jeden Tag zu mir Kaffee trinken. Wir machen uns schöne Stunden, und ich tu dich bissel bemutteln. Ich wer dir alles sagen, und du lernst auch mal die Kreise von mir kennen. Ich verkehre seit zwei Monaten regelmäßig im ›Waldschlößchen‹.«

Sie hatten zusammen viele Gespräche. Vom Trokadero, vom Admiralspalast, vom Metropol in Gleiwitz. Von Bad Kudowa, Paris, von Georgettekleidern, und jeden Tag vor dem Kaffeetrinken ließ Lehnchen Heiduck die Mickel sich aus der Puderdose pudern.

Wenn sie ging, wischte sie sich wieder sauber, damit die Leute auf der Straße nicht schlecht von ihr dachten.

»Weißt du«, sagte die Mickel, »ich möchte immer, daß mein Kind so gekleidet geht wie Willy Birgel. Sportsakko, einen schönen Seidenschal locker um den Hals gelegt und ins Hemd gesteckt und alles kariert. Also *ich* schwärme nur für kariert! Wenn der Stanik erst mal soweit is und wir kaufen uns den Wagen und setzen uns schnell mal rein, Lehnchen, und fahren rüber nach Liegnitz oder Bad Altheide, Zopott... Weißt du, was ich zuerst möchte? Einen schönen Kleidermantel, ganz schlicht und bis oben geknöpft. Ich sage immer, die wahre Eleganz is ganz schlicht. Ich beobachte doch immer die Zarah Leander und versäume keinen Film von ihr, und wenn ich mir das Geld vom Munde abspare! Wenn wir mal wegfahren, Lehnchen, wir nehmen dich bestimmt mit, du mit deinen guten Manieren kannst doch überall erscheinen. Vielleicht machen wir ein Geschäft in Mode auf. Da brauch ich mir die Kleider nich woanders zu kaufen, Lehnchen.«

Als der Stanik aus der vierten Arbeit gekündigt

wurde, kam der Mickel der Margarinevertreter wieder in den Sinn und sie nahm über Lehnchen Heiduck Verbindung mit ihm auf. Lehnchen Heiduck legte ein Wort bei ihm ein. Er hatte sich inzwischen zum Großhändler hinaufgearbeitet und gab dem Stanik eine Chance. Stanik übernahm eine Vertretung für Margarine und ging mit dem Koffer von Tür zu Tür.

»Sie dürfen nich in die verkommenen Häuser gehn, Herr Stanik«, wurde er angelernt. »Sie müssen sich die mittleren aussuchen, die nich reich aussehen und nich verkommen! Die Reichen kaufen Butter, und die Armen streun sich Zucker aufs Brot oder fressen Kartoffeln mit Salz. Wenn sie haben.«

Der Stanik gab den Posten nach genau drei Wochen auf. Den Koffer drei Stockwerke rauftragen und wieder runtertragen, und dann war oben keiner zu Hause! War einer zu Hause, hatte er keine Margarine, hatte er gerade kein Geld. Hatte er Geld, kaufte er sich lieber Butter. Und dann verdiente Stanik pro halbes Pfund zehn Pfennig. Da stieg er lieber auf Kurzwaren um. Zwirn wiegt nicht viel, und die kleinen Posten kaufte schon eher mal einer. Nähseide, Knöpfe, Nadeln, Sockenhalter und alles.

»Ich wer dir sagen«, sagte der Stanik, »egal was, aber du bist wenigstens dein eigner Mensch.«

Durch sein Geschäft kam er viel herum.

»Mein Mann hat sofort ein Klavier gekauft«, sagte die Mickel beim Fleischer Mrosek. »Das war das erste, noch bevor wir das Geschäft aufgemacht haben. Unser Kind is ja so musikalisch! Wenn es mal vier, fünf Jahre is, bekommt es sofort regelmäßig Klavierstunden. Mein

Mann sagt immer: Musik muß sein im Haus, sonst is keine Stimmung.«

Dann kam der Winter. Was passierte da noch? Ja, im Januar war Machtübernahme. Der Pelka, der Jendrella und der Heidenreich haben ganz groß beim Sedlaczek gefeiert. Der Sedlaczek war sofort am großen Tag der neuen Regierung in die Partei eingetreten und hatte die ganzen Genossen in seine Kneipe gezogen.

Fünf Wochen später sagte der Pelka zum Stanik: »Sie ham mir dort in der Parteileitung gesagt, du mußt noch den Nachweis bringen für deine deutsche Abstammung, weil, ham sie gesagt, Stanislaus und Cholonek, das is mehr polnisch! Mach das, Stanik! Sonst fällt das alles auf mich zurück, denn ich hab dich dort bei uns reingenommen.«

Die Nachforschung scheiterte schon bei der Elterngeneration. Die Mutter war aus Bielschowitz, der Vater war aus Panewnik. Frühere Staatsangehörigkeit? Beide polnisch. Da brauchte er gar nicht weiterzuforschen.

»Weißt du, Stanik«, sagte der Pelka, »da kannst du froh sein, daß sie dich nich gleich auf die Liste von den Verdächtigen nehm' und daß du mich kennst! Da wer ich deine Unterlagen verschwinden lassen und deine Nummmer wird gelöscht. Mach, daß du die Uniform loswirst, der Borowski sucht eine. Ich persönlich, wer ich dir sagen, hab vorläufig nichts gegen euch. Ich wer dir noch aus Freundschaft hier was abgeben: Ich kann dir eine Urkunde verkaufen, daß du früher beim Freikorps warst und dort am Annaberg gekämpft hast. Das kommt dir später immer mal zupasse, das läßt du dir einrahmen und hängst es in die Stube. Das kost' dreißig Eier. Aber mehr kann ich für dich nich machen, du verstehst, das würde alles auf mich zurückfallen.«

Die Uniform verkaufte der Stanik mit Verlust. Aber sie hatten vergessen, ihm den Gummiknüppel abzunehmen, und er versteckte ihn in der Frisierkommode unter den Brautsachen. »Sie ham einem auch mehr versprochen, als sie gehalten haben«, sagte er. »Die ganze Arbeit, was sie mir gegeben haben, war alles Scheiße. Aber ich wer denen zeigen, wer der Stanik Cholonek is! Als nächstes wird eine schöne Geige angeschafft. Ich hab bei Leuten gesehen, wie das aussieht: schön eine Stradivari oben auf das Klavier gestellt. Mensch, das is prima! Der Schafranek sagt, bei dem einen haben sie im Stall eine Geige gefunden, die dort schon über Jahrhunderte gelegen haben muß. Und wie sie das dann überprüft haben, bestimmt hat das ein Blinder gemacht, das sind alles Fachleute für Musik, sagt der Schafranek, da war das eine Stradivari und Millionen wert. Wer weiß, für was das gut is, daß ich nich mehr in der Partei bin. In zwei, drei Jahren wern wir so weit sein, daß ich mir über den Schaletta deutsche Papiere kaufen kann. Ich mach das schon, laß mich bloß machen!«

Und das Kind blieb noch in der Oschlowskistraße bei Schwienteks.

Dann kam der Frühling. Die Erde dampfte, und über den Gärten war Nebel, wenn der Schwientek in die Arbeit ging. Er brauchte keine Fußlappen mehr, draußen wurde es wärmer. Die alte Koschinski ging mit dem Kind zu den Eisenbahnschienen, wo die Bahn früher nach Ruda fuhr und jetzt stillgelegt war. Sie hatte einen

Korb mit kleinen Enten mit, denn die Frau Schwientek hatte gesagt: »Wenn die alte Koschinski sowieso mit dem Kind den ganzen Tag auf dem Gras is und ich ihr das Essen dafür geben muß, dann hat sie noch eine Hand frei und kann mir gut ein paar kleine Enten großziehn, dann kommen sie mich ganz billig. Stopfen wer ich sie später selber, das muß man können.«

Im Frühling blühte alles auf. Die Gärten waren schön mit den Bäumen.

Die Mickel kam einmal in der Woche zum Kind. »Merk dir, Mama, wenn es in die Windeln pullt, sofort hinten draufhaun, bis es aufhört zu heulen, daß es Sauberkeit lernt. Wenn wir mal ein eigenes Kinderzimmer haben, wer ich ihm eine Erzieherin bestellen. Französisch, Rechnen, alles was es gibt.«

Der Stanik ging keiner geregelten Beschäftigung nach. Er war viel mit Juden zusammen und lernte von ihnen. Er machte kleine Geschäfte mit dünnen Kleiderstoffen, hier und da auch mit einem schweren Anzugsstoff. »Mensch«, sagte er, »das Beste, was es gibt, is und bleibt ein Nadelstreifen. Schön auf Dunkelblau! Oder Braun! Braun ist auch modern. In Kammgarn feingewebt, Cheviot und dazu der passende Schlips, locker gebunden, und die Hosen müssen richtig den Schlag haben! Dann schöne lange Koteletten sich wachsen lassen, mein Lieber, und dir gehört die Welt! Ich laß mir jetzt die Haare immer auf Künstlerschnitt schneiden, da geh ich zum Frisör Kotschi, der bedient mich eins a, Parfüm von allen Seiten! Graue Gamaschen, Melone, weißer Schal aus Kunstseide, Mann! Da kann jeder sofort sehen, wen er vor sich hat!«

Allein im Mai passierten zu der Zeit in Poremba drei Unfälle. Eine Frau kam unter die Straßenbahn, als der Mann sie im Unterrock auf die Straße gejagt hatte. Dann ist ein Fuhrmann von einem Pferd erschlagen worden, und der Schornsteinfeger Dehmel ist vom Dach gefallen. Die Leute sagten, daß er nicht von allein abgestürzt sein soll. Der Lehrling habe sich über ihn geärgert und ihm einen kleinen Stoß von hinten gegeben, Aber da kann man sehn, wie manche Leute sind, denn die Frau von ihm, die Witwe Dehmel, hat sich gleich bei der Beerdigungsfeier mit dem Kapitza eingelassen, und zwar hat sie sich ihm auf dem Billardtisch hingegeben. Aber da hätte sie schon merken müssen, was ihr blühte, denn nachher hat er sie gleich geohrfeigt, weil sie sich die Schuhe nicht ausgezogen und das Billardtuch verdreckt hatte. Die Frau vom Kapitza hat das durch die Scheibengardine von der Küche beobachtet und sich anschließend das Leben genommen. Die Witwe Dehmel aber nahm den Kapitza beim Wort und pochte auf Heirat. Gut, hat er sich gedacht, aber sie wird sehen, was sie davon hat! Umgekehrt ist es dann aber gekommen, denn sie hat den Spieß umgedreht. Keine drei Minuten hat sie ihn aus den Augen gelassen. Den Schlüssel von der Kasse hat sie an einer Schnur in der Hose getragen, und das Bier hat sie ihm zugeteilt. Dann waren sie aus den Schulden raus, und in dem betreffenden Frühling war er hinten im Hof die Jauchengrube ausleeren und rutschte rein. An sich war das nicht schlimm und passierte oft, aber immer, wenn er mit dem Kopf raufkam, drückte sie ihn mit der Schaufel wieder runter. Da war es noch gut, daß die Frau Bujara auch in der Nähe war, denn für die Frau Dehmel wäre das vielleicht zuviel geworden. Er war ja ein Bulle von einem Menschen, und die Frau Bujara hat ihr mit dem Rechen geholfen. Aber dann war wieder schlecht, daß die Frau Bujara Mitwisserin war und jede Woche ankam, sich was zu borgen, ohne je etwas zurückzuzahlen. Aber was soll man machen! Wenigstens war bekannt, daß der Kapitza Nichtschwimmer war, und sie haben nicht weiter geforscht. Ertrunken und aus! Die Dehmel hat später einen gewissen Ochmann geheiratet, und sie haben die Kneipe weitergemacht. Das war ja auch eine Goldgrube.

Aber da kann man sehen, bei einem geht das so aus, beim andern so! Einmal sind sie durch Leichenbeschau einem draufgekommen, daß seine Frau durch Hammerschläge gestorben sein mußte. Er hat sich nicht lange gesträubt, als er aussagen sollte, und hat sich damit rausgeredet, daß sie sich immer so gequält hat im Leben und rumgewälzt, und daß er das nicht mit hat ansehen können, und dann hätte er bloß mit dem Hammer etwas nachgeholfen und auch gar nicht fest gehaun. – Dem haben sie lebenslänglich gegeben. Obwohl, die Frau, wenn sie gekonnt hätte, sie hätte vielleicht *für* ihn ausgesagt.

So kannst du dich auf nichts verlassen! Sollst du tun, was die Behörden sich ausdenken? Sollst du tun, was die Dichter in den Romanen schreiben? Sollst du den Pfarrer fragen, oder hast du die innere Stimme, auf die du dich verlassen kannst? Aber das ist auch wieder so eine Sache. Der Pfarrer Koziol erzählte immer Beispiele, wie der Herr das schon in der Bibel gehandhabt habe,

»Gleichnisse«, hat er dazu gesagt. Der Pfarrer Koziol hat auch mal gesagt, daß in jedem Menschen gleich neben dem Gewissen der Teufel sitzt und von dort versucht, den Menschen zu verleiten. Er spricht mit hoher Stimme und macht einem alles schön schmackhaft, aber dann ist es zu spät, und die Sünde ist schon geschehen. Man weiß eben nichts genau.

Der Stanik sagte immer: »Das sind doch keine Leute, die ihre Fraun haun! Das wirst du bei mir nich erleben! Bloß, weißt du, wenn ich was getrunken habe, kann ich mich an nichts erinnern.« Und er haute sie nie. Außer, wenn sie es verdiente, wenn sie ihm Vorhaltungen machte, weil er das Geld versoffen hatte. Aber das kam nicht oft vor, höchstens zwei-, dreimal die Woche.

Was bei den beiden an intimem Verkehr gepflegt wurde, war nicht der Rede wert. Die Mickel machte sich nichts aus so was. Der Stanik war anders, es verging nicht eine Woche, wo er nicht wenigstens einmal damit ankam.

»Stanik, Stanik, mach das nicht schon wieder, wir ham schon ein Kind, und du weißt, das is Sünde! Das paßt doch nich, tu mir nich wieder weh!«

Aber dann hat sie sich den Stanik doch noch richtig erzogen. Lehnchens Heiduck hatte ihr nämlich gesagt: »Du mußt immer unten mit der Dingsbums, du weißt schon, mußt so machen wie beim Tango, dann trifft er nich rein. Das wird ihm dann zu bunt, und er beruhigt sich mit der Zeit und hört auf. Bei solchen Sachen kannst du immer mich fragen, ich weiß alles.«

Das ging prima, und er schlief dann jedesmal ein. Aber schlecht war wieder, daß er manchmal anfing zu toben, aufstand, wegging und drei Tage nicht mehr zurückkam. Einmal ging die Mickel ihm nach, und es stellte sich heraus, daß er dort eine Witwe hatte, eine gewisse Hawlitschek, der er in rauhen Mengen Kaffeelikör kaufte. Wenn er dann nach Parfüm und alten Strümpfen stinkend wiederkam, brachte er ihr jedesmal ein Schmuckstück aus Bernstein mit, weil nämlich dort in dem Haus, wo die betreffende Witwe wohnte, so ein Laden mit Bernsteinschmuck war. Da konnte er gleich im Vorbeigehen was kaufen. Die Mickel bekam sofort Ausschlag an den Stellen, wo sie den Schmuck anlegte, und da schmiß sie ihn dann in die Frisierkommode, wo das Brautkleid, der Zopf und der Gummiknüppel lagen. Im Nu war die Schublade voll von Bernstein.

Seit er verheiratet war, hatte der Stanik das Vogelfangen ganz an den Nagel gehängt. Früher hatte er immer seine drei, vier Stieglitze im Käfig. Was er fing, behielt er ein paar Wochen und suchte sich die besten Sänger für den eigenen Gebrauch heraus, die Krepierdel aber verschacherte er. Stieglitze und Zeisige waren seine Lieblingsvögel. In die Ehe hatte er einen Zeisig mitgebracht, der vor dem Fenster hing.

Im Juni dieses Jahres kam der Stanik ins Gefängnis. Wegen Schmuggel: Feuersteine und ein Anzugstoff. Aber den Juden, der dahinter stand, hat er nicht verraten.

Frau Schwientek sagte: »Mädel, Mädel, daß das kommen mußte! Aber ich hab das vorausgesehen, du hättest den Frisör nehm' solln, der war ganz verrückt nach dir! Jetzt hat er schon einen Angestellten, den Jungen von

Widera. Ich geh nich mehr auf die Straße, wenn der Stanik sitzt, so schäm ich mich. Mit dem Drombrowski hat das auch so angefangen: Erst wegen Schmuggel, dann wegen Einbruch, und zum Schluß hat er die Frau mit seiner Ziehharmonika erschlagen. Die Kinder hören nie auf die Eltern. Wenn das Kind bloß nich nach ihm gerät. Ein Kind kann nichts dafür, was es für einen Vater hat. Wir wern ihm die beste Erziehung angedeihen lassen! Mädel, das Beste is, morgen wer ich dich nach Salesche bringen zum Bauern dort. Ich kenn den Dulla, der die Fuhre hat. Ich wer dich und das Kind auf die Fuhre packen, um viere fahrn wir nach Martinau. Dort steigst du in' Zug nach Salesche, und ich sag allen Leuten hier, du bist auf Ferien zu Verwandten nach Aachen gefahren. Sie hätten dich dorten eingeladen, und der Stanik wär auch dort. Das is das Beste. Der Bauer dort in Salesche, den kenn ich. Ihr werdet es dort gut haben, bis der Stanik draußen ist. Ich weiß nich, Mädel, wie du das machen konntest, den heiraten!«

Die Frau Schwientek kaufte noch am selben Tag vom eigenen Geld für 8 Mark 25 einen Koffer aus braunem Pappendeckel.

»Schließ eure neue Wohnung gut ab!«

Am Abend ging sie noch zum Dulla und versprach ihm fünf Mark fürs Mitnehmen.

Um vier standen sie auf und fuhren nach Martinau: »Ich deck euch hier mit Säcken zu, daß die Männer euch nicht sehn, die in die Arbeit gehn. Halt das Kind fest! Ich schäm mich ja vor die Leute. Zuchthäusler in der Familie, das hätte sich unsre Tante Hedel auch nich träumen lassen! Um sechse fährt der Zug ab.«

Die Mickel weinte den ganzen Weg bis Martinau. Wie konnte der Stanik ihr so was antun. Die Juden waren schuld, die waren an allem schuld.

Es war nicht wegen ihr, es ging um das Kind. Das brauchte Erziehung. Bei Bauern wollte sie nicht leben. Und die Mama brauchte die Bauern nur, weil sie dort billig einkaufen konnte.

In Martinau konnten sie die Säcke von den Köpfen nehmen, denn dort kannte sie niemand mehr. Sie hatten nur das Nötigste mitgenommen. Für die Mickel ein Chiffonkleid, das war bei Palluch ganz billig gewesen, falls dort in Salesche mal was sein sollte. Dann ein bißchen Wäsche, für das Kind die Windeln und das alles. Das war ihr erster Koffer im Leben. Die Mickel hatte sich das immer ganz anders vorgestellt. Die erste Reise mit Pomp und Luxus! Aber wie das so geht, immer kommt alles ganz anders, und der Stanik war dran schuld. Wenn er das Geld wenigstens ins Geschäft gesteckt hätte. Aber er hatte es zum Sedlaczek in die Kneipe getragen.

Ein Kind hat noch keinen Verstand und merkt nichts, ein Kind hat es gut. Niemals darf es erfahren, daß der Vater Zuchthäusler war. Das Kind von der Else Lukoschek hat einen Wasserkopf, das ist auch schlimm für eine Mutter. Sie konnte Gott danken, daß ihr Kind bloß am Schalttag geboren war, denn das konnte man von außen nicht sehen.

Bis Salesche war es von Martinau viereinhalb Stunden mit der Bahn. Sie traute sich nicht, den Leuten in der Bahn ins Gesicht zu gucken, und hielt sich das Taschentuch vor den Mund. Die Mama hatte dem Dulla die

Fuhre bezahlt. Eine Mutter ist immer eine gute Frau. Sie ging auch ganz nach der Mama und opferte sich für das Kind auf.

In Salesche stand der Bauer Gawlon am Bahnhof. Für den Besuch hatte er extra zwei Pferde vorgespannt.

Alles muß sein.
Sajons

Die Luft roch nach Gras, nach Heublumen, Erde, Acker und Pferdemist, und bis Salesche waren es vom Bahnhof sechs Kilometer. Der Bauer Gawlon versuchte unterwegs ein Gespräch: »So eine große Tochter hat die Frau Schwientek, no, das is schön, meine Frau macht euch Milch warm.«

Das war alles. Die Mickel saß verkümmert auf dem Bett. Der Gawlon ließ die Pferde laufen, ein Schimmel und ein Brauner. Das wäre was für den Stanik gewesen, wo er so verrückt auf Pferde war! Von einem Apfelschimmel hatte er früher immer geträumt, mit Landauer und schönen Scheuklappen. Und jetzt saß er hinter Gittern.

Zwei-, dreihundert Mark verlangt der Schaletta dafür, daß er einem unter der Hand die Vorstrafen aus den Papieren löscht. Wenn die Akten alle verschwinden sollen, kostet es doppelt soviel. Der Schaletta hat einen an der Hand, der dort Zutritt hat. Für die Vermittlung bekommt er zwanzig Prozent.

Der Pelka hatte dem Stanik gesagt, daß sie die Juden auslöschen wollten und daß dann die Polacken drankämen, danach alle aus Poremba, die keine reine Weste hätten, und dann die ganze Welt. Wenn die Juden wegkommen, hatte sich der Stanik damals überlegt, müssen sie ihre ganzen Geschäfte hier zurücklassen. Bis dahin würde ihm der Schaletta auch einen deutschen Stammbaum beschafft haben. Scheja, der Halbjude, hatte sich aber schon vor drei Jahren vom Schaletta die richtige Abstammung besorgen lassen, als er sah, wohin das Schifflein schwamm. Jetzt saß der Stanik selber bis zum Hals in der Scheiße. Nicht bis zum Hals, denn noch war Polen nicht verloren. »Schmuggel is nich so schlimm wie Jude sein«, hatte der Pelka gesagt. »Bloß daß du kein reiner Deutscher bist, Stanik, darüber kannst du dir schon langsam Sorgen machen!«

In Salesche waren ungefähr zwanzig Häuser und die Kirche; weiß in der Sonne und aus Lehm. Nur drei oder vier waren aus Holz und die Dächer mit Stroh gedeckt. Salesche war sauber, und die Wände wurden jedes Jahr innen und außen gekalkt. Die Häuser, die an der Straße standen, wo immer die Prozession vorbeikam, waren mit Ornamenten, Punkten, Kreisen und Kreuzen bemalt, ocker oder hellgrün. Ein Meister darin war der Bauer Olenik. Kamst du zu ihm in die Stube – wie schön war das! Er hatte Girlanden geschnitten und Blumen aus Papier gefalzt, und die Ecke mit den Heiligen war ein Schmuckkästchen. Dort waren Scherenschnitte aus buntem Papier, Blumen von Stanniol, die Decken sauber gewaschen, die Bilder geschmückt, und die Erde immer schön mit Sand gestreut. Dort hätte man leben wollen!

Der Gawlon war der reichste Bauer von Salesche, zwei Gebäude gehörten ihm. Er hatte bloß vier Kinder. Die Frau Gawlon war extra zu Hause geblieben, die

Gäste zu empfangen, und die Kinder kamen ihnen entgegen und kletterten auf den Wagen. Wann kam schon mal ein Fremder nach Salesche?

»Dort, Fräulein, is unser Hof! Das schöne Haus dort, wo das andere danebensteht. Wir machen Ihnen extra ein Zimmer zurecht. Am Sonntag wird hier Ablaß sein. Das is immer so schön. Da tanzt das ganze Dorf, und es wird gefeiert. Wir backen Weißbrot mit Rosinen und schlachten Hühner und Enten, da haben Sie Glück!«

Die Leute aus dem Dorf waren auf dem Feld. Die Straßen waren menschenleer. Hühner gackerten. Über den warmen Steinen tanzte die Luft.

»Mein Mann is auf Geschäftsreise, Tag, Frau Gawlon«, sagte die Mickel, »und wissen Sie, da wollten wir mal so richtig ausspannen und uns erholen. Unsre Mama hat gesagt, bei Ihnen is es so schön hier. Mein Mann hat auch gesagt, was solln wir in der Großstadt? Der Mensch braucht mal Abwechslung.«

Ringsum war Wald. Es roch nach Heu und Scheune; der Gawlon hatte Weizen und Roggen gelagert. Im Garten wuchsen Blumen, die Bienen flogen, und in der Nähe mußte ein ganzes Feld mit Pfefferminze sein, so roch es. Im Winter war es hier kalt, und unter den Dächern hatten sie das Holz gestapelt. Es durfte nicht zuviel Sonne bekommen, sonst heizte es nicht gut.

Der Bauer Gawlon hatte einen Laden, den einzigen dort in Salesche, und was man brauchte, führte er. Mehl, Grieß, Sacharin. Kerzen in vier verschiedenen Größen. Petroleum und Dochte für die Lampen, Monatsbinden aus Wolle zum Auswaschen, künstliche Nudeln und Salz. Zu Ostern nahm er Osterhasen aus

Schokolade rein, und Papiermasken für Nikolaus hatte er in größeren Mengen auf Vorrat. Sie kosteten fünf und zehn Pfennig. Den Schnaps machte er selber aus Korn und Kartoffeln; damit hätte man Ochsen schlachten können. Es roch immer nach Leim in dem Laden. Wenn er am Tag auf dem Feld war, machte er erst abends um sechs auf, und die Tür wurde nicht verschlossen, bis er schlafen ging.

»Wie heißt denn das Kindchen?« fragte Frau Gawlon.

»Adolf«, sagte die Mickel. »Das is jetzt das neuste bei uns in der Stadt. Mein Mann hat gesagt, man muß sich der Zeit anpassen. Ich war mehr für Detlev. Das is sehr schön, und wir haben ihm das als zweiten Namen gegeben.«

»Adolf, is das ein Name?«

»No, weißt du doch«, sagte der Gawlon, »dort wo sie jetzt die neue Regierung ham im Reich, der Jendratschek aus Radzionkau hat das Radio, da hab ich das gehört, da is das der Name von dem an der Regierung, genau wie der Kaiser damals Willem hieß. Wir kriegen jetzt auch bald Strom nach hier, fünf, sechs Jahre, da ham wir auch die ganzen Leitungen und alles. Unser Ältester, der hat auch Willem geheißen, wie er noch gelebt hat.«

Mit den Bienen hatte der Pfarrer von Salesche immer Glück: zwanzig Völker und einen Ertrag, daß er nicht wußte, wohin mit soviel Honig. Bloß mit dem Wein kam er nicht zurecht. Er hatte drei verschiedene Weinstöcke ausprobiert, und alle waren kaputtgegangen. In Salesche wuchs niemals Wein. Was ist, das ist, dagegen kann auch kein Pfarrer was machen! Der Pfarrer hieß Jakob und war gebürtig aus Laband. Seine Schwester machte ihm den Haushalt.

Es hatte sich rumgesprochen, daß Besuch in Salesche war, und am Abend gab es keinen, der nicht zufällig zum Gawlon kam, um etwas zu besprechen. Das Kind wurde herumgezeigt, aber die Mickel war Hauptperson. Sie hatte sich das Kleid aus Chiffon angezogen, das von Palluch, und hatte sich mit Parfüm von der Tante Heiduck besprützt. Sie war eine Erscheinung mit dem Bubikopf, und sie trug einen sehr vornehmen Gesichtsausdruck. Die Frauen und Mädels wollten mit ihren rauhen Händen den Kleiderstoff anfühlen. »Paßt auf, daß ihr das nich einreißt, das is das Feinste vom Feinen! Das is neuste Mode bei uns, wir tragen ja alles aus so einem Stoff. Man sagt bei uns Chiffon dazu.«

Vor dem Eingang beim Gawlon war eine Holzlaube mit je einer Bank rechts und links darin, und es führten sechs Stufen nach oben. In der Laube und auf den Treppen saßen die Leute von Salesche. Wer keinen Platz hatte, stand. Die Männer hatten sich Bier gekauft und wollten sich vor dem Besuch präsentieren und spendierten den Weibern Lutscher und Bonbons. Der Gawlon als Auserwählter ging mit einer Flasche rum und gab Schnaps aus. Solange die Kinder noch auf den Beinen waren, gab er jedem einen harten Bonbon, der länger anhielt beim Lutschen. Er hatte zwei Sorten Bonbons im Laden: zwei Stück für einen Pfennig und ein Stück für einen.

Die Mickel sagte: »Mein Mann wird jetzt auch ein

eignes Geschäft eröffnen. Wir wissen noch nich, was, wir schwanken noch. Ich sag immer zu ihm, er soll auf Mode gehn. Wissen Sie, das is einfach sauber und macht kein' Dreck. Ich bin ja gar nich für Lebensmittel. Wenn ich bloß denk, wie das Mehl immer staubt! Unsre Mama sagt immer: Kauft euch ein Haus, denn was eignes is immer das Beste! Ihr habt nich den Ärger mit den Vermietern! Aber ich möcht das jetzt noch nich, denn erst mal, sag ich, muß das Kind eine Erziehung haben. Wenn man erst ein Haus hat, is man schon gebunden. Da kommt der Ärger mit dem Personal, da gehn die Gäste ein und aus, und das ganze Leben spielt sich ganz anders ab. Mein Mann hat jetzt ein Klavier gekauft. Ich selber spiele nich mehr, ich hab ja soviel am Kopf! Aber das Kind muß jetzt Noten lern'. Oben wollen wir noch eine Geige hinstellen. Mein Mann hat mir gesagt, wie die heißt, aber ich merk mir das nich so. Ein Bekannter von einer Freundin von mir, Lehnchen Heiduck, der is Musiker im ›Waldschlößchen‹. Das is ja auch ein schöner Beruf, sag ich immer. Wir verkehren auch nur im ›Waldschlößchen‹ und im ›Trokadero‹. Mein Mann sagt immer, wenn einer erst mal Noten kann, kann er alles spielen. Er is ja ganz verrückt nach einer Geige. Die Männer ham manchmal so was im Kopf, aber ich will ihm auch nich dreinreden.«

Sie war heute so aufgekratzt wie noch nie.

Die Frauen aus Salesche trugen die Haare lang bis zum Rock, aber aufgesteckt unter dem Kopftuch, die Mädchen hatten sie zu Zöpfen geflochten. Die Kopftücher waren weiß. Die Mädchen rochen nach Feldluft, nach Regen und etwas nach Menschen. Im Sommer trugen sie keine Strümpfe, die Röcke reichten bis unter die Waden. Manche hatten zwei, drei Zähne aus Silber.

Der Gawlon hatte eine Haarschneidemaschine, und sonnabends schnitt er hinter dem Haus Haare, zwanzig Pfennig ein Schnitt, Glatze dreißig.

Als dann Ablaß war, war in Salesche großes Treiben. Im Umkreis von dreißig Kilometern kamen sie von überall her. Zwanzig Fuhren voll mit Leuten, zwei Landauer von reichen Bauern. Die Armen liefen zu Fuß, viele von ihnen ohne Schuhe, und die aus den Wäldern kamen, lachten verlegen. Alle Fenster standen weit offen. Es roch kühl und sauber aus den Stuben. Sie hatten Tücher, Gardinen und die Kleider gewaschen, die Röcke mit Kartoffelmehl gestärkt. Eier und Weißbrot lagen auf Holztellern auf den Tischen im Schatten, und jeder war Gast. Die Fenster waren mit Papierblumen geschmückt, die Erde war schön warm. Die Leute hatten ein Huhn oder eine Ente geschlachtet, und aus den Fenstern roch es nach Suppe und Braten. Buden waren aufgebaut worden, das glitzerte, Räder von Spielmühlen drehten sich, Rosenkränze aus Zuckerguß und geschnitzte aus bemaltem Holz hingen an den Budenstangen. Leute aus den Wäldern verkauften aus Körben bemalte Pferde und Vögel aus Holz, Kinder tuteten auf Blechtrompeten, ein Leiermann spielte. Es war zum Heulen schön, und alle lachten.

Mittagszeit kam. Es wurde ruhiger auf der Straße und zwischen den Buden. Die Leute hatten sich unter die Dächer vor die gedeckten Tische gesetzt. Töpfe dampften, geredet wurde viel, und keiner war, der nicht wo eingeladen wurde, so von der Straße weg. Auch die Budenbesitzer; den Leiermann hatte sich der Gawlon geholt. Sogar die Zigeuner vom Waldrand saßen in drei Gruppen verteilt bei den Leuten. Und dann wurde aufgetischt. An so einem Tag möchte man seine Beerdigung haben!

Nach dem Essen legten sie sich unter die Bäume in den Garten oder auf die Bänke. Als der Leiermann ausgeschlafen hatte, fing er wieder an zu spielen, und die Leute kamen heraus. Manchmal schnappte sich einer ein Mädel und tanzte auf der Straße. Heute gab es keine Armen, aber der Gawlon war der reichste. Und er zeigte den Leuten, *wie* reich er war, denn er hatte aus der Stadt einen Gast. Mickel ging im Chiffonkleid langsam auf und ab und trug ein Halstuch in der Hand, das sie vornehm und leicht gegen das Bein schlug. Den Bubikopf bewegte sie sparsam, wie Lehnchen Heiduck ihr das gezeigt hatte. Sie sprach wenig, eine Dame von Kopf bis Fuß, ließ nur hier und da mal durchblicken, daß dort in der Stadt alles ganz anders war. Das Kind ließ sie von der Magd tragen, die war zwölf Jahre alt.

Ein Fotograf war da, und die Leute ließen sich fotografieren. Für die meisten war das Hexerei, aber an so einem Tag war es ein Wunder, das von Gott kam. Mikkel ließ sich zweimal aufnehmen und trug die Bilder in der Hand. Schön war sie darauf.

Der Nachmittag war voller Bierstimmung, und der Gesang kam aus den Höfen. Sie hatten einen Neger mitgebracht und auf ein Podest gestellt. Bisher war in Salesche noch kein Neger gesehen worden. Es gab wohl Erzählungen über Neger, und der Bauer Soschke hatte sogar unter Lettow-Vorbeck in Afrika gekämpft. Man hatte ihn bisher als einen Schwindler abgetan, aber heute war er König und hatte immer zehn, zwölf Personen um sich, Männer, die sich hundertmal erzählen ließen, daß die Weiber dort am ganzen Leib schwarz waren und das alles.

»Ich möcht kein' Neger haben, Frau Gawlon«, sagte die Mickel. »Nich geschenkt, pfui! So ein Gefühl, und wie ordinär das wirkt.«

Abends verschenkten die Bauern, was vom Essen übrig war, packten den Leuten aus der Umgebung Weißbrot in ihre Kopftücher, gaben ihnen gekochte Eier mit. Der Gawlon hatte das beste Weißbrot im Dorf. Weil er Rosinen aus dem Laden drin hatte und weil er es sich leisten konnte, es aus reinem Auszugsmehl zu backen. Meistens hatte das Weißbrot unten auf der Seite, wo es auflag, einen feuchten Streifen, so wie Lehm. Dort war der Teig fast roh geblieben, das schmeckte süß.

Das Brot schmeckte bei jeder Familie anders.

Bis spät in den Abend kam Gesang von alten Frauen aus der Kirche. Die Kirche war weiß und schön, die Mauern waren aus Lehm, das Dach aus Holz, und sie hatten in Salesche eine kleine Glocke, die über den Wald klang. Die Kirche war niedrig, und vor etlichen Jahren war mal einer hier gewesen, der zu Fuß durch die Wälder ging und für Essen und Unterkunft drei Wochen blieb und Wände mit Bildern ausschmückte. Die Mädels waren verrückt nach ihm gewesen, und als er weiterzog, ein Zigeuner vielleicht, keiner wußte was über ihn, hat manches sich die Augen aus dem Kopf geheult.

In Salesche roch alles etwas nach Zwiebeln und Knoblauch; denn ohne Zwiebeln und Knoblauch kann ein Mensch nicht leben. Und nach Holz. Alles war aus Holz, die Balken, die Löffel, die Wälder, die Wagen, die Fässer für Kraut, die Waschzuber.

An einem Dienstag fiel Cholonek in einen Waschzuber voll kochender Waschlauge und wurde verbrüht. Die Schmerzen waren nicht mehr fühlbar, und er brauchte nicht zu schreien. Er lag wie ein sterbender Vogel.

»Jäsus Maria, mein Mann schlägt mich tot, wenn ich ohne Kind zurückkomm«, sagte die Mickel. »Jetzt, wo man schon soviel Sorgen damit gehabt hat und die ganzen Kosten! Frau Gawlon, Frau Gawlon, was mach ich bloß! Helfen Sie mir doch! Man hat sich auch als Mutter schon so daran gewöhnt. Wenn das einem so einfach wegstirbt unter der Hand, Frau Gawlon!«

Die Zigeuner vom Wald hatten eine Alte dabei, von der man sagte, sie hätte das zweite Gesicht und sie kenne sich in allem möglichen aus. Sie gaben ihr das Kind für zwei Tage. Danach schlief es vier Tage ohne Unterbrechung wie tot und gesundete. »Wenn die mir das Kind bloß nicht verhext hat«, sagte die Mickel. »Von Zigeunern hört man so verschiedenes. Ich sag das besser gar nich meinem Mann, Frau Gawlon.«

In Salesche hatten alle zusammen acht Pferde, sechs Kühe, viele Ziegen, Geflügel, Enten, Gänse und unzählige Tauben. Den ganzen Tag gurrten sie auf den Dächern. Außer dem Pfarrer Jakob hatte noch der Bauer Olenik Bienen.

Einmal in der Woche kam die Frau Schwientek Ware kaufen für den Markt und brachte Nachrichten aus Poremba mit. Eine Frau Koniecny war gestorben, dem

Häuer Wierczimok wurde ein Arm ausgerissen, die Frau Prszczibillok hatte der König mit dem Hader* in die Fresse gehaun und ihr den Eimer über den Kopf gegossen. Jetzt wollte die König ausziehen, und wenn der Stanik kein Zuchthäusler wäre und Arbeit auf der Grube annähme, könnten sie dort sofort einziehen.

Sie kam abends um sechs und fuhr früh um fünf mit dem Zug wieder los.

Der Detlev hatte sich einen neuen Anzug zugelegt, und mit ihren Beschwerden verspürte die Frau Schwientek deutliche Besserung, seit der Dettek sie in Behandlung hatte. Aber sie wollte die Behandlung lieber noch nicht abbrechen. Der Vater hatte die Semmeltage jetzt öfters als früher, und der Pelka war ausgezogen in eine größere Wohnung. Aber sie hatten einen andern von der Partei dort in seine Wohnung gesetzt, einen gewissen Rudoll. Die Frau färbte sich die Haare. Mit der würde nicht gut Kirschen essen sein. Der Zigeunerin gab die Frau Schwientek eine Ente, für die Behandlung des Kindes. Die Narben waren schon fast verheilt.

Im September nahm die Frau Schwientek Tochter und Enkelkind wieder mit. Sie fuhren an einem Nachmittag los, und die Leute winkten ihnen nach.

Am Tag danach kam der Stanik aus dem Gefängnis. Er sah aus wie eine Vogelscheuche. Der Anzug flatterte an ihm herum, er war grau im Gesicht, und als er die Mütze abnahm, da war er kahlgeschoren. Er saß immer in der Wohnung neben dem Fenster. »Stanik, Stanik,

---

* Scheuerlappen

warum mußtest du uns das antun? Unsre Mama schämt sich so wegen dir, und hast du denn nich an das Kind gedacht? Und nächste Woche hab ich Geburtstag, das hab ich mir auch anders vorgestellt. Ach, wär ich bloß in Salesche geblieben, dort waren die Männer ganz verrückt nach mir. Ich hab dir immer gesagt, mach ein Geschäft auf. Ich kann mich hier vor den Leuten nich mehr sehen lassen!«

Mit der Zeit gewöhnte sich der Stanik wieder ein und traute sich mit Hut nach draußen. Zuerst suchte er Arbeit, aber jetzt fand er erst recht keine, die Eintragung war da. Bis der Schaletta die Papiere fälschen konnte, würde es noch Zeit brauchen. Außerdem mußte dafür bezahlt werden. Und von was? Da nahm ihn der Jude Hecht. Stanik stapelte im Lager Waren, bis ihm die Haare nachgewachsen waren. Dann kam er nach vorne zum Packen, Bindfaden aufrollen, Ballen umrollen, Waren an die Vertreter ausgeben und Zettel aufkleben. Später würde er ihm eine Stelle als Kassierer geben, sagte Herr Hecht, bis er genügend Geld zusammen hätte, um sich neue Papiere besorgen zu können. Dann würde man weitersehen.

Der Stanik hatte die Zeit hinter Gittern bald vergessen.

»Das Kind lassen wir jetzt hier bei uns«, sagte die Mickel, »daß es gute Erziehung bekommt.«

Sie kauften ein gebrauchtes Kinderbett, und die Frau Schwientek schenkte ihm zum Geburtstag ein großes Schutzengelbild. Die Mickel lehrte es abends beten; früh hatte sie keine Lust dazu. Sie erzählte ihm die Geschichte vom Schutzengel, der die beiden Kinder über die Brücke führe und alle Kinder beschütze, die auf die Mutter hörten und immer gehorchten. Und wenn sie nicht gehorchten, stürze er sie in den Fluß, sie müßten ersaufen und kämen in die Hölle. Dort warte schon der Teufel. Der Teufel habe Hörner, und es brenne so wie damals in dem Waschzuber. Und wenn es jetzt nicht ganz still liege und fest schlafe, »dann«, warnte die Mikkel, »steht hinten beim Fenster schon der Teufel. Siehst du die Augen glühn? Und keinen Mucks will ich mehr hörn, hast du mich verstanden? Hast du gesehn, wie er sich bewegt? Auf eine heiße Gabel spießt er Kinder, die nich schlafen wollen!«

Am nächsten Tag erwachte Adolf Cholonek naßgeschwitzt vor Angst.

»Das Kind bleibt heute im Bett«, sagte die Mickel. »Es ist krank. Viel Freude hat man auch nich damit. Das hat es von euch, bei den Choloneks ham zwei was an der Lunge. Wenn es bloß nich was an der Lunge hat! Es muß sofort schwitzen, schwitzen ist für alles gut.«

Mit Hilfe des Juden Hecht gewöhnte sich der Stanik wieder so ein, als wäre er nie hinter Gittern gewesen. Im Frühjahr bekam er den Posten als Kassierer.

Herr Hecht hatte ein Abzahlungsgeschäft. Die Vertreter gingen mit Koffern von Tür zu Tür und verkauften Trikotagen, Webwaren und Meterware auf Bestellung. Hemden, Unterwäsche, größere Artikel konnten geliefert werden. Dem Kunden wurde eine Karteikarte ausgestellt. Es wurde mit einer Mark angezahlt und ab fünfzig Pfennig abgezahlt.

»Merken Sie sich, Herr Stanik«, hatte Herr Hecht ihm gesagt, »mit kleinen Beträgen macht man die meisten Geschäfte! Ob einer großes Geld ausgibt, überlegt er sich hundertmal. Ob er kleines Geld ausgibt, darüber macht er sich keine Gedanken.«

Zahlte der Kunde dem Kassierer, der einmal in der Woche kam, bekam er in die Kartei einen Stempel: Eine Mark bezahlt! – oder weniger.

Der Stanik hatte Glück gehabt, denn kurz vorher war ein Kassierer mit der Kasse durchgebrannt. Hundertzwanzig Mark hatte der Lump mitgenommen. Für Herrn Hecht war das kein Glück, aber auch kein direktes Pech, denn er hatte die Verluste mit einkalkuliert. Ihm waren schon elf Kassierer durchgebrannt, davon hatten sie neun geschnappt. Einer hatte noch sechs Mark in der Tasche, die anderen nichts. Unterschlagung hieß das. Jeden Tag ging der Stanik abends abrechnen. Als seine Stellung gefestigt war, jeden zweiten Abend. Seine Kasse stimmte immer.

Wenn er bei der Witwe Hawlitschek kassierte und die Bezahlung in leiblicher Hingabe entgegennahm, zahlte er aus seiner Tasche. Sie blieb daneben stehen, bis sie mit eigenen Augen sah, daß er ihr zwei oder drei Stempel in die Kartei haute. Traun konnte man keinem! War er besonders hopsig, nutzte sie die Lage aus und ließ sich vier Stempel im voraus eintragen, hielt ihn sich solange mit den Händen vom Leib und lachte wie die Söderbaum, ließ auch mal schnell den Morgenrock etwas aufflattern, um ihn bei Stimmung zu halten.

Im Lager stand eine Schreibmaschine, dort übte der Stanik mit einem Finger einmal in der Woche etwas schreiben. Er wollte selber ein Geschäft aufmachen, dann mußte er das können!

»Stanik, ich weiß nich, ob das richtig is, was du machst!« sagte die Mickel. »Dort bei einem Juden, du weißt, wie die Leute schon gucken!«

»Ach, was du immer für Mist redest«, sagte der Stanik. »Ein andrer nimmt keinen Zuchthäusler. Soll ich betteln gehn? Na? Und wenn sie das machen was der Pelka sagt, und sie schieben die Juden nach Rußland ab, bin ich gleich der erste Anwärter für das Geschäft! Jetzt kauf ich mir erst mal die Papiere. Ich hab mit dem Schaletta schon gesprochen. Für fünfhundert wern die ganzen Akten vernichtet. Dann bin ich unbescholten, mein Lieber, und dann geht's los!«

Hätte der Stanik mit der Witwe nicht verkehrt, gehörte sie zu den faulen Kunden. Geld war bei ihr nicht zu holen. Und er schickte auch bloß die Vertreter mit den billigen Artikeln hin, daß sie nicht zuviel einkaufte. Sie nahm ja, was das Auge sah. Soviel konnte sie gar nicht abarbeiten, wenn sie ihm mit ihrem Kunstseidenunterrock die Türe öffnete und lächelte. Auf der linken Seite im Mund hatte sie zwei Goldzähne, und sie roch immer gepudert, wie vom Film! Ihm wurde schon ganz neblig vor den Augen, wenn er das alte Haus im Garten bloß von weitem sah, und die Knie wurden ihm weich. Das war eine Leidenschaft, wie sie nur in Romanen vorkommt.

Jeden Sonntag um zehn sagte der Stanik: »Ich geh jetzt in die Kirche!« Das war ein Scherz, denn auch die Mickel wußte, daß er auf einen Frühschoppen ging. Bloß zu Ostern ging er nach dem Biertrinken noch ins Hochamt. Nach der Predigt. Das gehörte sich so. Für Predigt interessierte er sich nicht, das stand sowieso alles schon in der Bibel. Die Mickel ging seit einem halben Jahr auch nicht mehr in die Kirche, so daß der Stanik selber schon sagte: »Aber die Frau muß wenigstens in die Kirche gehn, wie sieht das sonst aus?«

Genau das wollte sie hören. »In meinen alten Kleidern? Man schämt sich schon vor den Leuten, das fällt einem schon in Fetzen vom Leib!«

Erst als sie den Kleidermantel in Dunkelblau bekam, ging sie wieder. Bis oben in einer Reihe geknöpft, ganz schlicht gearbeitet und auf Hohlsaum plissiert. Und als eine Frau aus dem Haus den Stanik beobachtet hatte, wie er bei der Witwe Hawlitschek verschwunden war, kaufte er der Mickel einen schönen Hut extra und ein Paar kognakfarbene Pumps, Lack auf Hochglanz.

Seitdem die Mickel voll eingekleidet war, ging sie nur noch zum Hochamt und stellte sich nach vorn. Mit der Zeit eroberte sie sich einen Platz in der vordersten Bank, wo die Frauen regelmäßig den Sitz schon für sie reserviert hielten. Für das Kind auch gleich einen halben mit. Die Mickel sagte immer: »Ein Kind muß von vornherein zur Gottesfurcht und Frömmigkeit erzogen werden, dann kann ihm nichts mehr passieren.«

Als der Stanik ihr den Hut kaufte, hatte sie auch gleich durchgedrückt, daß er für den Jungen beim Hecht einen Bleyle-Anzug auf Abzahlung nahm. Dazu schöne, weiße Kniestrümpfe, eine Nummer größer, damit er nicht so schnell rauswuchs, Bommeln um den Hals und ein weiße Mädikappe, etwas nach hinten geschoben, dann konnte man die Welle vorne gut sehen.

»Alle drehn sich nach uns in der Kirche um, Frau Korek. Wenn wir mal unser eignes Geschäft haben, nehme ich mir einen Platz oben am Chor und laß dem Kind gleich einen Anzug nach Maß machen.«

»Wenn schon«, sagte der Stanik, »dann kauf ich ihm gleich einen guten Kammgarn in Nadelstreifen. Ganz wie ein alter.

Du sollst mal sehn, wie das wirkt! Sobald er vier Jahre is, bekommt er von mir Lackschuhe und ab fünf Klavierstunde! Ich hab mal eine Aufführung im Café Kochmann gesehn, da hat ein Musiker andauernd gewechselt, von einem Instrument auf das andere. Wenn einer mal Musik anfängt, beherrscht er sofort alles, mein Lieber!«

In die Oschlowskistraße kamen sie jetzt selten. Alle zwei Wochen ging die Mickel noch zu der Mama, sich etwas auszuweinen. Jeder Mensch braucht einen, der ihm etwas Halt gibt. Sie deutete nur an, *wie* der Stanik sie quälte, wenn er Geschlechtsverkehr wollte. Aber zum Glück hatten sie das Kind im Zimmer, und sie konnte immer sagen: »Weck das Kind nich, Stanik, es is wieder krank! Es hatte heut einen ganz heißen Kopf. Was kann ich dafür, wenn es nach euch schlägt, bei uns warn alle gesund!«

Einmal hat er sich nicht bremsen lassen, und dann lief sie den ganzen Tag verquollen und bleich herum, deutete vor den Leuten im Haus aber nur mit Blicken an, was sie über sich hatte ergehn lassen müssen.

Einmal war auch so was! Da lief sie hintenherum über die Felder und kam ganz verheult an: »Mama, Mama, das is furchtbar! Ich hab vom schwarzen Wasser geträumt. Und das war so, als ob unter dem Wasser noch einer gewesen wäre.«

»Mädel, Mädel, das bedeutet Krankheit. Paß bloß auf das Kind auf! Wie ich das mal geträumt hab, is unsre Mutter krank geworden. Geh sofort und guck nach dem Kind!«

»Hoffentlich komm ich nich schon zu spät!«

Das Kind spielte im Hof. Sie packte es, wickelte es in Tücher bis über das Gesicht, gab ihm heiße Lindenblüte zu trinken und steckte es ins Bett, drei Tage, und als es dann rausdurfte, knickten ihm die Knie durch.

»No, was ich gesagt hab, sterbenskrank«, sagte sie. »Wie eine Mutter sich auf ihr Gefühl verlassen kann! Wie das froh sein kann, daß es noch die Mutter hat! Es is ja noch so schwach, daß es gar nich laufen kann.«

Auf der Straße marschierte jeden Tag die SA vorbei und sang: »Die Fahne hoch...«

Der Stanik trug einen Anzug, braun mit Nadelstreifen, eine Krawatte mit schrägem Muster nach der letzten Mode und, locker ins Jackett gesteckt, einen Schal aus Kunstseide. Dazu Schuhe aus Wildleder und passende Gamaschen, mausgrau.

Ignaz Hecht sagte zu ihm: »Herr Stanik, ein schönes Lager wern wir Ihnen dort bei sich in der Wohnung einrichten. Sie brauchen bloß ein kleines Zimmer frei haben. Erst machen wir ein Regal dort, dann stapeln wir Ware, die nehmen Sie von mir. Ich geb sie Ihnen billig, und Sie bezahlen später. Sie nehmen sich einen Koffer und gehen auf eigene Faust verkaufen. Schon ham Sie ein eignes Geschäft! Is gut?«

Schon hatte er ein eignes Geschäft. Das Schlafzimmer wurde ins Wohnzimmer umgestellt, ein Regal kam rein, und der Stanik ließ sich einen Stempel machen:

*St. Cholonek   feine Trikotagen & Webwaren
    en detail Etagengeschäft*

Er ließ hinter *Cholonek* noch genug Platz, damit er später bloß noch reinzusetzen brauchte ... & Sohn.

»Stanislaus möchte ich lieber abkürzen, wer weiß, wie sich die Regierung noch gegen das Polnische hier stellt.«

Er kaufte als erstes eine Schreibmaschine. Die Mickel sollte schreiben lernen: »Was denkst du, die ganzen Frauen dort bei der Konkurrenz machen das Schriftliche, stell dich nich so dumm!«

Nach zehn Minuten fing die Mickel an zu heulen, die Finger schmerzten, und sie könne die Buchstaben nicht finden. Da fing der Stanik an, sich zu besaufen und wollte das Geschäft wieder schließen. Aber die Witwe gab ihm neue Kraft. Er kam nach drei Tagen wieder, kaufte eine Stoffschere, eine geeichte Elle, gab neue Bestellungen auf und stopfte das Regal bis an die Decke voll mit Bettwäsche in zwei Qualitäten, dazu viel Unterwäsche und Trikotagen.

»Was denkst du, wie Trikot geht, Mann! Allein mit Trikotagen kann sich einer gesundstoßen.«

Strümpfe, Socken, etliche Lagen Wolle. »Obwohl Wolle«, sagte er, »kaufen Leute, die selber stricken. Wer selber strickt, kauft keine Fertigwaren und is kein guter Kunde. Aber *haben* mußt du alles! Ich muß auch Kurzwaren reinnehmen. Was denkst du! Dafür is immer Bedarf. Hab ich das nich, geht die Kundschaft zur Konkurrenz.«

Zweimal in der Woche ging der Stanik mit dem Koffer auf Tour. Als er siebenundzwanzig feste Kunden hatte, mietete sich Frau Cholonek einen Platz auf dem Chor in der Bonifaziuskirche und hatte Glück, denn die Bäckersfrau Smiskol war gestorben, und der Platz war gerade freigeworden.

Bei fünfunddreißig Kunden kaufte sich der Stanik einen gebrauchten DKW. »Sobald der hundertste Kunde in der Kartei is, zieh ich ganz groß auf: zwei Lieferwagen, einen Mercedes Benz mit Chauffeur, mein Lieber!«

Er stellte einen Vertreter ein, der Montag bis Donnerstag reiste und Freitag bis Sonntag kassieren ging, einen gewissen Smerczik, dem der Stanik gleich von vornherein das Du anbot.

»Was denkst du, was ich dem alles an den Kopp werfen darf, wenn ich mich mit ihm per du steh!« sagte der Stanik. »Das ist sofort ein ganz andres Verhältnis. Der Smerczik wird vor einem Chef, mit dem er per du is, niemals Geheimnisse haben! Ein Geschäft muß bis ins kleinste schlau überlegt sein.«

Der DKW stand einen Monat hinten im Hof, bis der Stanik nach dem dritten Versuch die Fahrprüfung bestand. Der Smerczik kam einmal in der Woche abrechnen und brannte nach vier Wochen mit 120 Mark durch.

»Ich hab schon so schlau kalkuliert«, sagte der Stanik, »aber zwanzig Mark hab ich immer noch draufgezahlt. Mit hundertzwanzig hab ich nich gerechnet. Er hat noch drei Koffer voll Ware mitgenommen, der Lump, verfluchter.« Wie sich später herausstellte, hatte der Smerczik sich auch noch drei Tage bei der Witwe Hawlitschek aufgehalten und sich ein Vergnügen gemacht.

Die Adresse hatte er sich aus der Kartei geholt, nachdem der Stanik im Suff unter Brüdern von der Witwe Hawlitschek gesprochen hatte. Etliche Stücke von der Ware konnte der Stanik unbemerkt zurückklauen, als er bei der Witwe kassieren ging.

Gegen den Smerczik wollte er nicht klagen, denn die Gerichte, das ist so eine Sache! Was ist schon für ein Verlaß darauf? Das war nämlich auch so ein Fall, wie eine Frau gegen einen gewissen Palitza geklagt hat wegen Vergewaltigung in der Straßenbahn zwischen der Haltestelle Damaschkestraße und Ruda I, und zwar in der Hauptverkehrszeit hinten auf der Plattform des Triebwagens. Wie sich das nach der Beschreibung der Frau zugetragen haben soll, stieg sie in Mathesdorf ein und nahm einen Fahrschein ohne Umsteigen bis Donnerstagmarktplatz. Es war angeblich zehn vor sechs und Gedränge, denn die Leute kamen von der Arbeit. Vor ihr Leute, hinter ihr Leute. Auf einmal, bei der Haltestelle Damaschkestraße, hätte sie gemerkt, wie sich von hinten einer an sie ranmachte, ihr den Rock hochhob, den Schlüpfer runterzog. Zuerst hätte sie gedacht, da macht einer Spaß! Da waren sie schon eine Station weiter. Dann dachte sie, das wäre der Widera aus dem Haus. Da waren sie bei der Pfarrstraße! Die Straßenbahn hätte so geschlenkert und gezockelt, zwölf Stationen waren bis Donnerstagmarktplatz, und sie wäre dann extra nicht ausgestiegen, weil sie den Widera kannte, sagte sie. Sie wäre also drei Stationen weitergefahren, aber sie hätte sich schon die ganze Zeit gewundert, denn der Widera wäre zu der Zeit doch im Gefängnis gewesen, und als sie sich dann umgedreht hätte, wäre das der da, der Palitza gewesen. Er wohne zwar auch bei ihr im Haus, sagte sie, aber die Frau, das wäre die, die ihr immer die Kartoffelschalen vor die Türe schmisse, wenn es keiner sähe, die Bestie! »Bei der Gelegenheit, Herr Richter, möcht ich auch fragen, ob das sein darf: Kaum paß ich nich auf, rrt, rrt, putzt sich die Furie an unserer Fußmatte vor der Türe ihre verschissenen Schuhe ab, und wir selber schonen sie so. Darf das denn sein?«

Und dann, der Palitza, schilderte das wieder von einer ganz anderen Seite: »No, ich bin in die Straßenbahn gestiegen und wollte bis OEW* fahren, wo ich einen Bruder hab, der dort wohnt. Aber ich wollte an dem Tage nich zu ihm gehn, ich wollte zum Dziuk. Das is der, der früher bei mir gearbeitet hat und der die schönen Karnickel hat. Ich wollte mir paar holen. Ich hab alles dabeigehabt, ein Sack, bisserl Stroh und Gras zum Fressen. Ich denk mir, bleibst du gleich auf der Plattform mit dem Sack, wo solln Sie da groß hin, Herr Richter? Vorne is immer am meisten Platz. Seh ich vor mir die Hedel stehn. Ich denk mir, machst dem Mädel eine Freude und brennst ihr von hinten eine drauf, und dann soll sie raten, wer das war. Ich hab mich noch umgeguckt, Herr Richter, ob keiner was sieht, denn, wissen Sie, mir is das auch immer peinlich! Und dann hab ich das gemacht. Schön vorsichtig, aber bei der Pfarrstraße hab ich mich schon gewundert, weil das alles nich so richtig gepaßt hat. Ich hab mir gleich gedacht, daß ich aufhören soll und daß das vielleicht gar nich die Hedel

* Oberschlesisches Elektrizitätswerk

is, aber da war es inzwischen schon so schön geworden, Herr Richter, Sie wissen selber, und ich dachte mir, Jesus Maria, vielleicht hat die Frau noch nichts gemerkt, und ich hab sie weitergezwiebelt, so! Neben mir stand der Schlosser Bochenek, und ich hab mich oben mit ihm unterhalten, daß die Frau nich in Verlegenheit kommt. Bloß dann, bei Ruda I, wie sie den Schaffner auf mich aufmerksam gemacht hat, hab ich mich geärgert, weil ich nachzahlen mußte. Wenn ich das gewußt hätte, wär ich lieber hinten eingestiegen, Herr Richter.«

Freigesprochen wurde der Mann, und man kann sehen, wie wenig Sinn es hat, gegen einen vor Gericht vorzugehn.

Die Frau Schwientek sagte immer: »Früher, beim alten Kaiser, hat es das alles nich gegeben, da war das nich, was heute is. Sodom und Gomorra herrschen auf der Welt. Nein, nein, das is keine gute Zeit!«

Wie der Vater Cholonek in diesem Jahr gestorben ist, war das so, daß er aus der Arbeit kam, und er setzte sich auf die Ritsche* beim Ofen. »Mir is heut kalt, Mutter, ich wer morgen nich mehr aufstehn. Ich hol dir noch zwei Eimer Kohle, daß du morgen nich gehn mußt. Ich wer hier meine Schuhe sauberputzen. Heb meinen Anzug für den Josel auf, wenn er aus dem Krieg kommt! Da wird er nichts haben. Frag, warum er nich eher kam, ich hab hier immer gewartet.«

Er sprach extra leise, weil die Mutter Cholonek schwerhörig war. Was sollte sie sich unnötig Sorgen machen? Er hat Kohle geholt, dann hat er die Schuhe

---

* Fußbank

geputzt, hat alles aus den Hosentaschen rausgenommen und aufs Fensterbrett gelegt und das Hemd in die Wäsche getragen.

»Komm hier auf die Bank noch etwas, Mutter! Die Uhr von mir hab ich dem Stanik gegeben für seinen Jungen. Er soll sie nich verlieren! Ich wer noch warten, bis der Willusch kommt, auf Wiedersehn sagen. Ich brauch keine Ölung. Ich hab keine Sünden, ich war doch immer in der Grube.«

Er hat beim Einschlafen gleich die Hände gefaltet für den Sarg, aber sie haben nicht gehalten und sind aufgegangen, denn die Finger waren krumm und manche steif. Sie haben ihm die Hände mit dem Rosenkranz zusammengebunden.

Der Pfarrer Koziol hat die Grabpredigt für Bergleute vorgelesen. Die Frau Schwientek weinte laut, schmiß schnell noch eine Handvoll Erde hinterher und mußte dann gleich auf den Markt. »Mädel«, sagte sie, »das is der letzte Weg, den einer macht, da muß ich schon auch auf Beerdigung gehn, das gehört sich. Man soll den Menschen nichts über den Tod nachtragen, das bringt kein Glück. Er soll gewesen sein, wie er will, aber er is jetzt tot.«

Die Mickel hatte für das Kind einen dunkelblauen Anzug rausgeschlagen und für sich einen schwarzen Hut mit Schleier. »Schwarz paßt gut, wenn es mal regnet, bloß muß ich den Schleier zum Ändern geben, daß das nich nach Trauer wirkt. Dort im Sarg, Dettele«, sagte sie zum Adolf Cholonek, »das is der Opapa, vom Papa der Papa. Alle Leute müssen sterben. Dann kommt die Omama Cholonek dran. Komm hier weg, ein Kind muß nich alles sehen, es gibt genug Schweres auf der Welt. Kinder bekommen ja alles gleich so schnell mit, man soll sich gar nich denken, wie!«

Vom Stanik wußte man nicht, wo er die letzten Tage gewesen war. Nach der Beerdigung besoff er sich. Der eine Bruder von ihm saß am Fenster und betete den Rosenkranz. Der andre Bruder ging vor Schmerz auf die Halde Vögel fangen; er wollte sie zuerst alle umbringen, ließ sie dann aber fliegen.

Die Mutter Cholonek ging wie tot hinter dem Sarg, kein Ton kam aus ihr. Zu Hause saß sie zwei Tage und zwei Nächte auf der Bank neben dem kalten Ofen, weinte nicht, bewegte sich nicht. Die Hände lagen auf dem Schoß. Sie behielt das Tuch auf dem Kopf und zog die Schuhe nicht aus. Am zweiten Tag fiel ihr der Kopf auf die Seite und sie schlief ein. Als es hell wurde, wachte sie auf, holte Luft, stand auf, machte Feuer, weckte die Jungs, die in die Arbeit mußten.

Aber wie die Menschen verschieden sterben auf der Welt! Im Jahr davor war der Häuer Kullik aus dem Haus dran. Mit ihm war nichts mehr los, und er schickte seine Jungs um den Pitterek, den Schlosser, der dort auf der Raedenstraße seine Werkstatt hatte. Der Pitterek war früher ein Freund von ihm gewesen. Wie er kam, setzte er sich ans Bett und fragte: »Was is, Kullik, du mußt sterben, sagt dein Junge?«

»Pitterek, ich hab bloß Angst, daß sie mir die beiden Tauben schlachten. Und das wollt ich dir sagen, die zwei schwarzen, was ich gekauft hab, die sind so schön. Ich wollte sie für die Zucht, zwei Flieger sind das, kann ich dir sagen, wie nirgends! Ich hab sie schon ausprobiert, sie waren sechs Stunden oben, bis ich sie nich mehr sehn konnte, und kamen wieder. Jetzt wern sie mir die auffressen, Pitterek, wenn ich tot bin. Weißt du noch, wie wir beide auf der Halde mit der Schikla waren? Mit der von Gawlik? Mein lieber Mann! Du von vorne, ich von der Seite, und sie hat sich halb totgelacht und gequietscht und gestrampelt, Junge, das wer ich nie vergessen! Pitterek, tu mir einen Gefallen und nimm sie zu dir. Ich geb dir gleich drei Mark für Futter. Gib etwas Kleie ins Futter, das macht die Federn weich. Ich sag dir, du wirst selber viel Freude mit den Vögeln haben. Unser Hansel soll dir den Klapitschek* zeigen. Dort hab ich zwanzig Tauben. Die andern laß dem Jungen, daß er was hat. Die eine schwarze hat eine weiße Feder auf der Brust. Pitterek, wir warn doch Freunde, Mensch, wie ich noch am Leben war. Schön war alles.«

Aber dann kam der Kullik wieder hoch und war dreimal beim Pitterek, aber der rückte nicht mit den drei Mark raus. Freunde waren das! Wie gut, daß der Kullik ihn noch sozusagen auf dem Sterbebett entlarven konnte! Wer weiß, wie er sich gegen die Tauben benommen hätte!

Der Kullik konnte und konnte nicht sterben, und als er zum dritten Mal die Ölung bekommen hatte, aß er die Tauben selber.

Wie der Zajusch gestorben ist (»Anzugstoffe und Webwaren Franz Zajusch en gros«), war das wieder ganz anders. »Vom billigsten bis zum teuersten Stoff«,

---

* Taubenschlag

sagte der Stanik, »hatte der alles auf Lager, aber auch *alles!* Cheviot, Kammgarn, Pfeffer und Salz, Streifen in allen Breiten. Blau, Braun, Schwarz – was du nur wolltest! Ab drei Mark der Meter, bis zwölf. Englische Ware, tschechische Ware, Warenbestand aus Lodz, aus Paris und alles. Der hat sich, wie er gemerkt hat, daß der Tod kommt, noch vor dem Sterben den Schneider Gollasch kommen lassen, hat den besten Stoff vom ganzen Lager mit der Lupe ausgesucht. Sie mußten ihn dort hintragen, er konnte doch nicht mehr gehen. Und hat sich für den Sarg einen Anzug mit zwei Anproben machen lassen, auf Roßhaar gearbeitet, die Taille ganz eng, von höchster Eleganz. Zweireihig, auf einen Knopf zu knöpfen. Der lag dir da im Sarg, wie eine Eins! Die Hosen erstklassig mit Schlag gearbeitet, und er hat testamentarisch hinterlassen, daß er ausdrücklich keine Decke über die Beine haben möchte, daß man die Gamaschen sieht. Die zweite Anprobe mußte der Gollasch schon auf dem Totenbett machen, so schnell ging das bergab. Aber so is das: Da hat einer ein großes Lager bis an die Decke, und dann kommt über Nacht der Tod! Hätten die nich mit drei Mann an dem Anzug gearbeitet, wären sie nich mehr fertig geworden, und die Leiche hätte angefangen zu stinken. Aber das war dir ein Eindruck, den der dort noch auf dem Totenbett gemacht hat! Dunkelbraun, ganz leicht in sich gemustert, und die Schuhe aus bestem Lack! Mit so einem Anzug über den Bull gehn, und die Mädels wern verrückt! Anstatt Rosenkranz hat er sich einen tschechischen Filzhut in die Hand genommen, hellgrau mit dunklem Band, höchstens ein-, zweimal getragen, beste böhmische

Qualität. Und dann: Wieeeh Wozek*! Ab in den Himmel mit Tamtam! Aber so war der Zajusch, immer ganz groß und sich bloß keine Blöße geben vor den Leuten! Wie er dann tot war, kam raus, daß von dem ganzen Lager ihm nichts gehört hat, alles Schulden, und sie wollten ihn wieder ausgraben und ihm den Anzug ausziehn.«

Dann war wieder ein andrer, ein gewisser Pierau, früher Pieronczik, der wollte unter der Jacke im Sarg in eine Hakenkreuzfahne eingewickelt werden.

»Warum nich oben?« fragte ihn sein Bruder.

»No, ich denk mir«, sagte der Pierau, »man weiß nich genau, hält sich die Regierung lange, oder hält sie sich nich. Weiß ich, was ich richtig mach?«

Mit der ganzen Flaggerei war damals viel los. Ging die SA vorbei und einer grüßte nicht die Fahne, waren schon Parteigenossen in Zivil zur Stelle und hauten ihm mit dem Gummiknüppel den Schädel ein. Der Stanik ließ sich eine extra lange Fahne nach Maß machen. »Hier, ich Cholonek, immer ganz groß!« sagte er. »Wenn du durch die Straße gehst, siehst du schon von weitem, wo wir wohnen! Eine Fahne, so lang wie das halbe Haus!«

Er hatte in der Nacht mit einem Bindfaden ausgemessen, daß die Fahne dem Hallmann aus dem ersten Stock genau bis unter das Fenster reichte und ihm die Aussicht versperrte. Parteigenosse war der. Es wurde so oft geflaggt, daß der Hallmann immer in Verdunklung lebte. »Der soll bloß was sagen, der Lump«, sagte der

---

* Hü, Pferdchen!

Stanik, »gegen die Fahne!« Und als er was sagte, antwortete der Stanik: »Paß Ihn' meine Fahne nich, Herr Hallmann, dann sagen Sie mir was, und ich hänge eine kleine raus, bitte!«

Gewonnen!

Was du in die Hand nimmst, alles hat Löcher.
Frau Schwientek

Das war auch die Zeit, als der Detlev Hübner die Tekla heiratete. Sie war achtzehn geworden, und die Hochzeit fand wieder im kleinsten Kreise in der molkereieigenen Wohnung bei seinen Eltern statt. Von seiten Schwienteks wurden anstandshalber die Mutter und der Vater eingeladen. Der Schwientek ging nicht hin, und die Frau Schwientek zog sich das dunkelblaue Kleid an mit den Biesen oben und mit einem aufgesteckten Veilchenstrauß aus Samt und Draht unter der linken Schulter. Nach der Hochzeit gehörte es sich, daß der Schwientek den Hübner duzen mußte, was zeitweilig Brechreiz in ihm erregte, und er vermied möglichst die Anrede. Die Behandlung der Beschwerden von Frau Schwientek pendelte sich auf ein Mal in drei Wochen ein, nicht, daß sie Besserung verspürt hätte, aber der Hübner sehnte sich nach neuen Aufgaben. Das kann man verstehen, er war jung, strebsam, hilfsbereit.

Aus der Partei hielt der Hübner sich immer noch raus. Doch vermutete der Schwientek, daß er trotzdem geheime Verbindung hatte, denn als man ihn wegen Diebstahls aus dem Depot entlassen wollte und Anzeige erstattete, schaltete sich die NSDAP ein. Er wurde versetzt, befördert und bekam Gehaltsaufbesserung.

Denunziant, dachte sich der Schwientek und versuchte, besseres Deutsch zu sprechen, wenn der Hübner kam.

»Wenn die Mädels erst mal aus dem Haus sind«, sagte die Frau Schwientek, »sind die einem aus den Augen. Unsre Mickel kommt auch bloß noch alle drei Wochen. Aus den Augen, aus dem Sinn. Haben die Eltern ihre Pflicht getan, wern sie aufs kalte Gleis gestellt.«

»Ich wünsch mir nur eins«, sagte die Mickel zu Lehnchen Heiduck, »daß unser Kind die Wellen vom Detlev bekommt. Das is mein Schwager, Lehne, den du kennst. Der Hübsche! Ich mach ihm ja jeden Tag eine Welle, und wenn der Junge mal groß is, bleiben die Haare von allein so liegen. Und wenn er mal rumtobt, hau ich ihn sofort auf den Kopf. Ich sag immer, was einer von klein auf hat, kann ihm keiner mehr nehmen.«

Herr Hübner bekam mit der Tekla eine Zweizimmerwohnung mit Badewanne und extra Speisekammer in der Nowotnystraße Nummer 12 und zeugte sein erstes Kind, das sie Dieter tauften, aber Tottolo riefen. Taufpatin wurde auf eignen Wunsch Mickel Cholonek. »Wenn wir unser Geschäft vergrößern«, sagte Mickel, »wer ich euern Dieter von oben bis unten schön einkleiden und ihn studieren lassen.«

An so einem Sonntagnachmittag in Poremba, wo alle Leute auf den Beinen waren und kleine Ausflüge über das Feld und in den Guidowald machten, wo die Luft warm und staubig war, der Himmel über Bielschowitz gelb war und die Kinder auf der Oschlowskistraße sich jagten und schrien und lachten, und wo zwei Radios aus den Fenstern dudelten – da sah der Schwientek, daß die Hedel unruhig war wie eine Ziege zu Ostern. Der Jankowski lag auf dem Chaiselongue, die Hedel ging hin und her, klapperte mit den Eimern herum, ging in die Kammer, kam zurück. Da sagte der Schwientek zur Frau Schwientek: »Komm in'n Garten, ich wer dir jäten helfen!«

Kaum war die Bude leer, riegelte die Hedel die Küchentür zu, hängte ein Handtuch vor die Scheibe, packte sich den Jankowski und zog ihm die Potschen aus. Dann zeugten sie ihr erstes Kind. Im ganzen Haus war bloß die Mutter von der Frau Prszczibillok da, im Hof hörte man sie alle lachen und schrein, und ein Mädel sang: »Komm, schwarzer Zigeuner, und spiel mir was vor. Wenn deine Geige weint, weint auch mein Ohr.«

Im Ofen war das Feuer ausgegangen und der Jankowski schlief danach selig ein. Der Mund stand ihm offen, er schnarchte, und die Hedel band sich die Schürze wieder vor. Es wurde ein Junge, der hieß Moritz. Ein lustiger Bursche, der immer lachte und tanzte, war nicht dumm und nicht schlau und hatte schwarze Haare.

Beim Stanik ging das Leben stoßweise vorwärts. Zuerst vergrößerte er das Geschäft, indem er noch ein gebrauchtes Regal günstig kaufte und im Schlafzimmr zusätzlich aufstellte. Er stopfte es auch mit Ware bis an die Decke voll, stellte sich einen Stuhl vor die Türe und besah sich die Pracht: »Was denkst du, was das für ein Kapital ist! Die Hälfte hab ich schon bezahlt, und wenn das so weitergeht, miete ich ein ganzes Haus. Alles Lager! Später nehm ich Konfektion rein, da brauch ich nich mal den Stempel groß ändern. Trikotagen & Webwaren! Konfektion, kann man sagen, is Webware. Stanik Cholonek – hier ich! – war immer schon schlau!«

Einmal in der Woche tippte er selber Bestellungen auf Postkarten an die Fabrikanten in Bielefeld und Bochum. Aber das war schwer. Er hatte sich einen Text vom Herrn Hecht angeben lassen: ...und nehme ich Bezug auf Ihr Angebot vom soundsovielten und bestelle hiermit ein Dutzend und so weiter... Er vertippte sich hundertmal, fand die Buchstaben nicht und mußte sich immer aus Verzweiflung besaufen. Schreibmaschineschreiben war schwer. Ein gewisser Pogrzeba aus Poremba hatte jetzt auch einen Laden aufgemacht und hatte schon eigene Postkarten mit Aufdruck laufen. Das kam als nächstes dran! Als allernächstes sollte erst ein Gebiß für seine Frau, die Mickel, drankommen. Das Beste vom Besten wollte er ihr machen lassen, Elfenbein. Er hatte schon mit einem Zahnarzt verhandelt, einem gewissen Gaidzik, ein neuer Kunde von ihm. Der Stanik ließ schon die Beträge anstehen und kassierte nicht. Wenn er das auf Verrechnung machte, konnte man sagen, hatte er das Gebiß für sechzig Prozent unterm Preis. Kaufte der Gaidzik aber so viel, daß vierzig Prozent kassiert und sechzig Prozent verrechnet werden mußten, konnte man sagen – das Gebiß war umsonst. Das war ein Geschäft! *So* mußte alles laufen, dann war ein Laden eine Goldgrube! Er hatte den Zahnarzt zu einem Bier eingeladen und ihm das Du angeboten. Wenn erst einmal die Barriere gefallen war, konnte man ganz andre Geschäfte machen, und sie würde aussehn wie eine Schauspielerin!

Das Gebiß fiel schief aus. Der Stanik konnte nichts machen, denn der Gaidzik hatte schon die Ware im voraus genommen. Mit Klage konnte man ihm nicht kommen, denn er sagte, der Mund sei schief, und später stellte sich heraus, daß der Gaidzik ein Tischler aus Rybnik war und wegen Falschmünzerei gesucht wurde.

»Jetzt trag mal das Gebiß so«, sagte der Stanik, »bis ich dich wieder völlig neu einkleide, dann lassen wir ein neues machen! Dann aber nur von einem Professor!«

Die Mickel übte jetzt immer vor dem Spiegel beim Lachen den Mund so schief nach oben zu ziehen, daß die Zähne gerade wirkten.

Die meiste Kundschaft hatte der Stanik in der Paulstraße. Aber alles Hacharen. Sie kauften alles, was sie sahen, und bezahlten nichts. Allein zwanzigmal hatte er den Gerichtsvollzieher hingeschickt. Aber schon wenn man in die Stadt reinkam, wußte man, was los war. Der Dreck ging bis über die Knöchel, und mit Halbschuhen kam man schon gar nicht bis zum dritten Haus durch. Ein Gestank, Hühner und Schweine auf der Straße. Der Stanik mußte den DKW woanders hinstellen, sonst blieb er stecken. Aber Kunde ist Kunde! Die hausten zu zwölft in einer Stube. Die Frauen trugen keine Schlüpfer drunter und stanken nach Hering, die Kinder liefen den ganzen Tag im Hemd und barfuß, und die Männer feierten mehr krank, als sie in die Arbeit gingen.

Bei den faulen Kunden machte der Stanik einen Punkt mit Kopierstift auf die Karteikarte und bei den ganz faulen zwei. War der Gerichtsvollzieher fällig: Kreuz!

Aber die Rudzinitzer Straße war eine Goldgrube! Alles Kunden erster Wahl. Die kauften wenig, aber was sie kauften, wurde bezahlt. Da war das Kassieren ein Kinderspiel. Jeden Freitag nach der Löhnung, ab sechs

Uhr abends, war der Stanik schon da: hier zwei Mark – zack! Zwei Stempel in die Kartei. Drei Mark – ja, es gab Kunden, die fünf Mark auf einmal bezahlten! Da rollte der Rubel, da lachte das Herz im Leibe, mein Lieber!

In der Paulstraße wohnte die Witwe Hawlitschek. Angeblich war ihr Mann Offizier gewesen und bei Verdun gefallen. Aber rechne mal nach: Wann war Verdun und wie alt war die Frau? Was soll man lange fragen! Locken hatte die, wenn sie die Wickler rausnahm!

Aber immer mußte der Stanik vorsichtig sein und sie nicht so quetschen, daß sich die Lockenwickler nicht verbogen. Und *riechen* tat sie gut! Parfüm, Puder, Gesichtsseife am ganzen Körper, da war was los, Kollege! Kleider, lang bis an die Knöchel und reine Kunstseide in modernsten Farben. Und die lachte wie eine Sängerin so tief. Reinwühlen konnte man sich vor Freude in das ganze schöne Fleisch, in den Unterrock, in Samt und Seide und Unterwäsche. Hrrrr, ein Gefühl wie Elektrisieren. Der Drechsler, dem er ihre Adresse verdankte, hatte drei Mark genommen. Ein Mensch muß sich für seine Leidenschaft was leisten können, muß was draufzahlen, das ist die große Art, sonst ist das kein Leben! Sie hatte sich anfangs geziert, aber der Drechsler hatte ihm schon gesagt, daß sie ganz verrückt auf Strümpfe wäre. Und der Stanik hatte zwei Paar im Geschäft gekauft, daß es nicht so aussah, als würde er keine führen. Hatte die Strümpfe ausgebreitet, gleich auf dem Bett: »Hier, Sie, fühlen Sie mal her, was das für Ware is! Gukken Sie mal die Verarbeitung an, so was könn' Sie sich suchen! Ziehn Sie doch mal an! Neuen Kunden mach ich immer ein Geschenk, verstehn Sie...«

Er hatte die Naht am Bein geradegezogen, und als sie sagte: »Nich, Sie, Sie kitzeln...«, fing alles an zu florieren.

»Karnickel! Stanickel!« sagte sie zu ihm. Sie hatte schwarze Schlüpfer. Das hätte sich der Stanik immer für die Mickel gewünscht, aber die zog das Zeug nicht an, und drei Paar mit Spitze lagen schon in der Frisierkommode beim Gummiknüppel und beim Zopf.

Als das Kind drei war, nahm der Stanik es mit zu der Witwe, zum Vorzeigen. »Waas, Stanickel, daaas hast du gemacht! Is aber schön! Und bei mir machst du immer anders, wie heißt du denn, Kindchen?«

»Na, sag der Tante schön guten Tag und mach ein' Diener! Los, mach schon, du bist doch sonst nich so dumm! Er schämt sich. Adek heißt er. Er is mir aus dem Gesicht geschnitten, aber die Nase hat er von der Mutter.«

Sie standen vor dem DKW. Die Sonne schien heiß.

»Kommst du bissel rein, Stanickel, ich mach dir Tasse Malzkaffee, vergiß den Stempel nich und die Karte!«

»Bleib hier, Adek, Papa kauft dir Tüte Judennüsse und kommt gleich.«

»Zeig Stanickel, ob du ein' Stempel in der Tasche hast«, sagt die Frau Hawlitschek, steckte die Hand in die Hosentasche vom Stanik, kicherte und sagte: »Jaaa, hast du.«

»Nicht doch, vor dem Kind«, sagte der Stanik polnisch.

Er schloß den DKW nicht ab, denn es war heiß, und das Wasser im Kühler kochte. Kaum war er im Haus, kamen die Kinder von der Paulstraße, zogen den saubergekämmten Adolf aus dem Auto, hauten ihm die Fresse voll, beschmierten ihn mit Dreck, zogen an der schönen Welle, bis er laut anfing zu schreien und der Stanik ohne Jackett aus dem Hause kam. Er ärgerte sich und sagte: »Ich hab dir schon hundertmal gesagt, wenn dich einer haut, schnapp dir eine Latte vom Zaun und schlag ihn tot!«

Als er ihn dann ins Auto einschloß, verschmierten sie die Scheiben und das ganze Auto mit Dreck.

Die Mama hatte gesagt: »Und wenn die Kinder dich dort wieder haun wollen, halte dich bloß raus und mach dich nich dreckig! Und wenn du mir wieder so dreckig nach Hause kommst, schlag ich dich tot.«

Dann kam der Stanik aus dem Haus. Die Witwe kam mit. Beim Auto zog sie ihn zurück und sagte: »Du hast was vergessen, Stanik, du Kanickel. Na? Komm noch mal! Ein' Stempel noch!«

Wenn er zurückkam, war es fast Abend. Er fuhr mit dem Auto zweihundert Meter, ging in den Laden, wo es Bernsteinschmuck gab, und kaufte ein Geschenk für Mickel. Er sah verklärt aus, aber Unheil schwebte in der Luft. Den kleinen Cholonek würgte es im Hals.

»Ein Kind muß den Eltern parieren«, sagte die Mikkel zu Hause. »Das muß es von klein auf lernen. Los, sagst du der Mutti, du Satan, hat der Papa dir wieder Nüsse gekauft und war er bei einer Frau, na los! Wird's bald!«

Dann sprach der Stanik nicht mehr mit seinem Sohn, um ihn zu lehren, wie das ist, wenn man ein Verräter ist, der den eigenen Vater verraten hat.

»Das Kind wird immer magerer«, sagte die Mickel.

»Das kommt davon, weil er nichts ißt, das Aas! Ich werd dir zeigen, du ißt das sofort auf, und sitz nich so krumm! Der Teufel soll dich holen!« In Poremba wohnte einer, ein gewisser Herr Skowronnek. »Wenn der mal stirbt«, sagte der Stanik, »da können sich die Erben freuen. Der hat bestimmt scheffelweise Geld in Kartons unterm Bett. Wie der siebzehn war, is er in der Grube verunglückt. Verschüttet, die Beine verkürzt, und seitdem is er nich mehr gewachsen, aber die schöne Rente hat er bekommen. Vierzig Jahre regelmäßig seine einhundertzwanzig Mark im Monat, raucht nich, säuft nich, der muß schön was auf der Seite haben.« Herr Skowronnek wohnte seit damals bei Verwandten in der kleinen Stube, gleich neben der Küche. Dafür mußte er im Monat acht Mark hinlegen, für Essen vier Mark in der Woche; da konnte man sich ausrechnen, was in vierzig Jahren zusammengekommen sein mochte. Die Wäsche hielten sie ihm sauber, die Stube wurde gefegt, und das alles umsonst, weil sie auf das Erbe spekulierten. Er trug einen Kneifer, ein Vorhemd mit Krawatte, immer sauber. In der Weste eine Uhrkette mit Silberuhr, und wenn er hinter der Tischkante saß, sah er aus wie ein Rat. Er las jede Woche die Zeitung, früher auch eine polnische, die war aber inzwischen verboten. Er konnte sich deutsch gut ausdrücken und verstand polnisch aus dem ff. Ein Intelligenzler! Alles, was knifflig war, war für ihn ein Kinderspiel: Rätsel auflösen, aus Zigarrenkisten Burgen bauen, Ausschneidebogen zusammenkleben und Wecker reparieren. Für kleine Uhren hätte er bloß kein Werkzeug, sagte er. Herr Skowronnek hatte sich als junger Mensch schon ein Fahrrad zugelegt. Das konnte er damals gut, er war ja alleinstehend und brauchte sein Geld nicht abzuliefern. Aber seit dem Unfall konnte er nicht mehr fahren, und jetzt stand das Fahrrad im Schrank in seiner Stube, wurde jeden Tag von ihm mit einem Taschentuch abgestaubt, keiner durfte dran, und alle drei Wochen wurde es geölt.

»Allein für das Fahrrad bekommst du zwanzig, dreißig Mark!« sagte der Stanik. »Ich hab von einem Fall gehört, daß in Amerika die ganzen Millionäre dort so komisch sein sollen. In Bobrek hat auch mal so einer gewohnt. Sein ganzes Leben sparsam gelebt. Nich geheiratet, keine Freunde, nich gesoffen, nich geraucht. Und wie er dann gestorben is, haben sie das Bett weggeschoben, da lagen dort ganze Kartons voll Tausend- und Zehntausendmarkscheine, bloß war das Inflationsgeld! Aber angenommen, die Inflation wäre nich gewesen, da hätten sich die Erben für Jahrhunderte gesundgestoßen. Mann! Ich wer dir sagen, bei Skowronnek muß das genauso sein, so wie er lebt! Die sind doch alle bloß auf das Geld von ihm aus. Weißt du, daß wir von Choloneks mit ihm in direkter Linie verwandt sind? Von einer Kusine von unsrer Mutter is ein Kind in Kleinwilkowitz verheiratet mit einem Neffen von ihm dritten Grades. Da zieh mal das Kind am Sonntag sauber an, da wer ich ihm das vorstelln! Alte Leute sind immer gut zu kleinen Kindern, und nach ihrem Tode kommt oft die Überraschaung, und sie haben im Testament ein Kind als Alleinerben eingesetzt. Ich spekulier am meisten auf die Geige, die der hat. Das is bestimmt eine Stradivari! Mehr als fünfhundert Jahre alt. In der Zeitung hat voriges Jahr gestanden, daß sie dort wieder eine im Stall gefunden haben, und wie sie die untersucht haben, war sie Millionen wert. Mensch! Ich wer ihm sagen, unser Junge soll Musiker werden und bekommt schon Stunden. Wenn die dann hier auf dem Klavier steht, mein Lieber! Ganz groß.«

Am Sonntag wurde Adolf schön angezogen.

»Und daß du mir nich an der Mütze rückst, sonst hack ich dir die Pfoten ab, und mach mir keine Schande beim Onkel Skowronnek!« sagte die Mickel.

Die Verwandten versuchten, den Stanik mit dem Kind schon vorne in der Küche abzuwimmeln. Erbschleicher kannten sie schon.

Herr Skowronnek saß hinter dem Tisch und hatte eine Stimme, als ob er mit Spiritus gurgelte. Er hatte sich das angewöhnt, tiefer zu sprechen, damit man seine Kleinheit nicht so merkte, und er legte das Kinn beim Reden vorne an den Kehlkopf. Dadurch standen die weißen Haare hinten ab wie bei einer Taube. Er steckte gern die Daumen in die Westenärmel und lachte tief. Er achtete darauf, daß keiner ihm zu kollegial kam, denn er hatte längst gemerkt, was alle von ihm wollten, erben!

Der Stanik sprach polnisch mit ihm. Nur ganz, ganz vorsichtig brachte er die Sprache auf das Geld in den Kartons unter dem Bett und fragte zum Scherz: »Mir kannst du doch sagen, Onkel, wie viele Tausender du unterm Bett hast, so wie wir zueinander stehen!« Beide lachten laut. Zum Glück, dachte der Stanik, hat er nichts gemerkt! Millionäre sind immer komisch, wenn man sie direkt auf ihr Geld anspricht. Aber haben mußte er was, sonst hätte er nicht so verdächtig gelacht.

Als der Stanik nach Hause kam, sagte er: »Ich habe

das sehr geschickt gemacht. Ich möchte sagen, *das* Geld haben wir schon in der Tasche. Bei der Geige hat er sich noch dumm gestellt und das überhört, aber ich schick ihm nächste Woche eine kleine Aufmerksamkeit. Er ißt gerne rote Bonbons. Du gehst mit dem Kind bis vor die Tür und schickst es damit rauf! Soll ich dir sagen, was dem Michatsch aus der Haldenstraße passiert is? Der war doch Leichenträger. Und wie er auf dem Sterbebett lag, hat er sich ganz groß Papier und Tinte kommen lassen und hat sein Testament gemacht. Sie haben alle schon gehofft und sich weiß der Teufel was versprochen. Die Tinte hat er auf das saubre Bett gegossen, und sie haben ihn umgebettet und gute Miene zum bösen Spiel gemacht. Kaum war er tot, haben sie das Testament erbrochen. Da stand bloß drin, daß er in seiner Paradeuniform vom Bestattungsinstitut beerdigt werden möchte und aus. Sie haben sich geärgert, haben das aber gemacht und nich dran gedacht, daß die Uniform der Bestattung gehörte, und dann kam die Rechnung. Sie hätten ihn noch ausgegraben, aber die Bestattung hat gesagt, sie nehmen die Uniform nich mehr zurück, er liege schon drei Wochen in der Erde, da würde sie stinken. So kann man auch reinfallen beim Testament!«

Um diese Zeit bekam der Stanik vom Schaletta saubre Papiere ohne Eintragung der Gefängnisstrafe, und der gab ihm eine Anzahlung von zweihundert Mark für den Nachweis der deutschen Abstammung.

»Schreib auch gleich ›arisch‹ rein«, sagte der Stanik. »Den ersten Juden ham sie schon die Geschäfte demoliert, und der Pelka sagt, das kommt noch viel schlimmer.«

Als dann die Kristallnacht kam, war der Stanik die ganze Nacht unterwegs. Der Himmel war hell vom Feuer, die ganze Stadt war ein Ameisenhaufen. Die Leute rannten herum und hielten sich Tücher vor die Gesichter. Sie schrien, und die SA sang: »Die Fahne hoch, die Reihen fest geschlossen...«

Die Mickel machte sich Sorgen. »Wenn der Stanik wenigstens nich bei dem Luder von Weib is!«

Um sechs Uhr früh kam er nach Hause, aufgeregt wie von einer Hochzeit. »Mann, da war was los! Wir waren mit dem Larisch unterwegs. Sie haben die ganzen Synagogen angezündet und die Möbel von den Juden auf die Straße geworfen. Werte über Werte, und ganze Klaviere haben sie zerhackt. Jetzt wird was passieren! Der Pelka war in der vordersten Reihe. Aber die Juden wurden immer schon geschlachtet. Der Larisch sagt, früher hat das die Kirche gemacht, und die Päpste haben das erledigt. Er will sich auch um ein Geschäft bewerben. Er hat einen in der Partei, der die Verteilung unter sich hat. Ich hab dem Larisch fünfzig Mark gegeben, daß er für mich was in die Wege leitet. Und dann wer ich dich und das Kind sofort neu einkleiden, von oben bis unten, da wern sich die Leute nach uns bloß so umgucken!«

»Stanik, ich weiß nich, ob das gut is«, sagte die Mikkel. »Denn vielleicht kommen die Juden wieder hoch! Die neue Regierung hat vielleicht noch nich genug festen Halt, und dann kommt wieder alles umgekehrt. Was willst du dann sagen?«

Der Larisch hat sich die fünfzig Mark in die eigene Tasche gesteckt und für den Stanik nicht den Finger krumm gemacht.

Der Stanik war um die Zeit den ganzen Tag auf den Beinen. Seit er die Papiere vom Schaletta in der Hand hatte, ging alle ruckzuck. Er bekam ein Geschäft. Lage eins a. Laufstraße, Eckladen, wo schon die von der einen Straße kauften und die von der anderen Straße zusätzlich.

Er ließ sich noch vor der Übernahme ein Schild drukken: REIN ARISCH. Und über den Laden ließ er eines setzen: CHOLONEK.

»Mann, das is ein Gefühl. Du stehst auf der Straße und siehst deinen Namen groß und breit vor der ganzen Welt! Jeder, der kommt, kann ihn lesen und weiß sofort Bescheid! Über Nacht bist du eine Berühmtheit geworden.«

Jeden Tag wurden neue Judenwohnungen frei und die Menschen auf die Straße getrieben. Den Juden Hecht hatten sie auch abgeholt.

»Millionenwerte gehn kaputt«, sagte der Stanik. »Ich hab gesehen, wie sie eine Geige auf die Straße geworfen haben, und ein Sturmbannführer hat draufgetreten. Keiner hat gewagt, sie aufzuheben. Es gibt nich viel Leute mit Verständnis für Musik. Wenn ein Jude sich eine Geige gekauft hat, war sie nich billig, Mensch! Je älter eine Geige, um so größer der Wert.«

Um diese Zeit hatte der Schwientek einen Stundenlohn von einssechzig.

Einmal kam er von der Arbeit nach Haus: »Ich mußte heute mit ansehn«, sagte er, »wie ein PG eine Judenfrau mit Stern aus der fahrenden Straßenbahn geworfen hat. Er is ihr nachgesprungen, hat sie auf die Erde geworfen und sie in den Bauch gehackt. Ich konnte das nich sehn, ich mußte mich umdrehn. Was is das bloß für eine Zeit!«

»Halt dich bloß raus«, sagte die Frau Schwientek, »wenn du so was siehst! Du bringst uns sonst alle ins Lager! Ich weiß auch nich, was das is. Auch die Sachen zum Anziehn sind nich mehr so gut wie früher. Was du in die Hand nimmst, alles hat Löcher.«

> Was ist das für eine verschissene Zeit,
> nicht mal Bratheringe haben sie.
> Wo ist bloß unser alter Kaiser geblieben?
> *Schwientek*

Stanik Cholonek fing das Geschäft ganz groß an und schmiß das halbe Lager ins Fenster. »Je mehr Dekoration, um so schöner das Fenster«, sagte er. »Ich hab mir genau gemerkt, wie das der Jude Januschowski gemacht hat. Immer alles rein! Der Kunde will was sehn, und sofort den Preis dazu, daß er weiß, hier wird er nich beschissen. Und sollte es mal sein, kann man immer noch sagen, im Fenster, das is eine billigere Qualität. Ich wer eine Kraft einstellen, extra für Schilderschreiben, und dann geht es los, mein Lieber!«

Er setzte sich jeden Abend an den Schreibtisch und übte eine große Unterschrift. »Wenn du die Bestellungen bei den Fabrikanten aufgibst, mußt du unterschreiben wie ein Direktor, sonst stehst du von Anfang an bei denen nich an erster Stelle.« Er konnte schreiben und schreiben und sich besaufen dabei, er kam keinen Millimeter von seiner kleinen Schrift weg. Klein, schräg, gekratzt: Cholonek. Aber vom letzten k zog er wenigstens einen dicken Strich zurück unter den ganzen Namen.

»Ich hab jetzt alles probiert«, sagte er, »man kann das bloß so schreiben, wie ich das mache. Ich müßte ein' andern Namen haben. Wenn die Regierung bleibt, laß ich mich umtaufen. Schon wegen dem Kind.«

Eine Büroangestellte, ein Fräulein Kowollik, die sich sofort, als sie die Arbeit hatte, auf Klippstein umtaufen ließ, wurde eingestellt, zuerst als Lehrling. Der Schaletta hatte ihm für dreihundert Mark den Nachweis besorgt, daß er gelernter Kaufmann und »zur Ausbildung von Lehrlingen« befähigt war.

Er kam um elf in den Laden, Postkarten unterschreiben. «Und hier, Herr Chef, sind noch ein paar Schecks!«

Junge, Junge, das war ein Gefühl! Verrückt werden konnte einer davon, so ein Höhenflug! Über Nacht das alles! Chef! Er hatte schon sechs Anzüge nach der neuesten Fasson im Schrank, alles nach Maß. Fünf davon allein mit Nadelstreifen! Zwei Konfektionsanzüge hatte er dem Bruder geschenkt, und der traute sich nicht, sie zu tragen, sie waren ihm zu vornehm. Bloß bei Hochzeit und Taufe, aber vorläufig war nichts.

»Das Beste, was man machen kann, is Gold 585 sammeln«, sagte der Stanik. »Mir hat einer den Tip gegeben. Die ganzen Juden, die geben dir Gold für ein Stück Brot. Der Machnik hat sich extra einen Lederbeutel machen lassen und hat schon ein Pfund Gold. Der macht sich gesund durch die Juden. Wenn mal andre Zeiten kommen, mein Lieber, ich wer jetzt alles in Gold anlegen und in Geigen!«

Das war die Zeit, als der Stanik eine große Wohnung mit sechs Zimmern mietete. Direkt an der Hauptstraße im Haus des pensionierten Grubenvorstehers Hawranek. Das war ein feiner Mensch, nicht einmal, daß er sich hätte gehen lassen und ohne Jackett vor die Leute getreten wäre. Das Haus war dunkelgrau, mit Zierputz und zwei Balkons zur Hauptstraße zu. Das Geländer in Eiche. Wie zu jedem vornehmen Haus gehörte ein Hinterhaus dazu.

Man könnte sagen, Herr Hawranek hatte also zwei Häuser. Die Zimmer waren schön, oben der ganze Stuck in Weiß, zwei Zimmer mit eingebautem Kachelofen. Die Wohnung hatte zwei Eingänge, der hintere führte zum Hinterhaus, und der Stanik sagte: »Der Goretzki hat auch so eine Wohnung. Der hintere Ausgang is bloß fürs Personal. Ich wer sofort ein Dienstmädchen einstellen, da brauchst du dir in der Küche die Finger nich mehr dreckig machen. Du brauchst bloß noch die Kommandos zu geben. Und laß das mal so weitergehn, dann ham wir in drei Jahren zehn Zimmer und was das Herz begehrt! Ich laß hier, bevor wir einziehn, sofort alles neu streichen, alles immer eins a!«

In einem Zimmer war Parkettfußboden. Dort legte Stanik das Herrenzimmer rein. Ein pompöser Schreibtisch wurde gekauft, fast neu vom Juden Schreimann, der ins Lager mußte und noch rechtzeitig seine ganze Wohnung verkaufen konnte. Kolossal billig!

»Also, ich kauf meinem Mann sofort für das Herrenzimmer eine Schreibmappe aus bestem Leder. Er muß ja immer soviel unterschreiben fürs Geschäft.«

Vorne fuhr die Straßenbahn nach Bobrek-Karf vorbei, und zwanzig Meter links war eine Überführung der Eisenbahnlinie. Früher ging die Bahn hier bis Krakau, jetzt war Schluß vor Ruda. Hinter dem Haus waren die Arbeiterbaracken, direkt hinter der Mauer der letzte Bauernhof von Poremba, wo ein eigensinniger Bauer wohnte, der nicht aufgeben wollte.

»Also, das is das einzige, was mich stört«, sagte Frau Cholonek. »Aber ich halt mir die Nase zu, wenn ich auf den Hof gehn muß.« Die Wohnung hatte Klo und Bad, logisch. Das war auch die Zeit, wo das Kind in der Schule angemeldet werden mußte.

Unten im Haus war der Gemüseladen von Mlesch und das Modegeschäft Zuppek.

»Geh sofort am ersten Tag runter ins Modegeschäft und kauf dir, was das Herz begehrt, die solln sehn, wer wir sind, und sag, du bist die Frau Cholonek, dein Mann bezahlt alles per Scheck.«

Fünf Häuser weiter, dann hätte die Wohnung zur Camillusgemeinde gehört, Frau Choloneks Traum. Aber Gott ist überall, und sie mietete sich also sofort einen Chorplatz in St. Camillus und bekam ihren vierten Kleidermantel, wieder in Bleu, aber jetzt in sich leicht gemustert, wieder hochgeschlossen, hochgeschlossen kann man ja immer sehn, und unten glockig. Sie trug nur Strümpfe mit bunter Ferse. Der Hut war auch aus dem Modehaus Zuppek, breitrandig und mit dunkelblauem Schleier. Sie ließ sich jetzt nur noch beraten und war besser gekleidet als die Zarah, und in Camillus hatten sie ihr zugesichert, sobald ein Platz in der ersten Reihe auf dem Chor frei würde, bleibe er reserviert für Cholonek. »Man kann das Kind nich so dumm lassen, es is jetzt schon größer, und man muß ihm alles sagen! Dort vorne der Mann, der dort auf der Balustrade steht, das is Gottvater. Das Christkind is sein Sohn Jesus. Es gibt Gottvater, Gottsohn, Gottheiligergeist. Vor dem Teufel brauchst du keine Angst mehr zu haben, er is unsichtbar und holt die Sünder erst nach dem Tod. Aber das lernst du alles im Beichtunterricht. Wenn du den Eltern nich parierst, das is schwere Sünde, dann kommt der Teufel!«

»Wissen Sie, Frau Mlesch, wie ich mit unserm Sohn bei der Anmeldung war für die Schule, sofort kam er ohne Prüfung durch. Ich sag immer, wenn die Eltern gesund sind, sind die Kinder auch gesund. Wenn mein Mann jetzt noch zwei Geschäfte aufmacht und wir aus dem Gröbsten raus sind, möchten wir noch ein Kind haben, daß unser Sohn jemanden zum Spielen hat. Wir wissen noch nich, welchem Kind wir das Geschäft geben. Mein Mann sagt, teilen is immer schlecht. Aber ich bitte Sie, das is doch selbstverständlich, daß er sofort zugelassen wurde! Der Doktor hat ihn gar nicht erst richtig untersuchen müssen. Mein Mann hätte mich totgeschlagen, wär ich von der Anmeldung gekommen und hätte gesagt, das Kind wurde zurückgestellt. Bloß essen tut er nich genug, und so mager is das Kind. Und beim kleinsten Geräusch zuckt es zusammen. Es hat auch immer furchtbare Angst, denkt, hinter jeder Tür steht der Teufel. Aber ich sag immer, besser feiner und Angst, als so ordinär wie die Kinder von andern Leuten. Wenn der Junge Angst hat, pariert er wenigstens. Meine Mutter sagt immer, schlag das Kind nich so viel. Also, ich bin ja streng, ich hau, bis es liegen bleibt. Dort auf der Friedhofschule, Frau Mlesch, also ich sag Ihnen, das gefällt mir ja gar nich. *Nur* einfache Leute und Arbeiter, da kann das Kind doch nichts lernen. Solche Menschen! Da sind sogar paar von den Müttern barfuß gelaufen. Aber wenn man schon zu so einer Gemeinde gehört, kann man nichts machen.«

»Du mußt dem Lehrer sofort zehn Mark in die Hand drücken«, sagte der Stanik, »daß er weiß, wer wir sind! Dann hat der Junge bessere Behandlung und bekommt bessere Zeugnisse.«

Der Lehrer hieß Wilschek. Er steckte die zehn Mark ein und hatte von da ab einen besonderen Pik auf Adolf Cholonek.

»Adamek, Cebullok, Cholonek, Czimalla, Dudek, Franzki Johannes, Franzki Paul, Grzezek, Gorenczik, Glück...«

Cholonek kam an dritter Stelle. Der Stanik hatte ihm beigebracht: »Wer vorne steht, is besser dran. Du mußt dich auch immer melden und sofort am ersten Tag. Sag dem Lehrer, daß du schon schreiben kannst: Adolf Cholonek.« Er kaufte dem Sohn einen Schulanzug von bestem Schnitt, pepitagemustert, die Hosen einmal umgeschlagen. Wenn er wuchs, brauchten sie bloß heruntergelassen zu werden. Schöne weiße Kniestrümpfe, braune Halbschuhe, und in den ersten zwei Tagen fuhr der Stanik den Sohn mit dem Auto bis vor das Schultor. »Sie solln dort sehn, wer wir sind. Wir sind die reichsten hier! Cholonek, en gros!«

Zweiunddreißig waren in der Klasse. Franzki gab es zweimal. Johannes war der Sohn von der Schwester vom Paulek und dadurch sein Onkel. Und Gollek gab es zweimal, Brüder. Der Josel hatte ein Hemd von seinem Vater an, die Ärmel hatte er abgerissen, wo sie zu lang waren. Darunter trug er keine Hose. Beide Golleks liefen barfuß. Zum Frühstück brachte jeder eine Pellkartoffel mit. Am ersten Tag dauerte die Schule eine halbe Stunde, und es regnete. Am zweiten Tag war es warm. Die Pfützen standen noch im Hof. Cholonek stand allein. Lehrer Wilschek drehte sich so, daß er nicht zu sehen brauchte, was hinter ihm passierte. Der Josel hielt sich bei den Mädels auf. Die andern Jungs tanzten an ihm vorbei und hoben ihm das Hemd hoch, und er streckte den Bauch vor. Der Kalle und der Josel waren die Spaßmacher in der Klasse. In der zweiten Pause wurden die Kräfte gemessen. Der Wanjek tanzte am Cholonek vorbei und schob ihm die Frisur nach vorne. Alle lachten. Lehrer Wilschek hielt sein Frühstück mit dem Zeitungspapier zwischen den Fingern und guckte zur anderen Seite.

Cholonek konnte sich nicht wehren, er hatte Angst.

»Noch eine Welle, Cholonek!« sang der Gaida, tanzte auch vorbei und haute ihm eine auf den Kopf.

Cholonek fing an zu heulen.

»Das Arschloch heult schon. Komm doch mal, Mamasöhnchen, ich geb dir was zu riechen!«

Der Bochnik aus der zweiten Klasse packte ihn am Hals und hielt ihm den Kopf in seine Gesäßgegend und miefte. Die andern standen um sie herum und lachten. Lehrer Wilschek ging mit steifen Beinen nach hinten zum Garten vom Rektor, damit man nicht sehen konnte, wie er lachte. »Tauch ihm doch mal die Fresse in die Tunke, Bochnik!« Der Alscher versuchte, dem Cholonek immer in den Hintern zu treten, während der Bochnik ihn in den Dreck tauchte.

Am zweiten Tag schickte Lehrer Wilschek den Josel Gollek um acht gleich nach Haus, seine Mutter solle ihn abwaschen. Als die Schule aus war, stand er vor der Tür, grinste, hatte sich mit Spucke und dem Hemdsärmel ein weißes Feld um die Nase gewaschen und sagte: »Meine Mutter hat mich gewaschen, Herr Lehrer.«

Der Ballon aus der Klasse war der dümmste und der längste. Er arbeitete vier Tage in der Woche als Kohlenfuhrmann und war immer voller Kohlendreck, weil er sich nie wusch. Im Jahr danach war er fällig für die Hilfsschule.

Als Adolf Cholonek dem Lehrer Wilschek meldete, daß sie ihn in den Dreck getunkt hätten, bekam er von ihm drei saftige Schläge auf den Hintern, wegen lauten Redens.

»Er hat das dem Lehrer gemeldet, der Verräter«, sagte der Bochnik in der nächsten Pause. »Ich wer dem Pierron zeigen, wer hier stärker is. Ich reite mal auf ihm.« Er zwängte sich Choloneks Kopf zwischen die Beine und haute ihm von unten her mit der Faust in die Fresse.

Noch stärker als der Bochnik war der Kraitzek. Er hieß Josef oder Seppl und kam aus Österreich. Er hatte immer zerrissene, steife Lederhosen an und stotterte. »Wewewenn dudu mir was von dein' Brobrot gibst, Cholonek, beschütz ich dich! Und wewewer dididich haut, aus dem mamamach ich Bababratkartoffeln.«

Cholonek hatte immer Wurst auf dem Brot. Frau Cholonek hatte gesagt: »Wer gut lernen will, muß immer gut essen. Unser Kind bekommt das beste Brot in die Schule. Du mußt das immer so essen, daß die andern Kinder es nich sehen! Und wehe, du verschenkst was und ißt es nich selber!«

Er gab dem Kraitzek das Brot.

Der Kraitzek stellte sich breit vor ihn hin und sagte:

»Wewewer sich tatataraut, der soll komm' und ihm i-i-i-in die Fresse haun! Los kommt!« Er hatte den Kopf schief gestellt und grinste breit. »U-u-u-und jetzt geh ich ins Klo pullen, u-u-und wewenn ich wiederkomm und einer hat ihn gehaun, dededen schlag ich tot, ihr Schweine!«

Er ging ins Klo, guckte durch ein Astloch raus und grinste, wie sie den Cholonek packten und ihn mit dem Gesicht über die Erde rieben. Als er rauskam, sagte er: »Wewewer war das? Los vovovovortreten, ihr Ärsche ihr! Sisisiehst du, Cholonek, die traun sisich nich. Die ham Angst vor mir.«

Der Sajons hatte zum Frühstück immer Kartoffelkraut in einer Konservenbüchse mit. Der Sobaschek kaute meistens Platzki, und die beiden Golleks aßen zum Frühstück ihre Pellkartoffeln. Jetzt probierte es der Cholonek mit dem Kalle Gollek, der war der drittstärkste.

»Hier, kommt her, ihr Pierronne! Guckt euch an, was ich hab! Wurscht vom Cholonek. Geht ihr gleich weg, ihr Schweine! Hier, der Josel bekommt ein Stück, Feiramt, aus, alles gefressen. Jetzt komm mal her, Cholonek, du bist mein Freund!« Er legte den Arm um den Cholonek, nahm ihn in den Schwitzkasten, rief seinen Bruder Josel, und der mußte ihm in den Hintern treten, bis der Cholonek nicht mehr schreien konnte.

»Und jetzt laß dich beim Gollek nich mehr sehn, du Pierron, du und friß deine Wurscht selber!«

Da kam der Kraitzek wieder an. »Wewewenn du mimimir Stück Schoschokolade bringst, ihr habt doch ein' Laden zu Hahahahaus, sind wir Frfrfreunde!«

Der Kraitzek war wie aus Draht, dunkelbraun und mager. Griff ihn einer an, lachte er und sagte: »Kokokomm dododoch mal her, dudududu Pipipierron, ich muß dir was sagen!« Ging langsam auf den andern zu, streichelte ihn am Kopf und haute ihm eine Gesalzene nach.

Der Kraitzek war unempfindlich gegen jeden Schmerz und hatte vor nichts Angst. Im Winter hatte er sich Faßbretter gemacht und mit Riemen an die zerrissenen Schuhe gebunden, und dann raste er von den Sandbergen herunter wie ein Teufel. Er ließ sich von zweien an den Händen ziehen, raste im Höllentempo geradeaus und juchzte und schrie. Er trug auch im Winter keine Strümpfe, weil er keine hatte. Wenn Adolf Cholonek Angst hatte, bekam er keine Luft, genau wie bei Schmerzen.

»Unser Junge kann jetzt schon Buchstaben«, sagte Frau Cholonek zu der Frau Mlesch. »Mein Mann hat im Musikgeschäft ein' Schwung Noten bestellt, und wir haben ihn bei der Klavierlehrerin angemeldet. Ich hab gleich der Lehrerin gesagt, schwere Musik kommt nich in Frage. Er soll jetzt erst mal die schönen Lieder lernen: ›Hörst du mein heimliches Rufen‹ und ›Peterle, mein liebes Peterle‹, dann: ›Ich tanze mit dir in den Himmel hinein‹. Mein Mann hat gleich auch den Klavierstimmer bestellt, daß bei der ersten Stunde alles in Ordnung is. Wenn ein Klavier nich schön klingt, Frau Mlesch, da geht mein Mann die Wände hoch. Wir ham auch gleich Weihnachtslieder gekauft.«

»Weißt du, Stanik«, sagte sie, »wenn ich beim Notengeschäft vorbeikomm, nehm ich noch ›Mamatschi‹

mit, Mamatschi, schenke mir ein Pferdchen, ein Pferdchen wär mein Paradies... Tatatatattat tatata lalallalalala-ali... Wie wir vorige Woche mit der Frau Mlesch im Trokadero warn, hat der eine elegante Geiger mit der singenden Säge ›Mamatschi‹ gespielt, da sind mir die Tränen bloß so runtergelaufen. Das Kind soll gleich lernen, was Mutterliebe is. Im Trokadero spieln sie bloß Flügel, also wenn wir Platz haben, Stanik, möchte ich sofort einen Flügel.«

Die Klavierlehrerin hieß Fräulein Matuszczik und spielte nur mit der rechten Hand. Die linke, sagte sie, wäre schon seit Jahren nicht mehr zu gebrauchen.

Die Stunde war nicht billig, 3 Mark 50 für eine ganze Stunde, abzüglich zwanzig Minuten Pause.

In Vermögensfragen legte sich der Stanik den Schaletta als Berater zu. Sie freundeten sich mehr und mehr an. Es gab auch nichts in Ausweis- und Nachweisangelegenheiten, was der Schaletta nicht beschaffen konnte.

»Stanik, so billig wie jetzt kaufst du nie wieder ein«, sagte der Schaletta. »Wo die Juden alles verschachern müssen. Wie gesagt, an erster Stelle: Gold. Dann is ein Tip: Porzellan! Das bekommst du jetzt noch nachgeschmissen, für ein Brot einen ganzen Koffer voll, aber es wird steigen. Hutschenreuther ist gut. Dann würde ich an deiner Stelle Bücher aufkaufen. Weißt du, wenn du eine Reihe im Bücherschrank stehen hast, alles in Leder gebunden, Mensch, hast du auch einen Wert. Du mußt sehn, daß du Goethe und die ganzen alten Dichter dort bekommst, je älter, je besser. Der Jude Biermann hat viel von dem gehabt, jetzt gibt er dir das für einen Pappenstiel.«

Stanislaus Cholonek hatte inzwischen elf Geigen. In allen war der Zettel von Stradivari. »Und sag dem Dienstmädchen, sie soll kein' Staub drauf wischen. Je mehr Dreck, um so älter die Geige und um so größer der Wert! Wenn der Adolf mit seine Klavierstunden bissel weiter is, sagen wir in ein, zwei Monaten, braucht er bloß noch eine Geigenstunde, und dann legt er hier los, mein Lieber! Der Schaletta hat mir von verschiedenen Musikern erzählt, die haben mit fünf Jahren schon Konzerte gegeben.«

Manche Juden versteckten sich in ihren Wohnungen. Auf der Straße mußten sie den Stern tragen, und jeder durfte mit ihnen machen, was er wollte. Der Pelka hatte Hochsaison und trug immer eine Reitpeitsche im Ärmel und unter der Jacke versteckt einen Gummiknüppel mit Blei. Kam ein Jude oder eine Jüdin vorbei, schlug er auf sie ein. Der alte Schwientek ging vor Angst bloß noch an der Mauer entlang, vermied jeden unnötigen Weg. Seine Augen waren weit aufgerissen. Manchmal kam er zu Choloneks, die Tochter und den Enkel besuchen. Dann zog er sich bei der Türe die Schuhe aus, um den Teppich zu schonen.

»Nich doch, Vater, brauchst du nich, wir haben doch das Mädel dafür, die macht nach dir sauber!«

Er nahm niemals den Hut vom Kopf. Wenn er allein im Zimmer war, guckte er schnell die Aschenbecher nach und klaubte sich die Kippen raus. Wenn ihm die Mickel vom Dienstmädchen was zum Essen einpacken ließ, nahm er das nicht an. »Hier, die Möbel«, sagte er, »was ihr habt, is das auch alles von Juden?«

»Wenn das noch zehn Jahre so weitergeht«, sagte der

Stanik, »mach ich ein' Aufstieg wie ein Stern. Als nächstes kauf ich mir eine ganze Batterie Schuhe in jeder Ausführung: Für jeden Anzug die passenden Schuhe nach letzter Eleganz.«

Der Stanik traf sich heimlich mit den Juden in irgendwelchen Wohnungen und machte Geschäfte mit ihnen. Er hatte sich eine Briefwaage gekauft, aber sie reichte bloß bis 1000 Gramm. Es ging mit seinem Gold steil nach oben: 300 Gramm, 350, 500, 700 Gramm. Alles hochkarätig. Das ging ab wie die Feuerwehr!

»Die wern noch das Letzte hergeben«, sagte der Stanik. »Von wo wollen sie sonst Brot bekommen? Und ich bezahl immer gut, da kann sich keiner beklagen.«

»Wenn die Juden weg sind«, sagte der Schwientek, »dann nehmen sie *uns* dran.«

Das Geschäft von der Frau Schwientek auf dem Markt ging schlecht und recht. Seit die neue Regierung da war, hatten sie die Gewerbeordnung kolossal verschärft und bespitzelten die Händler von vorne und hinten.

»Die Kinder sind aus dem Haus«, sagte die Frau Schwientek, »und für uns zwei alte Leute brauchen wir nich soviel, Frau Nawrat. Wir ham jetzt Stube, Küche und Kammer von der Stadt bekommen, da kann es sich der Jankowski mit der Hedel schön bequem machen in unsrer alten Wohnung. Mir hat's dort auch nich mehr gefallen, ich konnte die König nich mehr riechen. Das war ein Aas von einer Person.«

Um diese Zeit war auch Lehnchen Heiduck nach Berlin gezogen. Der Pelka bewarb sich um einen Aufsichtsposten im Judenlager und war zu einer Sonderausbildung abkommandiert. Auch der Hübner hatte sich raufgearbeitet, und sie lebten in Saus und Braus. Frau Schwienteks Verehrung für ihren Schwiegersohn wuchs: »Deine Welle wird immer schöner, Dettele. Wie ein Künstler siehst du von weitem aus!«

»Ganz wie der Victor de Kowa sieht mein Schwager aus, Frau Mlesch«, sagte die Mickel, »finden Sie nich?«

Das Kind vom Hübner bekam helles Haar und war etwas blöde. Die Mickel traf sich oft mit Detlev Hübner, um sich mit ihm zu unterhalten.

Jeder Mensch braucht Aussprache, und der Stanik kam zu der Zeit manchmal tagelang nicht nach Hause. »Ich sag immer, Frau Mlesch«, sagte die Mickel, »wenn ein Kind was im Kopf hat, soll man ihm nich im Wege stehn. Was man früh lernt, kann einem keiner mehr nehmen. Also unser Kind, Frau Mlesch, sobald es buchstabieren und die Gebete vom Gebetbuch ablesen kann, kommt es in den Kommunionunterricht. Unsre Mutter hat auch immer gesagt, nich früh genug kann man die Sakramente empfangen. Und sollte es wirklich mal sterben, is es schon versehen.«

In dieser Zeit war es bei vielen Leuten schön vorwärts gegangen. Tante Heiduck, Adolfs Patentante, hatte die Schießbude ihrer Schwester abgegeben und eine Suska* aufgemacht. Das war doch ein ganz andres Arbeiten!

»Das is dir ein verfluchtes Mädel, meine Schwester, sag ich dir!« sagte Frau Heiduck. »Sie macht das richtig mit der Schießbude! Neulich is ihr dort ein Besoffener dumm gekommen und hat mit der Knarre rumgefuch-

---

* Glücksrad

telt. Da packt sie den am Kragen und schmeißt dir den über die Leute weg nach hinten und mit der Fresse direkt auf den Lukas, sechs Zähne hat er draußen gehabt, und ich mußte zahlen, denn der Laden läuft doch noch auf mein' Namen, weil sie ja nich schreiben kann. Aber ich hab das gern gemacht. Für den Spaß! Wir ham doch den Bekannten, den Zahnarzt. Der hat dem paar solche Zähne reingemacht, und ich hab ihm Gutscheine für die Suska gegeben. Der hat vier Stunden gespielt und keine drei Stücke gewonnen. Ich hab das schon so gedreht, das Rad. Mensch! Wenn du mal vorbeikommst, Mädel, guck mal bei mir auf den Stand. Ich steh immer beim Lichtmast und hab dir da schöne Sachen zum Gewinnen. Hier riech mal, wieder ganz neue Sorte Parfüm!«

Wenn sie einmal im Jahr die Mickel besuchen kam, angezogen nach der Mode von 1920, schämte sich die Frau Cholonek vor den Leuten.

»Man verkehrt doch jetzt in ganz anderen Kreisen, da ham die Leute von früher kein Verständnis dafür, Frau Mlesch. Wir kamen ja alle mal von unten, aber was *haben* wir gearbeitet, bis wir soweit waren! Na, Sie wissen ja selber.«

In der Mode hatte sie die Zarah schon überflügelt. Sie ließ keinen Film aus, aber was die Zarah jetzt trug, hatte Frau Cholonek schon abgelegt und der Tekla geschenkt.

Als Adolf Cholonek sechseinhalb Jahre war, fing für ihn der Beichtunterricht an. Der Pfarrer Banik war ein einfacher Mensch, der aus der Gegend von Milowa kam. Er schloß, wenn er sprach, die Augen. »Der Mensch«, sagte er jedes Jahr im Beichtunterricht, ungefähr in der zehnten Stunde, »unterscheidet sich vom Tier wodurch? – Durch den freien Willen, den Gott ihm gab. Jetzt erzähl ich euch ein Gleichnis: Es war einmal ein Mann, der saß mit seinem Hund in einem Gasthaus. Der Hund war so groß wie ein Kalb und fraß viel. Dort saß an dem Tisch noch ein anderer Mann, der protzte damit, daß er soviel essen und trinken könne, wie er nur wolle. Der Mann mit dem Hund ging mit ihm eine Wette ein, daß sein Hund auf einmal mehr fressen könne als der. Da ließ der Mann mit dem Hund einen Kranz Wurst nach dem anderen kommen, und der Mann aß mit dem Hund um die Wette. Als sie zehn große Würste gegessen hatten, konnte der Mann nicht mehr und sagte: Aber jetzt will ich auch was trinken. Gebt mir ein Glas Wasser! Und er verlangte, daß der Hund auch ein Glas Wasser trinke. Der Mann trank das Wasser aus, der Hund aber nicht. Der Besitzer des Hundes konnte das Tier soviel prügeln, wie er wollte, der Hund trank keinen Schluck. Der andere Mann hatte gewonnen. Was können wir daran sehen, Sobczik?

»Wir können daran sehen, daß Jesus, daß der Herr... daß...«

»Nein. Was können wir daran sehen? Schwitalla!«

»Daß die Wurscht... Der Hund hat... Der Mann hat...«

»Daß der Mensch...? Neugebauer!«

»Herr Pfarrer, der Gaida hat mich von hinten in' Arsch gezwickt...«

»Der Mensch hat von Gott... Von Gott? Der Mensch hat von Gott den freien Willen bekommen, sich zu entscheiden, was er will und was er nicht will, das

Tier aber nicht. Weil der Hund von Gott keinen freien Willen hat, konnte er das Wasser nicht trinken. Deswegen stammt der Mensch von Gott ab.«

»Die Geschichte hätte ich auch gekonnt«, sagte der Neugebauer, »bloß der verfluchte Gaida hat mich hinten gezwickt.«

»Neugebauer, du sollst nicht fluchen!«

Der Neugebauer war Ministrant und kannte die Geschichte schon vom Ministrantenunterricht.

»Der Mensch, der in den Himmel kommen will, muß im Zustand von was sein? – Im Zustand der heiligmachenden Gnade. Warum wollen wir in den Himmel kommen? – Um Gott zu schauen in Ewigkeit und ihn zu lobpreisen mit seinen Engeln.«

Der Pfarrer Banik stellte die Fragen und beantwortete sie auch selber, um schneller das Pensum zu bewältigen.

»Die heiligmachende Gnade erlangen wir wie? – Indem wir dir Sakramente empfangen und den Willen Gottes tun. Man soll die Sakramente wie oft empfangen – Man soll die Sakramente wenigstens einmal im Monat empfangen und zur Beichte und zur heiligen Kommunion gehen. Man darf vor der heiligen Kommunion was nicht genießen? – Feste Speisen und eine Stunde vorher keine Flüssigkeiten zu sich nehmen, sonst beleidigen wir Gott. Es gibt läßliche Sünden und Todsünden. Die größte Todsünde aber ist die Unkeuschheit. Nowak, sage mir die Sünden der Unkeuschheit auf! Unkeusch ist...?«

»Unkeusch is... unkeusch is, wenn... Die Sünde der Un...«

»Koschnik!«

»Is… wenn… Die Unk…«

»Ich sage es jetzt noch mal: Erstens. Wer Unkeusches berührt bei sich oder bei andern. Zweitens. Wer Unkeusches betrachtet bei sich oder bei andern. Drittens. Wer unkeusche Bilder ansieht. Viertens. Wer Unkeusches ausspricht. Fünftens. Wer Unkeusches denkt. Sechstens. Wer Unkeusches tut! Mit sich oder mit andern. Dieses ist die schwerste Sünde. Wer gegen dieses Gebot verstößt, hat Gott auf das Tiefste beleidigt. Der hat Christus mit seiner Sünde ans Kreuz genagelt, und Gott kann ihm nur *sehr* schwer verzeihn. Wir müssen den Umgang mit schlechten Menschen vermeiden. Wenn einer ein unzüchtig gekleidetes Mädchen sieht, muß er sofort vor sich hinsprechen: ›Satan weiche, lieber Gott, hilf mir!‹ Und das so oft, bis die Versuchung vorüber ist. Sollte einer in die Sünde der Unkeuschheit stürzen, muß er sofort den nächsten Beichtvater aufsuchen und sagen ›Herr Pfarrer, ich habe eine schwere Sünde begangen, ich möchte beichten!‹ Verharrt aber einer in der Sünde der Unkeuschheit und der Tod überrascht ihn, kommt er wohin? – Sajons.«

»Ich weiß: in die Hölle!«

»Richtig. Und dort wird was sein? – Krusche!«

»Dort wird Heulen und Zähneknirschen sein.«

»Sehr gut, und die Qualen werden ohne Ende sein und dauern bis in alle Ewigkeit. Markowitz, hast du dir schon mal den Finger verbrannt?«

»Ja, Herr Pfarrer.«

»Und hat dich das sehr geschmerzt?«

»Ja, ich habe geheult.«

»Seht ihr, und noch tausendmal, millionenmal größer

sind die Schmerzen, die der Sünder in der Hölle erdulden muß. Und wer eine Sünde absichtlich in der Beichte verschweigt oder verkleinert, wird die Lossprechung nicht erlangen und verharrt im Zustand der schweren Sünde. Wer aber eine schwere Sünde zweimal beichtet, dem wird Gott doppelte Gnade zuteil werden lassen. Amen.«

In Geigen steckt ein großer Wert.
Schaletta

Hätten wir nich das Pech gehabt mit dem Schaltjahr, würde unser Sohn jetzt sieben werden«, sagte Frau Cholonek. »Ich weiß das noch wie heute, Frau Mlesch, als das Kind geboren wurde! Man sagt immer so: Am Schalttag geboren für ewig verloren. Aber ich sag, es kommt bloß auf die Eltern an! Was haben wir uns damals Sorgen gemacht wegen dem Kind, und jetzt? Der Junge hat alles, was er will. Er hat zu essen. Er geht gut gekleidet. Er genießt eine gute Bildung. Er hat das Klavier. Mein Mann hat sich ja in den Kopf gesetzt, er will unbedingt fünfhundert Geigen sammeln. Stradivaris oder wie das heißt, ich kenn mich nich so aus. Ein Bekannter hat ihm gesagt, in Geigen steckt das größte Vermögen. Für Geigen gibt mein Mann alles her. No, und jetzt durch die Juden kommt man ja an alles leicht ran. Wenn Sie meinem Mann sagen, dort und dort hängt eine Geige, Sie, dann kann er Tag und Nacht nich mehr schlafen, bis er sie hat! Sehn Sie, und das alles für unsern Jungen! Im Mai wird er kommuniziert. Sie möchten gar nich glauben, was das für ein frommes Kind is, Frau Mlesch!«

Sonntag von acht bis neun Kindermesse, Montag von drei bis fünf Beichtunterricht, Dienstag von zehn bis elf

Religionsstunde, Mittwoch um sieben Schulmesse, Donnerstag Beichtunterricht, Freitag Religion, Sonntag wieder Kindermesse.

Adolf Cholonek wartete in der Pause, bis das Klo leer war, damit keiner sah, wie er mit geschlossenen Augen, ohne etwas zu berühren, das Ding zum Pinkeln aus dem Hosenschlitz balancierte. Die Knöpfe zog er beim Aufknöpfen nach vorn, um mit der Hand nicht dranzukommen, pinkelte blind, und nach dem Pinkeln beugte er den Unterkörper nach hinten, und es ging von selber zurück in die Hose. »Die größte Sünde aber ist was? Die Unkeuschheit! Wer Unkeusches berührt, an sich oder an andern... Wer Unkeusches ansieht mit den Augen... Hast du dich schon mal verbrannt, Markowitz? Seht ihr, und noch tausendmal, tausendmal schlimmer brennt die Hölle...« Das ging ihm im Kopf herum...

»Und kommt die Versuchung über euch, sofort beten: Satan weiche, lieber Gott, hilf mir! Am schlimmsten aber ist die Hölle...«

Der Rudi Kaim aus der Klasse war der größte Sünder. Sein Vater war Gastwirt, früher wohnhaft in Chorzow, die Mutter eine dralle Schönheit, der die Sünde schon aus dem Kleid oben quoll. Wenn Adolf Cholonek sie sah, bekam er Blutandrang im Kopf und spürte die Sünde! Herr und Frau Kaim schliefen bis zwölf Uhr mittags. Nach der Schule nahm der Rudi Kaim den Adolf manchmal mit zu sich nach Hause. In der Kneipe stank es nach altem Bier, Zigarettenrauch, Staub und Kotze. Die Stühle standen auf den Tischen.

Der Kaim hatte noch zwei Brüder, den Holdi und den Fredi.

»Warte hier, Cholonek, ich geh gucken, ob meine Alten noch schlafen!« sagte der Rudi, ging weg, kam zurück und grinste: »Sie dupsen grade, willst du das sehn?«

»Nein!« Cholonek flimmerte es vor den Augen. Auch innerlich versagte ihm die Stimme, und er konnte nicht mal beten: »Satan weiche, Satan weiche!«

Manchmal kam der Holdi und haute dem Rudi leicht eine auf den Hinterkopf: »Geh weg hier, du Schwein, das Loch hab ich gemacht!« Der Rudi meckerte ihn an, und der Holdi bückte sich selber vor das Loch in der Wand und guckte zu. »Wir dupsen auch immer«, sagte der Rudi. »Der Holdi und ich mit der Bulla im Park. Kommst du morgen mit?« Das Weib war es, von wo die Sünde kam, das hatte der Pfarrer Banik gesagt! Cholonek guckte weg, wenn er ein Mädchen sah. Allein das Wort erregte ihn schon. Beim Gegrüßet-seist-du-Maria, an der Stelle: »...du bist gebenedeit unter den Weibern...«, machte er eine Pause, denn er wußte nicht, was das heißt, und er schob schnell ein »Satan weiche, Satan weiche!« an dieser Stelle ein. Es gab viele Wörter, die mit der Todsünde etwas zu tun hatten.

Um zwölf ungefähr kamen der Herr Kaim und seine Frau aus der Wohnung und setzten sich in ihre Kneipe. Sie rochen stark und sprachen niemals. Er war ein Bulle mit kurzen Haaren und trank Bier zum Frühstück. Sie hatte einen rotgeblümten Morgenrock an und Latschen, und Adolf Cholonek drehte sich immer um und sah woanders hin.

Im Mai war die erste heilige Kommunion. Stanik bestellte den Fotografen direkt vor die Kirche.

»Unser Kind, Frau Mlesch«, sagte Frau Cholonek, »hat den besten Anzug von allen Kommunikanten gehabt. Auf Qualität achtet mein Mann immer, schon als Geschäftsmann is er sich das schuldig. Wollen Sie mal die Armbanduhr sehn, die wir dem Jungen gekauft haben? Ich hab sie im Schmuckkasten bei den Ringen. Für die Verwandten von meinem Mann hatte ich in der Küche gedeckt und für unsre Leute und die Besseren im Wohnzimmer und im Herrenzimmer. Sie, das war Ihnen eine Feier! Über vierzig Leute waren da. Sechs Torten – alles hat meine Schwester Tekla gebacken. Die macht Ihnen das besser als der größte Konditor! Meinen Schwager hätten Sie sehn müssen! Sie wissen schon, den Hübschen! Das is Ihnen ein Gesellschafter, der könnte auftreten! Und unterhalten kann er sich, Frau Mlesch, das möchten Sie nich glauben! Ich versteh mich blendend mit ihm, o ja!«

Aber mit der Kommunion war es nicht getan, denn von da an wachsen erst die Aufgaben eines guten Christen. »Ab zehn darf unser Junge in den Seelsorgeunterricht«, sagte Frau Cholonek. »Ich meine, er könnte schon jetzt gehn, er hat doch kein Bohnenstroh im Kopf, aber der Pfarrer Banik sagt, er is noch zu jung. Da schicken wir ihn jetzt noch einmal mit den andern Kindern in den Beichtunterricht, daß er nich so auf der Straße rumlungert. Das kann ja nie schaden.«

Cholonek war sieben, und der Pfarrer Banik erzählte ungefähr in der zehnten Stunde die Geschichte mit dem Hund. »Cholonek, du weißt das schon, ich frag jetzt die andern: Was können wir daran sehen? Daß der Mensch...? Daß der Mensch... – Zabka!«

»Der Mensch is…«
»Stimmt nicht. Na, Cholonek, sag es ihnen!«
»Der Mensch ist ein Sünder.«
»Nein, Kinder. Ich habe es euch doch so deutlich gesagt. Der Mensch hat von Gott den freien Willen, dadurch unterscheidet er sich vom Tier.«
Bevor die Herbstferien anfingen, wünschten sich die Kinder in der letzten Stunde eine Geschichte vom Pfarrer, und er erzählte die Geschichte von dem Mann mit Hund und dem freien Willen.
Im September fing der Krieg an. Die deutschen Soldaten fuhren bis an die Zähne bewaffnet auf Lastwagen durch Poremba und räumten die Schlagbäume weg. Kolonnen über Kolonnen rollten durch die Hauptstraße. Die Polen wehrten sich nicht. Neben dem Schlagbaum hängten sie einen sechzehnjährigen Jungen aus Ruda an einen Baum und ließen ihn sechs Tage hängen. In er ganzen Stadt gab es keinen Juden mehr außer dem Halbjuden Scheja, der sich rechtzeitig von Schaletta falsche Papiere hatte besorgen lassen. Über seine eigentliche Abstammung hatte er immer schon geschwiegen, so daß kaum einer etwas davon wußte. Der Pelka war einem Lager zugeteilt worden, und in den Nachrichten wurden die Siege ausgerufen.
»Nächste Woche lassen wir uns umtaufen«, sagte der Stanik. »Den Polacken wird es genauso gehn wie den Juden, sagen sie alle.« Aber immer schob er den Antrag hinaus, aus Angst, sie könnten die gefälschten Papiere erkennen, die der Schaletta ihm besorgt hatte.
Im Mai wurde die Gruppe vom Adolf Cholonek kommuniziert. Cholonek war acht Jahre alt und noch

zwei Jahre zu jung für die Seelsorgestunden. Frau Cholonek schickte ihn zum dritten Mal in den Beichtunterricht, diesmal dienstags und freitags von drei bis fünf.

Der Pfarrer Banik erzählte die Geschichte mit dem Hund und fragte: »Man kann an dieser Geschichte *was* erkennen, Kinder? – Cholonek, du weißt das schon, sag ihnen das!«

»Der freie Wille, Herr Pfarrer.«

»Sehr richtig, Cholonek. Der Mensch hat einen freien Willen, denn er ist nach Gottes Bild und Gleichnis geschaffen, das allein unterscheidet ihn vom Tier.«

Nach jeder Beichtunterrichtsstunde wurde das Vaterunser gebetet, und zum Schluß betete der Pfarrer Banik: »Lieber Gott, beschütz unser Volk, unsern Führer und unser Vaterland und führe das deutsche Volk zum Sieg. Amen.«

In diesem Jahr im Juni fand der Gresok auf der Straße ein Parteiabzeichen. Es gab keine Arbeitslosen und Armen mehr; die Leute wurden in die Arbeit gesteckt, und wer nicht arbeiten konnte, wurde von der Winterhilfe versorgt. Der Gresok nicht. Er war als schwachsinnig und körperbehindert eingestuft, humpelte weiter auf den Straßen herum und guckte in die Häuser, ob jemand Kohlen zu schaufeln hatte. Bei Umzügen konnte er leichtere Möbel tragen.

Der Stanik hatte zu der Zeit achtundvierzig Geigen, allein sechsundvierzig davon trugen den Zettel *Stradivari*. »Mensch«, sagte er, »durch die ganzen Feldzüge und die Siege in allen Ländern werden dort Geigen über Geigen frei! Ich hab schon allen gesagt, was sie dort an Geigen finden – bloß mitbringen! Ich zahl für eine gute

Geige, da zahl ich dir jeden Preis. Da brauchst bloß ein-, zweimal mit dem Bogen drübergehn, da merkst du gleich, was sie für einen Klang hat.«

Der Gresok hatte es jetzt schwerer, denn es kam oft vor, daß ihn jemand arbeiten ließ und ihn dann zum Schluß in den Arsch trat und ihn wegjagte. Er selber war wie früher. Er lachte, freute sich über Sonne und Regen, sagte: »Laß! Nächstes Mal is besser.«

Bei der Ortsgruppe lag eine Eingabe vor, das Haus bei Schonke abzureißen und dort einen Exerzierplatz für die Hitlerjugend zu planieren.

Als der Gresok das Parteiabzeichen fand, steckte er es sich an den Kragen, streckte die Brust vor und marschierte über die Straße. Zwei Stunden später kamen zwei Männer in Ledermänteln zu ihm nach Haus. Der Gluga und ein gewisser Elsner, der früher Epczik hieß, waren dabei. Sie schlugen den Gresok auf den Kopf. Der Epczik probierte das mit dem Handkanten, was er gelernt hatte. Der Gresok kniete auf dem Fußboden, das Blut lief ihm aus der Nase und aus den Ohren. Er weinte und sagte: »Nich...«

Die Frau ging mit den Händen auf die Männer los, sie konnte nicht schreien, sie war taubstumm, und sie schlugen sie, wie man ein Karnickel schlachtet, mit Kantenschlägen gegen den Hals, und sie fiel auf das Bett. Der Gluga haute mit dem Gummiknüppel die beiden Kerzen und den Mann aus Lehm vom Eckbrett, und sie schleiften den Gresok an der Jacke vor die Stubentür und warfen ihn die Treppe runter. Unten steckten sie ihn in ein Auto. Als er nach zwei Wochen wiederkam, lag die Frau auf dem Bett, mit der Decke und

Tüchern zugedeckt. Sie konnte nichts essen, als er weg war, aber jetzt, als er durch die Tür kam, lachte sie und setzte sich auf und nahm aus der Schublade im Tisch ein Stück Brot, das sie für ihn aufgehoben hatte, und weichte es ihm in Wasser auf. Aber er konnte nicht essen. Blut lief ihm aus dem Ohr, er legte sich auf das Bett und umarmte sie und starb. Sie blieb neben ihm und starb nach drei Stunden. Sie haben sie in einem Blechsarg abgeholt.

Der Hübner sagte: »Sie werden jetzt solche Leute mit der Zeit alle beseitigen. Es wird ein ganz neues Volk entstehen. Es liegen ganz große Pläne vor.«

Die Grenze nach Ruda war offen, als wäre sie nie dagewesen. Die Straßenbahn fuhr in einem durch bis Kattowitz. Nach Myslowitz mußte man umsteigen. In den Straßenbahnen standen Schilder: Wer polnisch spricht, ist unser Feind.

Der Schwientek ging jetzt immer zu Fuß, er konnte mehr Polnisch als Deutsch. »Ich geb uns, jeronniä«, sagte er, »noch drei Jahre, dann geht es uns so wie den Juden.«

Die Frau Schwientek sagte: »Froh bin ich bloß, daß die Tekla so einen guten Mann hat. Der macht sich! Konnte sich die Mickel nich auch so einen nehmen? Aber wenigstens hat es der Stanik zu was gebracht. Ich hab immer schon gesagt, dumm is der nich!«

Der Detlev bekam einen Posten in einem Chemielager in Kattowitz, und sie konnten zu Hause fressen in Hülle und Fülle. Dem Anschein nach hielt er sich aus der Partei raus, aber der Schwientek ging dort nie hin. »Ich sag«, sagte er immer, »der is Denunziant. Er wird sich auch nich scheuen, den eignen Bruder an den Galgen zu bringen.«

Die Frau Ciupka war einmal zu Pfarrer Banik gegangen und hatte ihn verschiedenes fragen wollen, weil sie einen Sohn an der Front hatte. Dort müsse er doch töten, und überhaupt, in dem einen Gebot stünde nicht einmal, ob töten bei Menschen oder auch bei Tieren sein dürfte, und sie wäre ganz durcheinander.

»Sehn Sie, Frau Ciupka«, sagte der Pfarrer Banik, »in der Bibel steht ein Gleichnis. Dort fragen die Jünger Jesus etwas, und er sagt: ›Gebt dem Kaiser, was des Kaisers ist, und Gott, was Gottes ist.‹ Der Kaiser ist der Staat, und wenn der Staat sagt, ihr sollt töten, dann ist es Krieg, dann, sagt Christus, folgt dem Kaiser. Unser Papst, Frau Ciupka, ist Gottes Stellvertreter auf Erden. Und wäre das Töten im Krieg nicht erlaubt, unser Papst hätte schon längst einen Erlaß erlassen, Frau Ciupka. Machen Sie sich keine Gedanken! Es geschieht alles unter den Augen unseres Herrn, denn kein Spatz fällt vom Dach, ohne daß Gott es will. Unsere Feldgeistlichen sind ja dort.«

»Aber die Juden, Herr Pfarrer? Bei uns im Haus is einer, der sagt, dort im Lager wern sie zu Hunderten geschlachtet. Is das auch Krieg?«

»Krieg ist Krieg, Frau Ciupka, und auch hier hat der Heilige Stuhl noch nichts verlauten lassen. Sehn Sie, Frau Ciupka, als die Juden Christus ans Kreuz schlugen, sagte er: ›Unheil komme über euch und eure Kinder!‹ Wenn Gott es nicht wollte, würde es nicht geschehen. Machen Sie sich keine Gedanken, Frau Ciupka! Gott weiß, was er zuläßt, und sollten Sie wieder einmal

Fragen haben, kommen Sie zu mir. Gelobt sei Jesus Christus, Frau Ciupka...«

»Amen, Herr Pfarrer.«

Seit die Juden alle weg waren, ging das mit dem Gold nicht so gut weiter. Hier war nicht mehr viel zu bekommen, und der Stanik mußte über die Soldaten einkaufen. Er hatte 980 Gramm. Über Krakau war noch was zu bekommen, dort liefen die Juden noch herum. Vom Scheja vermutete er, daß er seine zwei, drei Kilo auf der Seite hatte. Der nahm beispielsweise Sprungdeckeluhren und schlachtete sie aus, um sich nicht mit dem Werk zu belasten.

»Gold, Stanik, nur Gold zählt! Alles andre kannst du ins Scheißhaus stecken. Eine Uhr hat gut ihre sechzig bis achtzig Gramm je nach Dicke. Der zweite Deckel, mußt du aufpassen, is nich immer Gold, Stanik! Laß dich bloß nich übers Ohr haun!«

Einmal wollte der Maluche, der im Lager in Auschwitz war, dem Stanik eine Zuckertüte voll Goldzähne verschachern. Aber davor hatte sich der Stanik geekelt. Von der Kampftruppe war auch nicht soviel zu holen. Die waren im Einsatz, da ging es immer vorwärts, aber die zweite Garde, die konnte abstauben. Der Leutnant Prochotta war beim Nachschub. Kofferweise brachte er Beute nach Haus. Aber von ihm war nichts zu kriegen, er stapelte sich alles selber. Der Bujok, ein Vetter vom Stanik, bekam die Einberufung, und der Stanik setzte sich am letzten Abend mit ihm zusammen: »Paß auf, Bujok, was ich dir jetzt sage! Wenn du dort wo in diese Schlösser kommst in Frankreich und überall, guck dich sofort nach Geigen um! Ich zeig dir, wie du das machen mußt. Du leuchtest mit der Taschenlampe rein in die Geige, und siehst du dort ein Schild, ich meine, so einen Zettel, und es steht was drauf – sofort mitnehmen! Am besten is Stradivari, Bujok. Ich zahl dir nicht schlecht dafür. Je mehr Dreck auf der Geige, um so besser klingt sie. Der Bruder von unserm Vater, der spielte in der Grubenkapelle Trompete, aber frag mich nich wie! Da blieb kein Auge trocken. Da wackelten die Wände. Komm, Bujok, trink noch einen, auf daß ihr siegt!«

Der Schaletta hatte dem Stanik gesagt, es gäbe noch andre Geigensorten, die auch wertvoll wären. Für das Geld könne man sowieso nicht mehr viel kaufen. »Zahl was du kannst, Stanik, wenn du Geigen bekommst!«

»Wenn der Krieg vorbei is«, sagte der Stanik, »laß ich ein Musikzimmer bauen. Ich häng alle Geigen an die Wand und laß eine Orgel aufstellen. Und laß die ganzen Geigen abschätzen. Und dann, wenn Besuch kommt, kann der Junge sich eine Geige runternehmen und ein schönes Konzert geben. Aber auch mal alleine, nach dem Abendbrot, kann er was spielen. Das macht Spaß, mein Lieber.«

Was nützt dem Menschen die ganze Welt,
wenn er nichts in der Pfeife hat.
Schwientek

Der Schwientek hatte Angst. Jeder konnte einen wegen nichts denunzieren. Auf einmal war man weg, ausgelöscht! Sense, aus. Am besten war: mit keinem reden, niemanden sehen, und der Schwientek stand jeden Tag schon um drei auf, um mehr allein zu sein. Er saß in der Ecke auf dem Küchenstuhl zwischen der Wand mit dem Ölsockel und dem alten Küchentisch und rauchte Pfeife. Nicht mehr so tief und schön wie früher, eher kurz und mit halber Lunge. Über dem Tisch funzelte eine Fünfzehnwattbirne. Er ging auch nicht mehr den langen Weg über die Felder und blieb nicht mehr stehen, um in Seelenruhe dann und wann zu atmen, sondern schlich auf dem kürzesten Weg an den Mauern entlang, da war wenigstens Schutz von einer Seite. Sie machten immer soviel Gerede von dem Lohn, der wieder um zehn Pfennig aufgebessert wurde, aber kaufen konnte man Dreck dafür. Es gab keinen Schnaps. Der Schuster Lebok, der zeit seines Lebens eine Tasse voll Schnaps vor dem Frühstück gebraucht hatte, damit die Seele warm wurde, wurde halb verrückt, soff aus Verzweiflung scharfen Essig mit Pfeffer und starb nach neun Litern. Eine Qual, das ganze Leben! für jeden Mist gab es die Todesstrafe.

Die Frau Schwientek probierte, aus den Johannisbeeren vom Garten Wein anzusetzen, und der Schwientek in seiner Not soff das vor der Gärung aus. »Weiß ich, was morgen is? Von heut auf morgen können sie einen abholen, dann wird das Zeug schlecht.« Es gab noch Brennspiritus, und der Schwientek soff jede Woche einmal eine Tasse mit Kompottsaft verdünnt und etwas Zucker, um krank zu werden, um den Appetit darauf zu verlieren. Er wurde aber nicht krank. Zum Stanik ging er gern, er und der Jankowski waren die einzigen Menschen, denen er traute. Der Alten war er nicht wohlgesonnen. Sie liebäugelte ihm zu sehr mit dem Hübner und rannte dauernd in die Kirche. Und sie war ihm zu schlau.

Dem Blachnik, Hausmeister von der Skagerrakschule, dem war auch so was passiert! Ein Lümmel hatte ihm die Wohnungstür vernagelt. Aber der Blachnik in der Wohnung, ein Bulle von einem Menschen, rannte die Tür mit einem Anlauf auf, erwischte den Halunken noch am Eingang und haute ihm ein paar in die Fresse. Der ging zu seinem Zugführer in der HJ, sagt, er hätte gehört, wie der Blachnik feindliche Sender abhörte – Feierabend. Sie haben den Blachnik geholt – Lager. Nach drei Monaten kam ein Zettel an die Frau, und es gab keinen Blachnik mehr.

Drei Jahre war schon Krieg, und Adolf Cholonek kam in die Hitlerjugend. Von zehn bis vierzehn: Jungvolk, vierzehn bis achtzehn: Hitlerjugend. Jungzug vier, der Größe nach als zweitgrößter im ersten Glied von vorne, bei den Uniformierten.

»Ich wer noch warten«, sagte der Stanik, »mit der

Maßuniform, bis er mal Führer wird. Aber wegen mir brauch er keiner werden. Wenn er bloß mehr Klavier üben möchte.«

»Schaden kann das nich«, sagte Frau Cholonek, »wenn die Jungs dort unter Aufsicht stehen. Da kommen sie wenigstens nich auf dumme Gedanken. Und Ertüchtigung, ich weiß nich, ob das gut is, aber schlecht is das auch nich.« Hinter den Uniformierten marschierten im Dienst die Zivilisten, am Ende die Barfüßler. Beim Vorbeimarsch am Fähnleinführer mußten die Barfüßler raustreten.

»Jetzt, wo unser Junge zehn is, kann er endlich in die Seelsorgestunde«, sagte Frau Cholonek. »Reif genug wäre er ja auch eher gewesen.«.

Bisher hatte er dreimal hintereinander denselben Beichtunterricht mitgemacht, aber in der Seelsorge fing der Pfarrer Banik gleich in der ersten Stunde mit den schweren Aufgaben an und erzählte die Geschichte mit dem Hund.

»Was können wir an dem Beispiel erkennen, Cholonek?«

»Der freie Wille, Herr Pfarrer. Dem Hund is schlecht geworden.«

»Richtig, Cholonek. Aber es fehlt noch was. – Kotulla!«

»Der Hund, Herr Pfarrer.«

»Was, der Hund?«

»Hat eine Sünde.«

»Nein! Aber Kotulla! Nur der Mensch kann sündigen, denn der Mensch ist geschaffen nach dem Bild und Gleichnis Gottes. Wir erkennen an dem Beispiel, daß der Mensch von Gott den freien Willen bekommen hat, das allein unterscheidet ihn vom Tier. Wir gehn jetzt gleich weiter zur Unsterblichkeit...«

Montags von drei bis fünf Seelsorgstunde, dienstags Kogregationsunterricht für die Marianische Kongregation, mittwochs Dienst bei der HJ, donnerstags Seelsorgstunde, freitags Klavierstunde, sonnabends Dienst, sonntags Kindermesse oder Aufmarsch von der HJ. Adolf Cholonek pinkelte noch mit geschlossenen Augen. Mußte er baden, guckte er an die Decke oder machte die Augen zu. Einmal im Monat – heilige Beichte. Gelang es ihm, durchzuhalten und beispielsweise beim Beten nicht unandächtig zu sein, konnte er drei Sonntage hintereinander die Kommunion empfangen.

»Man soll als Eltern dem Kind nichts in den Weg legen, sag ich immer, Frau Mlesch«, sagte Frau Cholonek, »aber unser Sohn, glaub ich, wird ein Pfarrer. No ja, das is besser, als wenn er nach meinem Mann geht. In der Musik, das versteh ich nich, geht er wieder gar nich nach meinem Mann, der is doch so verrückt nach Geigen. Der Junge hat jetzt vier Jahre Klavierstunde. Ich hab ihm die ›Petersburger Schlittenfahrt‹ gekauft – wissen Sie, wir ham Bekannte, wo das Mädel sieben is, aber die spielt Ihnen wie so ein Mozart.«

Stanik Cholonek war eingezogen worden, als Reserve im Reich, und hatte es zum Gefreiten gebracht.

»Wenn der Papa auf Urlaub kommt, könntest du ihm schon die Freude machen und wenigstens ›Lili Marleen‹ vorspielen: Vor der Kaserne, vor dem großen Tor, steht eine Laterne... Das ham die Soldaten gerne. Das is doch nich schwer!«

Den Kongregationsunterricht erteilte der Jesuitenpater Schubert. Der Unterricht stellte höchste Anforderungen an die Kongreganten und an die christliche Vollkommenheit. Fragen und Antworten mußten Hand und Fuß haben: »Warum sollen wir alle nach der uns angemessenen Vollkommenheit streben? – Weil unser Herr und Heiland bei Matthäus 5, 48 sagt: ›Seid vollkommen wie unser Vater im Himmel vollkommen ist.‹ Weil wir Gott aus allen unsern Kräften, aus unserm ganzen Herzen, aus ganzer Seele und ganzem Gemüt lieben sollen. Weil wir leicht in schwere Sünden und endlich ins ewige Verderben geraten, wenn wir uns nicht stets befleißigen, im Guten zuzunehmen.«

»Unser Junge war schon als Kind so fromm, Frau Mlesch. Er hat sich nie gemuckst. Ab vier Monate hatte ich ihn sauber, und er hat nicht mehr in die Windeln gemacht.«

»Nicht der ist der mutigste«, sagte Pater Schubert, »der die Furcht nie kannte, sondern, wer sich am meisten fürchtet und diese Furcht überwindet.«

Das sagte der Bannführer Benzki auch.

Zwei Söhne vom Pelka waren schon bei der SS, einer hatte das Ritterkreuz. Der Pelka hatte seine Frau in eine Anstalt für Unheilbare in Pflege gegeben, weil sie nicht mehr gut auf den Beinen war und auf zwei Krücken gehen mußte. Als er die Nachricht bekam, daß sie nach drei Monaten auf der Flucht erschossen worden war, war das erste Kind, das er mit einer Blondine aus der Frauenschaft gezeugt hatte, genau einen Monat alt. Er trug den Todesfall wie ein Mann und ließ sich die Trauer nicht anmerken.

Adolf wurde elf, kam in den Jungzug drei, und sie wurden geschliffen. »Bis euch der Arsch auf der Erde schleift«, sagte Jungzugführer Bainka. »Jungenschaftsführer Sobaschke übernimmt den Befehl. Knöpf dir mal den Cholonek im Einzeldienst vor, den Schlappschwanz! Wenn ich wiederkomm, will ich was sehn, verstanden!«

Jungzugführer Bainka war dreizehn, der Sobaschke zwölf. Auf den Bainka wartete die Bulla beim Zaun. Der Bainka winkte ihr mit dem Kopf, und sie verschwanden hinter dem Heim. Als er wiederkam – dem Cholonek lief der Schweiß herunter, er bekam keine Luft, hatte Seitenstechen, Tränen würgten ihn –, als der Jungzugführer wiederkam, sagte der Sobaschke: »Darf ich dir was Geheimes melden, Jungzugführer?«

»Was is, vortreten!«

Der Sobaschke ging auf Tuchfühlung ran und sagte leise: »Das Hemd guckt dir hinten aus der Hose, Zugführer.«

Als der Stanik auf Urlaub kam, sagte er: »Als erstes braucht der Junge eine Winteruniform. Kauf die Hosen etwas länger. Und er braucht auf dem Klavier die schweren Musikstücke mit Etüden nich so zu üben. Hauptsache, er kann für den Hausgebrauch bissel die Schlager. Wir ham dort in Sindelfingen, wo ich stationiert bin, eine Orgel in der Kirche, die is ganz berühmt. Ich hab sie mir angeguckt, die Tasten sind genau wie bei unserm Klavier. Da braucht der Junge bloß umsteigen, schon kann er Orgel spielen. Jetzt kauf ich ihm zuerst ein Akkordeon, das sind auch die gleichen Tasten. Und ich sag: gleich hundertzwanzig Bässe, immer das Beste vom Besten! Sprich doch mal mit der Lehrerin. Wenn er die Kanarienpolka, die is ja schön, ich hab sie mal bei einem Konzert wo gehört, wenn er die schon auf dem Klavier üben könnte, kann er sie dann gleich auf der Geige spielen.«

Einundsiebzig Geigen hatte der Stanik inzwischen und hatte sich oben auf dem Boden einen festen Verschlag mit Sicherheitsschloß dafür bauen lassen. Nur die drei besten Geigen standen auf dem Klavier, jede auf einem Spitzendeckchen, vier lagen unter dem Bett.

»Sechs, acht Geigen möcht ich gern in' Keller legen. Je mehr Dreck sich drauf sammelt, um so älter sehn sie aus und steigen im Preis kolossal.«

Als der eine Bruder von ihm in der Grube verunglückte, kam er auf Sonderurlaub. Nach der Beerdigung saß der Stanik mit dem andern Bruder in der Küche bei einer Flasche Schnaps.

»Gehst du noch Vögel fangen, Lullek?«

»Bloß noch einmal im Monat, die ham jetzt soviel Arbeit auf der Grube eingeführt, man hat nich mehr die Zeit wie früher. Ich hab immer meine zwei, drei Klapitschki auf dem Stalldach, aber was fängst du schon pro Woche? Paar Spatzen gehn rein. Vorige Woche hatte ich gleich zwei Grünlinge auf einen Schlag. Die Spatzen laß ich gleich fliegen. Dort beim Holunder vom Hawlitschek im Hof fang ich aber jeden Monat meine drei, vier Stieglitze, einen Hänfling manchmal, aber es gibt nich mehr soviel Vögel wie früher, Stanik. Was gab's damals Vögel hier überall! Der Antek Pawlik, der hat sie alle gefangen. Ich hab mal nachgerechnet, der hat pro Jahr seine hundert, zweihundert Stieglitze verkauft, der Pierron. Ich wer dir hier nächste Woche, wenn du wieder im Feld bist, bei der Mickel ein' Hänfling abgeben, du, das is ein Sänger, da beleckst du dir die Finger! Da is Benjamino Gigli Scheiße gegen den. Du bist doch noch so musikalisch wie früher? No, ich sag doch, das verliert sich nie beim Menschen, kann Krieg sein, soviel will! Wenn mal der Krieg über Nacht vorbei is, da kommst du nach Haus und machst die Türe auf, und schon jubiliert dir der Vogel entgegen, Stanik, da hast du was! Bloß bekomm ich jetzt nich mehr genug Vogelfutter. Die verkaufen alles unter der Hand und zu horrenden Preisen. Wenn du mir paar Mark Vorschuß geben könntest? Auf den Vogel? Auf Futter auch, Stanik?«

Der Stanik gab ihm heimlich unterm Tisch hundert Mark aus der Brieftasche. »Daß die Mickel nich sieht! Sag nischt, sonst macht sie mir Krawall, wenn ich mit dem Geld so rumwerfe.«

Nach der ersten Flasche Schnaps gab ihm der Stanik noch seine andern drei Hunderter, und dann zerschlugen sie aus Schmerz über den toten Bruder zwei Fensterscheiben. Der Stanik holte die drei besten Geigen vom Klavier und zog zwei unter dem Bett hervor: »Hier, Lullek, nimm du dir drei, und ich nehm mir zwei!« Und sie zerdrückten sie mit den Händen auf dem Tisch und schmissen die Bretter aus dem Fenster.

Nach der dritten Flasche saßen sie auf der Treppe im Hausflur und heulten.

»Wir sind jetzt noch zwei Choloneks, aber ich hab noch den Jungen. Der wird den Stamm fortsetzen.

Wenn der Krieg vorbei is, kauf ich ihm eine singende Säge. Das is ja das Schönste, kennst du das?«

Das war auch die Zeit, wo der Wieczorek den Czytek überredete, in die SA einzutreten, damit er nicht mehr in der Volksküche fressen mußte. »Dort kriegst du wenigstens einen Schein für warme Suppe und bist auf Lebenszeit gut aufgehoben, Czytek.« Der Czytek war zu weich für die SA. Er weinte ja schon, wenn er seine eigene Frau schlagen mußte. Und wie dann am Ersten Mai Aufmarsch war und der Kreisleiter Manngold, der immer so schön sprechen konnte, eine Rede vorne auf dem Rednerpult hielt, mußte der Czytek heulen und rotzte sich aus Versehen in die Fahne, mit der der Gmyra aus der Schlageterstraße vor seiner Nase fuchtelte – Kriegsgericht, Landesverrat, Strafbataillon, Bauchschuß, Sense.

In diesem Jahr hatte der Stanik noch an Führers Geburtstag ein Gedicht nach Hause geschickt, das er selber gedichtet hatte:

> Der Herrgot hat ihn uns gesandt
> zu retten unser Vaterland.
> Heil dir, mein Führer, Heil und Sieg.
> Nur wir gewinnen den Krieg, den Krieg.
> *St. Cholonek.*

Die Mickel sollte das von der Schreibkraft im Büro auf Plakatkarton in Druckschrift schreiben lassen.

»...häng das groß ins Fenster«, schrieb er, »und laß die Fahne mit Goldrand besticken. Über Cholonek soll die ganze Stadt reden...«

Beim nächsten Urlaub waren viereinhalb Jahre Krieg

vorbei, und der Stanik sagte: »Unser Feld*, der Blaschke, sagt, es sieht nich gut aus. Der Krieg is verloren, aber man darf nich laut drüber reden, sonst stellen sie einen an die Wand. Pack die große Fahne unauffällig ein und versteck sie, daß sie keiner findet, aber daß man sie später noch mal brauchen kann. Das Blatt kann sich immer noch wenden. Hänge lieber zwei kleine vor das Geschäft und häng das Schild ›Rein arisch‹ mehr nach hinten, stell bissel Ware davor! Ich laß dir hier unsre alten polnischen Papiere von früher da. Sollte der Feind durchkommen, melde dich sofort mit dem Jungen an und sag, daß wir immer Poler waren. Und sofort, wenn der Feind vor den Toren steht, den Führer verbrennen! Den Göring kannst du jetzt schon abnehmen, aber stell ihn hinter die Vitrine, das Blatt kann sich immer noch wenden!«

Der Schwientek rauchte schon Lindenblüten.

Der Hübner hatte Bescheid, daß er einen Posten in einem Versuchslabor eines Frauenlagers bekommen würde, und es kribbelte ihn in den Fingern, wenn er dran dachte. Er hatte jetzt einen Posten in Kattowitz, lief unter ›geheimer Kommandosache‹ und war im Interesse seiner Aufgabe berechtigt, das Parteiabzeichen zu tragen oder nicht; er hatte bisher 152 Leute ans Messer geliefert.

Auf dem Markt gab es bloß noch Klaki**, und die Frau Schwientek hatte sich mit der Frau Susch zusammengetan. Sie hatten nun einen gemeinsamen Stand.

---
* Feldwebel
** Steckrüben

Adolf Cholonek kam in die erste Klasse der Oberschule. Der Lehrer Tyls aus Mannheim, ins Ostgebiet versetzt, um dort das Deutschtum zu festigen, sagte: »Cholonek, sag mal das Gedicht auf: ›Kein schöner Land in dieser Zeit, als hier das unsre weit und breit!‹ Und das heißt schööön – und nicht scheen. Und sag mal zu Hause, es wird Zeit, daß ihr euch umtaufen laßt. Los, fang an!«

Fünf Jahre Krieg: Luftschutzkeller, Sondereinsatz bei der HJ, Sammeln von Kräutern, Stanniol und Altpapier. Einmal im Jahr kam der Leiter von der NAPOLA*, um neue Anwärter auszusortieren. Erste Bedingung: unbedingte körperliche Tüchtigkeit. Adolf Cholonek hatte Turnen Sechs, Seitenstechen, bekam keine Luft und hatte eine Hühnerbrust. Jeden Tag vor der Schule machte ihm Frau Cholonek mit Fixativ die Welle.

»Wissen Sie, Frau Mlesch, ich hab mir zehn Kartons Fixativ auf Lager gelegt, aber ich denke, sobald unser Junge vierzehn is, bleibt die Welle von allein liegen. Er is jetzt schon so groß, daß ihm eine Herrenfrisierhaube paßt.«

Im November setzten sich die ersten Parteigenossen mit ihren Leuten in den Westen ab. Der Leutnant Prochotta kam in der Nacht, packte seine Frau, seine Kinder und zehn Koffer Wertgegenstände und fuhr noch in derselben Nacht mit einem Sonderzug in den Westen.

Die Frau Schwientek sagte: »Soll sein, wie es will, aber das sind keine guten Zeichen. Früher, wenn einer

---

* Nationalsozialistische politische Erziehungsanstalt

Durchfall hatte, brauchte er sich bloß auf ein geweihtes Bild zu setzen, schon war es gut. Heute hilft nich mal mehr das.«

In ruhigen Nächten konnte man die Stalinorgeln von Osten singen hören. »Macht euch doch keine Angst«, sagte der Hübner, »das sind unsere, die dort schießen!«

Solange der Hübner blieb, blieb Frau Cholonek mit dem Jungen auch. Man hörte viel von den Greueltaten der Russen.

Der Stanik schrieb in einem Brief: »Tante Emma läßt euch alle grüßen, ihr sollt doch mal vorbeikommen.« Das war verschlüsselt, denn Briefe wurden kontrolliert, und Tante Emma wohnte in Stuttgart.

»Der Stanik schreibt immer, die Tante Emma läßt uns grüßen«, sagte Frau Cholenk. »Wie kommt er nur drauf?«

Im Dezember kam der Pelka aus dem Protektorat zurück, bepackt mit Koffern voll Pelzmänteln, Stoffen, mit Beutegut, Maschinengewehren und Munition, und richtete sich in seiner Sechs-Zimmer-Wohnung auf dem Horst-Wessel-Platz ein Waffenarsenal ein. Er stellte an jedem Fenster ein geladenes Maschinengewehr auf, ließ von Hitlerjungen Sandsäcke heraufschleppen und kommandierte eine Wache von dreizehn- bis vierzehnjährigen Hitlerjungen vor sein Haus, die abgewechselt wurde.

»Der Feind wird die Stadt nich besetzen, solange Pelka lebt. Es wird gekämpft bis zum letzten Mann, Männer«, sagte er zu den Jungen. »Und wen ich erwische, daß er abhaut, den leg ich persönlich um, verstanden!«

Dann waren die Russen in Chorzow. Alle Männer und Kinder wurden mobilisiert, bekamen Panzerfäuste und Gewehre, aber der Smolka war an der Ausgabe und organisierte es, daß die Munition in Mathesdorf ausgegeben wurde, die Gewehre aber in Poremba, und er sorgte dafür, daß die Panzerfäuste keine Zünder hatten. Die alten Kameraden von der Reaktion waren wieder in Aktion. Die Gruben arbeiteten nicht mehr, die Grubenarbeiter mußten sich bei der Waffenausgabe melden.

Der Jankowski steckte die Knarre sofort in die Latrine und beschwerte sie mit einem Stein. Der Bruder vom Stanik vergrub den Karabiner sauber verpackt auf dem Feld und ging auf die Halde Vögel fangen. Dort war es jetzt ruhig. Es traute sich keiner raus. Bloß die Stalinorgeln spielten. Soldaten hatten hier Waffen weggeworfen, und er legte sich damit kleine Depots unter Steinen und in Löchern an. Der Schnee war seit etlichen Wochen geschmolzen, und seitdem die Zechen stillgelegt waren, war die Luft schön. Manchmal meinte er, den Pulverdampf von Chorzow schon zu riechen.

Der Hübner hatte alle Parteiunterlagen vernichtet. Es zahlte sich aus, daß keiner hier wußte, was mit ihm war. Die Frau Schwientek nahm ihn unter ihre Fittiche und versteckte ihn im Keller, hatte ihm ein bequemes Loch im Notausgang hergerichtet und versorgte ihn mit Essen, als die Russen die Stadt besetzten.

Der Pelka ballerte aus allen Maschinengewehren, rannte herum, ein Hitlerjunge lud die Maschinengewehre, den andern hatte er mit Genickschuß umgelegt, als er anfing zu heulen. Der Pelka knallte auch eigene Leute ab, die sich auf der Straße sehen ließen; er hatte wieder Saison. Als der erste Panzer vor seinem Haus vorfuhr, erschoß er den zweiten Jungen, seine Frau und seine beiden Kinder, ballerte noch mal aus allen Rohren, bis sie den ganzen Häuserblock in Brand setzten, und hing dann noch drei Wochen verkohlt aus dem Fenster über einem Maschinengewehr im dritten Stock.

Die Kampftruppe waren Kalmücken zwischen fünfzehn und achtzehn. Glatzköpfig und voller Angst schossen sie herum, erschossen unnötig etliche Zivilisten und stanken von weitem schon nach Autoöl und Schweiß. Die alten Russen in den Wattejacken waren wie Bären, hatten rote Gesichter, fraßen trocknes Brot, soffen, was sie fanden, und mampften sich auf den Weibern fest. Die Jungs vergewaltigten zu viert und fünft, wo es sich ergab, zu zwölft. Zwei hielten die Beine fest, und die andern bedienten sich, schnell und wie die Hasen, lachten und hauten wieder ab. Bevor sie damit anfingen, nahmen sie die spitzen Kalmückenhelme aus Filz vom Schädel, wie die feinen Leute vor dem Essen. Waren die Weiber einverstanden, gaben sie ihnen Brot oder Uhren dafür, waren sie nicht einverstanden, packten sie sie so. Als sich einer die Hedel Schwientek drannehmen wollte – so einer mit grauen Bartstoppeln und Pranken wie Suppenschüsseln, und er grunzte wie ein Bär und roch nach Steppe und Gras –, packte ihn die Hedel mit einer Hand unten an der Hose, dann mit der andern Hand oben an der Jacke und schmiß ihn durch die Luft auf einen Kohlenhaufen im Keller. Der Russe fing an zu brummen, setzte sich seine Mütze wieder auf und klopfte ihr auf die Schulter. Er knöpfte sich die

Hose zu, schüttelte den Kopf und trottete hinaus. Als er wieder zurückkam und sich seine MP wiederholen wollte, hatten sie ihm die Jungs von Prszczibillok geklaut. Er ärgerte sich und fing an zu schreien und mit den Fäusten auf die Leute loszugehn. Die Hedel warf ihn raus. Als er mit Verstärkung zurückkam, hatten sie ihm die MP vorher vor die Tür gelegt.

Die Russen wollten die Leute an die Wand im Hof stellen. Die alte Frau Sajons verwickelte einen jüngeren Soldaten in ein Gespräch, fragte nach seiner Matka und nach der Frau. Er zog Fotografien aus der Tasche. Die andern wurden auch ruhiger, fünf waren es, und setzten sich hin. Der Jankowski spendierte seinen halben Liter Reserveschnaps, den er sich gegen Läuse aufgehoben hatte, und es kam ein bißchen schöne Stimmung auf. Zwei gingen weg und kamen mit Wein, Brot und Konserven zurück. Die Mädels lachten, und die Jungs setzten sich gemischt unter die Leute auf die Matratzen auf der Erde. Gerade, als es schön wurde, kam ein Offizier, stand in der Tür, brüllte, fuchtelte mit einem Revolver in der Luft herum, und die Soldaten packten ihre Klamotten und verzogen sich. Und er stand da wie ein Sieger, grinste mit Silberzähnen und setzte sich selber auf einen weißen Küchenstuhl neben dem Ofen, wärmte sich die Pfoten und den Arsch auf, haute einem Jungen mit seinen Handschuhen auf den Kopf und schenkte sie ihm. Der Kotlosch hatte den Russen vorhin drei Flaschen Wein geklaut und spendierte sie, und im Nu war wieder Stimmung da. Sie besoffen sich, und der Prszczibillok hatte, wie sich herausstellte, noch eine volle Flasche reinen Alkohol in Reserve, die er sich für Typhus aufgehoben hatte. Sie umarmten sich, und der Russe sagte: »Kamerad gut, nix Germanski, charascho tschelowiek«, tanzte mit dem Kotlosch herum und sang. Dann packte er ihn am Ärmel und zerrte ihn raus in den Hof. Frischer Schnee war gefallen, und das Blut vom Kotlosch lief gleich rot auf die Erde, nachdem er ihn erschossen hatte. Der Russe setzte sich neben ihn und fing an zu heulen. Haute sich die Mütze vom Schädel, warf sie auf die Erde, stand auf und trampelte darauf herum. Er schmetterte den Revolver gegen die Mauer, ein Schuß ging los und traf irgendwo an die Hauswand. Als die alte Frau Kotlosch rauskam, anfing zu schreien und auf ihn losging und an den Ohren riß und schrie, stand der Russe auf, wischte sich mit der dreckigen Mütze das Wasser vom Gesicht, suchte den Revolver und torkelte aus dem Hof.

Ungefähr dreißig Tote lagen am nächsten Tag in der Umgebung herum. Die toten Russen wurden weggeräumt, die anderen blieben liegen.

Den Kotlosch haben sie in eine Decke gewickelt und hinter den Ställen auf dem Feld begraben. » Er hat dort immer Schlingen gelegt für Hasen«, sagte die Frau Kotlosch. »Dort wird es ihm bestimmt gefallen! Aber mußte sich das Aas mit dem auch besaufen? Im Suff ham sie alle kein' Verstand mehr im Kopp.« Die Leute hielten sich noch etliche Tage in den Kellern versteckt, und das Knallen der Kanonen verzog sich immer weiter nach Westen.

Die Mickel war mit dem Jungen im Keller bei der Frau Mlesch. Die Tekla blieb in dem Haus wo sie wohnte. Sie sollte die Wohnung bewachen, denn die eignen Leute klauten, was sie konnten. Choloneks Haus war abgebrannt.

Es kam zum Glück wieder Frost, und die Leichen auf den Straßen konnten noch etliche Wochen liegenbleiben. Die Männer mußten sich melden und kamen nach Sibirien. Der Hübner nicht, Frau Schwientek hielt ihn versteckt. Der Jankowski konnte fliehen, zehn Minuten bevor der Transport wegging. Der Bruder vom Stanik hatte sich im Stall versteckt und meldete sich nicht. Nach sechs Tagen kamen die Leute aus den Kellern. Radios mußten abgeliefert werden und wurden angezündet.

Ohne Tabak ging es dem Schwientek schlecht. Lindenblüten gab es nicht, den Kräutertee hatte er aufgeraucht, jetzt schnitzelte er Holz und bekam Kenntnis über verschiedene Geschmacksrichtungen. Er kannte einen gewissen Heidenreich, der hatte einen Tabakladen ausgeräumt und sich zu Haus ein Tabakarsenal eingerichtet. Aber er verschenkte nichts davon. Der Schwientek gab dem Heidenreich zwei Oberhemden für zehn Pakete Tabak. »Was nützt dem Menschen die ganze Welt«, sagte er, »wenn er nichts in der Pfeife hat.«

Vier Hemden hatte er im ganzen gehabt. Nun rauchte er mit Volldampf. Erst beim letzten Paket fing er an zu sparen und mischte Holzsplitter darunter.

In der Mühle war Korn verbrannt. Als es nicht mehr viel zu plündern gab, holten sich die Leute das verbrannte Korn. Frau Schwientek erbeutete etwa fünfzig Pfund. Die verbrannten Körner wurden zu Malzkaffee gemahlen, die halbverbrannten Körner zu Mehl. Der

Schwientek saß den ganzen Tag am Fenster oder neben dem Ofen und mahlte mit der Kaffeemühle. Sie buken auf der Ofenplatte eine Art Brot daraus. Für den Detlev hatte Frau Schwientek noch etwas Schmierage versteckt. »Intelligenz braucht immer bissel Fett für das Gehirn«, sagte sie. »Vom Zucker sagt man auch, das is gut für den Verstand.«

Der frühere Kommunist Widera war Stadtkommandant geworden. Er unterstand dem russischen Kommandanten. Der wieder war ein etwa vierzigjähriger Mann mit kurzgeschorenen Haaren und Silberzähnen, der gerne Bandoneon spielte. Der Halbjude Scheja mit den falschen Papieren trat jetzt als Volljude auf und ging in der Kommandantur ein und aus. Er gab die geheimen Lager an; sie wurden ausgeräumt, und in der Kommandantur fanden Feste statt wie in Petersburg. Sekt floß in Strömen, Schnaps war da, Musik, und der Scheja tauschte wieder Brot gegen Gold. Er ging nicht ohne russischen Schutz auf die Straße, damit ihn keiner totschlug. Als der Kommandant ausgetauscht wurde, erschoß er den Scheja hinten im Hof und warf ihn in die Aschengrube.

Vier Pferde lagen erschossen auf der Straße. In der ersten Zeit ging keiner ran. Nach zwei Wochen hatte sich ein Feinschmecker die Leber rausgeschnitten und die Lenden abgesäbelt. Und dann wurde das Fleisch rapide weniger, bis bloß noch die Skelette dalagen. Prszczibilloks hatten einen ganzen Kopf und kochten zwei Wochen Suppe davon.

Hinter dem Waldbad hat der Strelczik einen Russen erwürgt und mit Erde zugedeckt. Der Strelczik war immer ein stiller Junge gewesen und eine Klasse höher als Adolf Cholonek. Sein Vater war im Brandarchiv der Stadtverwaltung angestellt, trug eine randlose Brille und hatte auf der Straße einen vornehmen Gang: weit nach hinten gebeugt, ohne nach links und ohne nach rechts zu schaun. Sein Sohn ging genauso. Er ging immer allein durch die Felder und grübelte. Seit er vierzehn war, las er Bücher über Geschlechtskunde und hatte seither Verkehr mit einer blendenden Schönheit aus dem Hinterhaus, einer gewissen Heidi Gollasch, neunzehn Jahre alt. Früher in der Schule war er immer mittelmäßig und unauffällig gewesen. Griff ihn einer an, schlug er nicht zurück, sondern legte ihm langsam die Hand auf den Kopf und drückte ihn wie eine Ziehharmonika zusammen, drehte sich um, ging weg und war darauf gefaßt, von hinten angegriffen zu werden; dann warf er sich blitzschnell herum und schlug von unten her in den Magen, aus.

Der Strelczik war Choloneks Vorbild gewesen. Unauffällig sein und ruhig, sich nicht fürchten, unsichtbare Kraft haben und blitzschnell schlagen.

Der Strelczik also streifte damals durch die Felder, und hinter dem Waldbad wurde er von einem Russen erwischt, einem etwa zwanzigjährigen Soldaten, der protzig mit seiner MP auftrat, in die Luft schoß und ihn anbrüllte: »Dawei dawei, idi, rabota, idi idi...« Er drückte ihm die Knarre an die Brust: »Idi idi, dawei!« Als dann der Soldat den Strelczik vor sich hertrieb, ihm hinten den Lauf in den Rücken drückte, ließ der Strelczik sich erst schieben, dann drehte er sich blitzschnell um, haute dem Russen mit dem Handrücken in die

Fresse, schlug von unten nach, riß ihm die MP aus der Hand und packte ihn am Hals.

Der Russe fiel auf den Acker. Der Strelczik zog ihn in eine Vertiefung, legte ihm die MP zum Andenken auf den Bauch und fand in der Hosentasche eine Damenarmbanduhr für die Heidi Gollasch. Dann scharrte er den Toten mit dem Fuße zu. Die Erde war weich, und ehe der Regen kommen und sie wegwaschen würde, krähte schon kein Hahn mehr nach dem Toten. Es gab genug Russen.

Der Strelczik ging mit dem Gang seines Vaters, mit nach hinten gebeugtem Körper, den Kopf in die Kehle gedrückt und die Handflächen nach hinten, langsam und auf dem kürzesten Weg nach Haus. Drei Wochen hielt ihn die Heidi Gollasch versteckt, das war seine schönste Zeit im Leben!

Als bei der Tekla ein Russe an die Tür trommelte, der Hübner aber schon seit vier Monaten bei der Frau Schwientek war, schickte sie das Kind zu einer Nachbarin, und dann kam es zu einer Vergewaltigung. Aber sie legte vorher eine schmutzige Tischdecke, die sowieso in die Wäsche mußte, aufs Chaiselongue, denn bevor ein Russe sich die Schuhe auszog, fiel eher Schnee in der Wüste. Die Ostvölker haben kein Benehmen in solchen Sachen! dachte sie.

Was das bedeutet: von Pferden träumen...

Hattest du Arbeit, bekamst du am Tage einen Teller Kascha* und im Monat ein Brot.

An einem Dienstag ging der Cholonek aufs freie Feld hinaus. Die Gefahr kitzelte ihn, wie wenn sich einer eine Batterie an die Zunge hält und probiert, ob sie Strom hat. Er war zehn Zentimeter gewachsen, mager, hatte Stimmbruch und trug gefundene Halbschuhe, Größe 46, vorne mit Papier ausgestopft. Die Erde war schon warm, das Gras etliche Zentimeter hoch, und Gänseblumen wuchsen. Die Zechen standen still, die Luft war sauber. Es roch bloß nach verbrannten Häusern, aber auch nach Frühling. Er wollte oben auf die Halde und sehen, wie weit die Aussicht reichte. Achthundert Meter von hier war der Schonketeich. Cholonek konnte nicht schwimmen. Seine Mutter war nie dafür gewesen: »Zum Schwimmenlernen is später immer noch Zeit! Wie leicht ersäuft einem das Kind, und alles war umsonst!«

Wenn er jetzt einen Russen traf? Ob der ihn erschoß? Das Zollhaus, wo der Gresok gewohnt hatte, war ausgebrannt. Durch die Fensterlöcher schien die Sonne.

* Hirse

Da kam hinter den Sandbergen her eine Bande Jungs. Vorne der Kalle Gollek: Anführer, Hauptmann, General! Er hatte einen toten Russen ausgezogen, trug eine Pelzmütze, die dreckige Steppjacke, Filzstiefel und schwang eine ausgebrannte Maschinenpistole wie einen Prügel. Neben ihm der Josel war wie früher angezogen, hatte ein Hemd vom Vater an, die Hosen vom Kalle, lief barfuß und hatte auf der Glatze einen Kalmückenhelm aus Filz mit Spitze. Und dann noch zwölf andre.

»Tag, Gollek«, sagte der Cholonek, ging auf ihn zu und hielt ihm die Hand hin.

Der Gollek bespuckte ihn.

Dem Cholonek zitterten die Knie, und es fror ihn auf einmal.

»Der Pierron hat immer Wurstbrot in der Schule gehabt! Lauf, du Schwein, hau ab! Ich geb dir hier was zu riechen!«

Er hielt ihm die verbrannte MP unter die Nase und schlug ihm dann die Mütze vom Kopf. »Wollt ihr mal sehn, der hat immer eine schöne Welle gehabt!«

Der Cholonek wollte laufen, knickte ein.

»Lauf doch, du Arsch, daß ich besser Ziel nehmen kann! Los, Männer, kommt ein Stück weiter weg, sonst is das keine Kunst zu treffen!«

Dann schnappte sich der Kalle einen großen Kieselstein, traf aber daneben. Die andern trafen. Auf der Schulter, auf den Schädel, und der Cholonek lag auf der Erde und hielt sich die Hände über den Kopf. Der Kalle kam ran und hackte ihn mit den Stiefeln tot. Der Josel hängte sich an seinen Ärmel und heulte: »Nich, Kalle, mach ihn nich tot!«

»Geh weg, du Arsch, sonst geht's dir genauso!« Er haute dem Josel den Filzhelm von der Glatze. Die Rotze lief ihm aus der Nase.

Dann zogen sie den Cholonek an den Beinen in eine Sandgrube und scharrten ihn mit Sand zu.

»Los, Männer, weiter! Tatataa!«

Vorläufig war noch keine Ordnung. Später übernahmen die Polen die Verwaltung.

Der Hübner sagte: »Die Welt is voll von Denunzianten, ich bleib vorläufig noch hier bei euch, Mama.«

Die Tekla hielt sich gut über Wasser. Sie wurde weiterempfohlen und bekam Puderzucker, Rosinen, Schmierage und alles. Die meisten Besucher waren aus Lemberg. Ein Warschauer war dabei; zwei Brüder kamen aus Kulno. Ein Arzt aus Lemberg verguckte sich in sie und war so verrückt nach ihr, daß er sie mitnehmen und mit ihr einen Laden in Breslau aufmachen wollte, Wroclaw hieß das jetzt. »Nich ohne mein' Mann.« Sie hatte ihn in der Hand, so verdreht war der Lemberger, wenn er ihr bloß untern Rock faßte. Sie konnte jetzt den Detlev nach Hause holen. Der Lemberger hatte Einfluß, was konnte dem Dettek da passieren! Er sagte: »Was is dabei? Wenn du dich gut wäschst, is als wär nischt gewesen. Und nimm ihm ab, was du kannst!«

Die Tekla trug jetzt immer Kunstseidenkleider, die lappig um den Leib flatterten und die Formen schön rauskommen ließen, neunundzwanzig war sie. Unten waren die Kleider immer etwas zu kurz, selber eingesäumt, sie konnte schneidern.

Die ersten Leute fingen schon wieder an, Schnaps zu brennen. Aus Kartoffeln, Zucker, Korn, und wer aus der Mühle die verbrannten Körner hatte – das schmeckte man hinterher raus.

Der Stanik hat durch einen gewissen Gmyrek, der durch die grüne Grenze kam, einen Brief geschickt, daß er in Münster warte, und die Mickel solle mit dem Jungen kommen. Der Schaletta verkaufte jetzt Ausweisungspapier nach dem Westen, und die Mickel Cholonek bezahlte für eine offizielle Ausweisung neunzig Gramm Gold. Mit dem dritten Transport kam sie über Görlitz nach Hannover. Sie traf den Stanik, und sie siedelten sich in Hannoversch-Münden an.

»Stanik, das war kein gutes Zeichen, und unsre Mama, hat die nich gleich von Anfang an gesagt: Am Schalttag geboren, für ewig verloren! Jetzt haben die Russen den Jungen umgebracht. Unsre Leute ham nich umsonst von den Greueltaten gesprochen. Ich kann gar nich dran denken! Aber das war auch *deine* Schuld. Hättest du damals drei, vier Tage gewartet! Aber wenn du was getrunken hast, bis du ja nich zu halten. Ich weiß das noch wie heute: Wir ham zu Haus gesagt, wir gehn in die Maiandacht, und dann war es so furchtbar feucht von der Erde rauf. Ich hab mir noch den schön' Mantel, den mir die Mama gekauft hatte, ganz beschmiert. So war das alles! Nein, es lag kein Segen auf dem Kind, von Anfang an nich.«

In Poremba sagte die Frau Schwientek: »Der Fleischer Gurski macht schon wieder Krakauer, bloß teuer is alles. Vielleicht wird wieder alles gut mit der Zeit!« Sie hatte ihren Stand auf dem Markt aufgegeben und verkaufte jetzt Suppe in Tassen. Sie stand um viere auf, kochte Mehlsuppe, fuhr in einem alten Kinderwagen einen großen Eisentopf, den sie mit sauberen Lappen eingewickelt hatte, drei Kilometer im Dauerlauf, daß die Suppe heiß blieb, auf den Markt und verkaufte die erste Ladung um sechs an die Marktfrauen. Verdienst am ganzen Topf: 80 Zloty. Ein Brot kostete 120, ein Pfund Speck 480 Zloty. Der Pfarrer Banik las als erster polnische Messen, und es stellte sich heraus, daß er perfekt Polnisch konnte und aus Milowa stammte, von wo er seine Mutter jetzt auch zu sich holte.

Und es gab wieder Schnaps. Beim Schwientek kamen die Semmeltage genau wie früher wieder: alle sechs Wochen kam die Leidenschaft über ihn. Er hatte seine Jacke schon versoffen und trug Sommer und Winter seine einzige Winterjoppe mit Löchern. Er versoff auch den Schal und sagte: »Was nützt dem Menschen ein Schal, wenn er keine Freude hat?« In größter Not nahm er sogar Schnaps vom Hübner an, was ihn aber krank machte, sobald er wieder bei Verstand war. Semmeltage waren für den Schwientek wie Glatteis. Sie kamen über Nacht, er verlor jeden Halt, hatte keinen Boden mehr unter den Füßen und war verloren.

Er wurde noch wortkarger als früher, gratulierte der Frau Schwientek nie zum Geburtstag, schenkte ihr nie etwas zu Weihnachten, sprach mit ihr bloß, was sein mußte, und was sie sagte, ging ihm hier ins Ohr rein und dort wieder raus.

Der Hübner hatte dem Doktor aus Lemberg eine große Wohnung mit pompösen Möbeln verraten. Der hatte sie von der Miliz beschlagnahmen lassen, war eingezogen, und sie feierten dort Feste wie die Fürsten.

Der Hübner war mit von der Partie.

Wollte der Mann aus Lemberg mit der Tekla in die Ehebetten, zog sich der Hübner ins Wohnzimmer zurück, und wenn das zu lange dort dauerte, packte er sich die Taschen voll Fressalien und Schnaps und ging nach Hause. Wenn die Tekla dort quietschte, guckte er manchmal durch den Türspalt zu.

Die Zeiten wurden wie früher. Die Leute hatten vorher auch nicht mehr zu fressen gehabt. Die Tauben brüteten schon in der zweiten Generation, in einem Jahr würde der Bestand wieder auf hundert sein. Bloß aufpassen mußte man, denn die eignen Leute fingen sie einem vor der Nase weg, und ab damit in die Pfanne!

Der Junge mit der Ziehharmonika war in Sibirien, und seine Mutter hatte die Harmonika verkaufen müssen. Der Kaufmann Jäschke auf der Oschlowskistraße war tot. Am letzten Tag hatte ihn noch durch Zufall eine Kugel getroffen, als er hinten in den Hof pullen ging. Jetzt hatte ein Pole aus Kielce den Laden übernommen, aber er konnte nicht warm werden mit den Leuten hier. Der Jäschke war halt der Jäschke, und man konnte ihn nicht einfach durch einen andern ersetzen.

Auch die Bauchhändler gingen wieder an die Türen: »Schnulki, Schnulki, Knäffle, Kulki* fier Kinder!«

Der Detlev Hübner ging gekleidet wie ein Kavalier und trug einen Anzug aus Pfeffer und Salz mit passender Krawatte vom Stanik. Den Anzugstoff hatte die Tekla dem aus Lemberg abgestaubt, genäht hatte ihn der alte Schneider Nicklisch für zwei Brote. Sogar bei Beerdigungen kam die Stimmung von früher wieder

---

* Hirse

auf. Der Sokolski, als er merkte, daß der Tod schon auf ihn wartete, ließ sich seinen Bruder kommen und sagte: »Mach mir eine schöne Feier, Franzek! Verkauf meinen Anzug und die Schuhe und bestell zwei Musiker! Der Bennesch hat mir gesagt, er spielt für mich umsonst Harmonika, ich hab ihm damals einen halben Liter dafür ausgegeben, wie wir das abgemacht haben. Ich hab hier noch einen Sommermantel, den nimm dir für die Mühe! Sag, sie solln kein Geld für Blumen ausgeben, ich mach mir nich viel draus. Kauft euch lieber Schnaps dafür und singt mir was Schönes am Grab. ›Dort bei Sedan, wohl auf der Höhe...‹, das habe ich immer gern gesungen. Die Mutter soll Kuchen backen. Weißt du, Franzek, ich hab gelebt wie ein Hund, ich will nich sterben wie ein Hund. Mach mir ein schönes Fest, Franzek! Ja!«

Als dann die Feier war und der Pfarrer extra wasserpolnisch sprach, damit die Leute ihn verstehen konnten, flossen die Tränen, und sie mußten die Frau stützen. Dann in der Kneipe vom Kapitza war im Nu schöne Stimmung. Bloß der Wirt war nich mehr der Kapitza, das war jetzt einer aus Bielsko-Biala. Das hat die Leute geärgert, und sie haben ihm die Fresse in das Waschwasser für Biergläser gesteckt und ihn dann im Hof ins Klo geworfen. Das Ganze endete auf der Miliz. Drei wurden abtransportiert, und der Franz Sokolski rief noch vom Auto herunter: »Aber wenigstens hab ich mein' Bruder sehr schön beerdigt, jerroniä, da hat er eine schöne Erinnerung!«

Der Bruder vom Stanik hatte der Mickel einen Brief mitgegeben, als sie mit dem Transport in den Westen fuhr: »... und teile ich dir mit, daß ich die Hedwig, die Tochter von Koszciel, geheiratet habe. Man sagt bei uns, dort habt ihr im Westen alles, könntest du mir eine Taubenuhr schicken. Du wirst dich noch an den alten Koszciel erinnern, das ist der, der dort damals im Schützenhof den Silberpokal im Billard gemacht hat. Wenn ich die Taubenuhr hab, bin ich hier König. Wir haben schon ein Kind gehabt, das is dann gestorben. Aber die Hedwig geht schon wieder schwanger, Stanik...«

»Ich glaube, der Führer kommt nich mehr zurück, und die Poler wern schon bleiben«, sagte die Frau Schwientek. »Vielleicht werden die Zeiten wieder gut, und es werden auch bald wieder Wunder geschehen. Ich muß mal die alten geweihten Muttergottesbilder raussuchen. Man hat schnell mal eine Krankheit und braucht sie. Ich müßte auch noch wo eine Dose Sprühfix haben!«

Einer aus Chorzow hatte den Laden vom Lins übernommen und die Bude, so dreckig wie sie war, aufgemacht.

»Die Poler waren noch niemals saubre Leute«, sagte die Frau Schwientek. »Wenigstens von außen bissel streichen hätte er das gekonnt. Das hätte der Hitler ihm nich durchgehen lassen!«

Und da kann man sehen, wie der Lins war: Sie haben bei ihm ein ganzes Lager mit braunem Schnaps gefunden. Der Pole verkaufte jahrelang davon, der Vorrat nahm nicht ab. Und was war aus dem Lins geworden? Hinter einem Zaun haben sie ihn gefunden, zwölf Durchschüsse im Leib, und sechs große Dauerwürste hatte er, in Zeitung eingepackt, in seinem Rucksack.

Der Pole machte mit dem Braunen sein Geschäft! Die Weiber kauften den, seit eine darauf gekommen war, daß man Eier und Zucker reinhaun muß, und schon ergibt das schönen Likör.

Der Mann aus Lemberg hatte dem Detlev einen guten Posten in Myslowitz besorgt. Aber sechs Jahre nach dem Krieg wurde der Hübner bei einem Diebstahl größeren Umfangs gefaßt. Das war dem Lemberger ganz recht, dann hatte er bei der Tekla freie Bahn. Der Hübner kam ihn sowieso zu teuer; er war ein Fresser wie ein Ochse. Ohne viel Federlesens haben sie dem Hübner fünfunddreißig Jahre aufgebrummt. Ersatzweise die kolossale Summe von 450000 Zloty.

Frau Schwientek riß sich die Haare aus und heulte Tag und Nacht. Sie ließ in der Kirche heilige Messen lesen: »In besonderem Anliegen für einen unschuldigen Gefangenen.« Sie verkaufte alles, was sie hatte, und behielt nur, was sie am Leibe trug und zweimal Bettwäsche zum Wechseln. Am Freitag faßte sie den Schwientek im Fuhrpark ab und nahm ihm die Löhnung weg. Sie warf jeden Zloty in eine Pfefferkuchenbüchse aus Blech, die sie im Keller hinter einem Stein versteckte. Diese Summe zu erreichen, lag so weit weg wie ein Stern am Himmel.

Nachdem sie alles verkauft hatte, zählte sie 720 Zloty. Sie stand jetzt jeden Tag um *zwei* Uhr früh auf, buk kleine Kuchen, das Stück für zwanzig Zloty. Das waren fünf Zloty Reinverdienst, die Arbeit nicht gerechnet. Bevor die Marktfrauen die Stände aufmachten, war sie schon da und verkaufte aus der Kaffeekanne in Blechtassen Kaffee: acht Zloty die Tasse, Verdienst zwei

Zloty. Dazu den Kuchen. Um sechs Uhr machte sie ihren Gemüsestand auf und verkaufte bis elf Gemüse. Das war die beste Verkaufszeit. Dann rannte sie nach Hause, drei Kilometer zu Fuß, kochte schnell Mehlsuppe, stellte den Eisentopf in den Kinderwagen und rannte die drei Kilometer zurück, verkaufte die Mehlsuppe, bevor die Marktfrauen den Markt verließen. Abends arbeitete sie im Garten und zog an Gemüse selber, soviel nur wuchs. Nach der Gartenarbeit schleißte sie noch für Leute Federn, oder sie ging für Geflügelhändlerinnen schlachten. Der Schwientek mußte sich sein Essen selber machen. Meistens krümelte er bloß altes Brot in heißes Wasser, gab etwas Schmalz hinein, Knoblauch und Salz und briet sich Kartoffeln. Ab neun fiel ihr der Kopf alle drei Minuten auf die Seite, und sie fing leise an zu schnarchen, schreckte wieder hoch, machte weiter, schlief gegen elf auf dem Küchenstuhl ein, wachte dort um zwei auf und alles fing wieder von vorne an. – Tagesverdienst ungefähr dreihundert Zloty, manchmal auch etwas mehr. Dazu kam die Löhnung vom Schwientek. Schaffte sie am Sonntag die Fünfuhrmesse nicht, ging sie in der Woche in die Kirche, fing auf der Straße schon ein Vaterunser an, damit sie keine Zeit verlor, und warf dreißig Zloty in den Opferkasten, damit der liebe Gott ihr die Sünde nicht anrechne. Hände und Füße schwollen ihr an. Sie teilte dem Schwientek pro Woche fünfzig Gramm Tabak zu. Er hatte noch zwei Hemden und drei paar Socken. Die Löcher mußte er selber stopfen. Alle zwei Wochen wusch sie in der Nacht Wäsche mit dünner Lauge und mußte deswegen länger mit den Händen reiben.

Die Tekla wohnte bei dem aus Lemberg und hatte es gut. »Was nützt das dem Dettek, wenn ich mir hier das Leben schwer mache?« sagte sie. »Wenn ich mir Sorgen mach, dann bekomm ich bloß Falten, und wenn er wiederkommt, seh ich aus wie eine alte Frau!«

Am Sonntag fuhr die Frau Schwientek aufs Dorf, holte auf dem Rücken einen Sack Getreide und verkaufte ihn weiter mit zweihundert Zloty Gewinn. Und dann, eines Tages war es soweit: Hundert Zloty fehlten ihr noch zu 450000, und die borgte sie sich von der Tekla.

»Laß, Mama! Du brauchst dir deswegen keine Sorgen machen, du kannst mir das wiedergeben, wenn du mal wieder was hast«, sagte die Tekla.

Als der Hübner entlassen wurde, setzte sich die Frau Schwientek auf den Stuhl, legte die Hände in den Schoß, und großes Glück kam über sie: »Ich weiß jetzt, ich hab nich umsonst gelebt, Mädel. Wenn ihm bloß die schön' Haare wieder so wachsen möchten wie früher.« Sie fiel zusammen, und sie mußten sie ins Bett tragen. Dann quälte sie sich noch drei Wochen. Die Hände waren steif geworden, und der Schwientek mußte sie mit Mehlsuppe füttern. Zweimal in der Woche kam die Tekla, und als sie einmal die Tür aufmachte, guckte die Frau Schwientek und sagte: »Wer kommt dorten, bist du das, Mickele?«

Ihre Augen waren hell wie Wasser geworden und naß, und die Tekla fing an zu heulen: »Jäsus Maräa, jetzt is unsre Mutter auch noch blind geworden und sieht mich nich mehr! Da wird sie mich bestimmt auch nich hören und is nich mehr bei Verstande. Mama, *ich* bin das doch, die Tekla, ich hab dir doch vor dem Tode das Geld geborgt, Mama! – Da nehm ich schon mal die Gardinen zum Waschen ab, sonst kommt die Hedel und verschachert das.«

Für die Gardinen bekam sie zweihundert Zloty. »Sie zahlen nich mehr dafür, Dettek, für solche alten Sachen. Die Mama hat sie doch selber mit der Hand gehäkelt, aber zweihundert is mehr als nichts.«

An einem Freitag um elf starb die Frau Schwientek. Der Schwientek war nicht in der Arbeit und irrte seit zwei Tagen auf den Straßen herum wie ein Hund. Die Frau Blaschke aus dem Haus hatte noch den Pfarrer für die Letzte Ölung holen können und ihn von ihrem Geld bezahlt.

Als der Schwientek nach Hause kam, ging er in der Stube herum, lief wieder ohne Hut davon und fing wieder an, herumzuirren. Als er den Heidenbrink traf, der bloß noch vom Handel lebte und nicht mehr arbeiten ging, verkaufte er ihm alles, was noch in der Wohnung war. Er solle sich das holen, sagte der Schwientek, die Tür sei immer offen. Hier, die Joppe könne er gleich behalten.

Ein Küchenbüfett war dort, hundertmal gestrichen und die Ecken schon rund von der Farbe, die Scheiben zugemalt. Dann der alte Tisch, mit Linoleum benagelt, dazu zwei Stühle. Ein Stubenstuhl, das Vertiko, die Ofenbank, die Ritsche*, zwei Zudecken und zwei Kissen, halb Daunen, halb Federn... Er sollte dem Schwientek bloß schnell Schnaps geben oder das Geld

---

* Fußbank

dafür, in der Kammer stünden auch noch verschiedene Utensilien.

Der Heidenbrink ging mit ihm zu dem Budiker und kaufte ihm einen Liter braunen Schnaps und ein paar Flaschen Wein. Der Schwientek ließ sich das in Packpapier wickeln, ging schnell über die Wiese weg zu den Halden.

Bei der Beerdigung stand er hinter der Mauer am Friedhof. Die Tekla sah ihn durch ihren schwarzen Schleier und gab dem Hübner ein Zeichen: »Jäsus, unser Vater is dort! Stell dich so, daß ihn keiner sieht, er blamiert noch unsre ganze Familie. Er sieht wieder besoffen aus.«

Der Pfarrer Urban hielt eine Ansprache ohne persönliche Beziehung; er hatte Frau Schwientek nicht gekannt.

Der Bruder vom Stanik war anstelle vom Stanik gekommen. Der Jankowski stand ganz hinten und sagte kein Wort. Die beiden Mädels heulten sich die Augen aus dem Kopf. Nach der Beerdigung gingen sie aneinander vorbei, als ob sie sich nicht kennten, denn die Hedel hatte Wut, daß die Tekla die Gardinen schon vorher mitgenommen hatte, und sie war zu spät gekommen. Der Heidenbrink hatte geflucht, denn er war zwei Stunden nach dem Handel die Sachen holen gekommen, da fehlten schon eine Zudecke und ein Kissen. Die Hedel hatte sich das noch sichergestellt. Außer einer halben Stange Kernseife war ihr sonst nichts geblieben. Als der Schwientek nach zehn Tagen noch nicht aufgetaucht war, sagte die Tekla: »Die Hedel könnte sich auch bissel um den Vater kümmern, wo sie schon die Seife genommen hat! Er kann sein, wie er will, aber er war unser Vater, und zur Beerdigung hätte er wenigstens kommen können, das wer ich ihm nie verzeihn, unsre Mutter war immer so gut zu ihm.«

Dann kam jemand zu ihr und sagte, man hätte den Schwientek auf dem Friedhof gesehen. Als sie hinkamen, hockte er auf den Knien vor dem Grab, das Hemd war zerrissen und voll Lehm. Ein grauer Bart war ihm gewachsen, die Augen groß und leer. Er sah aus wie der Tod. Er hatte die Kränze weggeschoben und mit den Händen in der Erde gesucht.

»Geben Sie mir Tasse Wasser, Frau!« sagte er zu der Tekla.

»Jäsus Maräa, jetzt is unser Vater verrückt geworden, Dettek, schmeiß schnell dein' Mantel auf ihn, daß das keiner sieht! Vater, Vater, warum mußtest du uns das antun? Was haben wir dir getan? Diese Schande! Komm, führ ihn dort schnell in die Totenhalle! Wenn finster is, holn wir ihn ab, daß uns keiner sieht.« Sie steckten ihn in die Totenhalle. Der Dettek stellte sich bei der Kirchhofmauer auf und paßte auf, daß er nicht weglief. Die Tekla ging nach Haus und holte einen Sack. Als es finster war, stülpten sie den dem Schwientek über den Kopf und führten ihn hintenherum nach Hause. Dort brachten sie ihn in den Kartoffelkeller und schlossen ab. Die Tekla trug ihm in einem kleinen Topf etwas Suppe von Mittag nach unten und eine alte Decke: »Daß er sich nich beklagen kann. Aber er merkt sowieso nichts mehr, schade um die Suppe. Aber er is schließlich immer noch unser Vater, da kann man nich so sein.«

Im Keller weinte der Schwientek das erste Mal in seinem Leben.

»Wenn wir ihn dort beim Fuhrpark krank melden, können wir den Lohn holen. Schade um jeden Pfennig, den wir den oberen Schweinen dort schenken! Der Doktor Gonsalski wird uns eine Bescheinigung ausstellen. Und wir überweisen ihn gleich morgen in eine Anstalt. Das macht der Doktor für uns. Dann kriegt der Vater wenigstens eine Rente hier über uns, und wir heben sie ihm auf.«

Der Arzt aus Lemberg schrieb die Einweisung in eine Anstalt aus, der Detlev erledigte die Formalitäten bei der Verwaltung, und nach drei Tagen wurde der Schwientek abgeholt.

»Ich zieh ihm die Schuhe aus, er wird sie dort sowieso nich brauchen, sie sind noch gut«, sagte die Tekla. »Lieber Gott, mach, daß er wieder zu Verstand kommt! Wenn was is, könn' Sie uns von dort jederzeit verständigen. Wir sind die Kinder, nich!«

Er kam in eine Anstalt nach Waldenburg und mußte dort Wäsche flicken.

»Was man mit ein' Menschen für Scherereien haben kann«, sagte die Tekla. »Aber schließlich war er unser Vater. No, wenigstens war das nich ganz umsonst.«

Das mit der Löhnung klappte, sie lief in voller Höhe weiter. Der Hübner holte sie jeden Freitag ab. Danach gab es bloß eine kleine Rente. »Aber weniger is mehr als nichts«, sagte der Hübner, und es lepperte sich zusammen.

In der Anstalt stellte sich heraus, daß der Schwientek keinerlei krankhafte Erscheinungen hatte, aber eine

Entlassung war nur möglich, wenn Zivilkleidung deponiert war und jemand die Rückfahrt bezahlte. Als der Schwientek dort nach einem Jahr starb und sie an die angegebene Adresse Detlev Hübner schrieben, kam der Brief zurück. Hübners hatten sich aussiedeln lassen. Vom Schaletta hatte der Hübner seine Papiere frisieren lassen (achttausend hatte der Lump verlangt, auch kein Pappenstiel!) und kam im Westen als politisch Verfolgter an. Es ging ihnen dort gut. »Bloß sagen darf man keinem«, sagte die Tekla, »daß unser Vater ein Verrückter war.«

Sie trafen sich des öfteren mit Choloneks.

»Dettel, wie du noch aussiehst«, sagte die Mickel. »Du bist noch ganz der alte! Und auch die Haare, immer noch schön! Bissel grau, aber das steht dir gut. Wie du das machst! Unser Junge, wenn er noch leben möchte, der hatte auch so schönes, welliges Haar, ganz wie du! Und was du für einen eleganten Schirm hast! Is das ein Knirps?«

Detlev Hübner war ganz der alte Kavalier. Er trug einen grauen Kammgarnanzug und den Hut etwas schräg, damit die Welle schön zur Geltung kam.

»Komm, Dettek, rein in unser Herrenzimmer!« sagte der Stanik. »Wenn unser Junge noch leben möchte, das wär ganz was andres! Da hätt ich was, für das ich arbeiten könnte. Er würde hier das ganze Geschäft erben, begabt wie er war. Ich hab ihm doch damals alles gekauft: die ganzen Stradivaris, Klavier, Orgel, Ziehharmonika. Er brauchte sich bloß hinsetzen und spielen wie ein Kapellmeister. Aber so! Für wen denn? Wir haben doch keine Erben. Und dein Junge?«

»Der hat einen Laden aufgemacht. Hat sich eine reiche Frau genommen, die macht das Geschäft, ein hübscher Bengel is er. Aber du weißt ja, in der Schule war er keine Leuchte. Bloß um die Tekla mach ich mir Sorgen. Ich denk mir manchmal, die möcht ich vielleicht in eine Anstalt geben. Sie verschwindet dir manchmal, geht auf den Bahnhof, besäuft sich und legt sich auf den Bahnsteig. Die Leute komm' und sagen, sie hebt dort die Röcke hoch und ruft die Mama. No, das Mädel hat halt so an der Mutter gehangen! Aber die Mama, das war dir auch eine Frau mit Feuer im Hintern, Stanik! Ich hab sie ja lange in Behandlung gehabt. Aber sie is wenigstens schön ruhig gestorben.«

»Wo bleiben die Zeiten von früher, Dettek«, sagte der Stanik. »Aber wir haben es zu was gebracht, komm mal mit!«

Choloneks hatten einen Kolonialwarenladen, Durchgangsstraße, beste Lage, und oben im ersten Stock die Wohnung.

»Dort, siehst du was?«

»Nein, Stanik, was?«

»Die größte Fernsehantenne hier vom ganzen Ort. Guck dich mal um! – Nichts! Cholonek hat die *größte* Antenne, die du sehn kannst! Da kannst du bis aus Honolulu alles empfangen, Mensch, und hier um mich rum wohnen bloß Millionäre! *Die* könn sich das doch alle nich leisten, mein Lieber. Und wenn der Junge noch wäre, ich würde hier alles in Marmor machen lassen. Daß die Leute sehen, wer hier Cholonek is! Aus Poremba! Sag ich dir! Komm wieder rein, Dettek, ich gieß dir einen Schnaps ein.«

»Ihr habt hier aber kein' Fernseher, Stanik«, sagte der Detlev.

»Haben wir nich. Aber das weiß keiner von draußen. Abends verdunkel ich schön das Fenster und bezahl pro forma die Gebühren. Die Leute brauchen nich alles zu wissen. Bei mir is jetzt wieder schön wie früher. Ich hab hinter dem Haus meine drei, vier Klapitschki und hab hier schon alle Stieglitze weggefangen. Als nächstes will ich der Mickel das Gebiß machen lassen. Ich versprech ihr das schon seit damals, aber immer kommt was dazwischen. Dieser eine dort aus Rybnik, den sie dann eingesperrt haben, der hat es doch ganz schief gemacht. Aber nächsten Monat bestimmt, Detlev, meine Frau soll hier auftreten wie eine Diva.«

Einmal sagte der Stanik früh: »Ich hab heute davon geträumt, daß ich wieder auf der Fuhre stand. Vorne der Valek von der Frau Waleska ging ab wie ein Trakehner, und ringsum war die schöne Landschaft wie dort bei Rudzinitz. Kleine Berge und der Wald, und das Pferd hat den Schwanz gestellt, und ich oben auf der Fuhre im Stehen wie ein König! Dann hab ich von unserm Vater geträumt. Wir haben am Tisch in der Küche gesessen und hatten Tichauer Bier. Unsre Mutter stand beim Ofen. Dann hat er mich gefragt, ob die Uhr noch gut geht.«

»Wenn unsre Mutter noch leben möcht«, sagte die Mickel, »könnt sie dir gleich sagen, was das bedeutet: von Pferden träumen.«

JANOSCH
im Goldmann Verlag

Polski Blues

Roman · Gebunden
160 Seiten

Der polnische Filmregisseur Staszek Wandrosch fährt mit zwei
Freunden nach Polen, um dort das Idol seiner Jugend zu besuchen – den legendären Jazztrompeter Zdenek Koziol, den er immer als Lebenskünstler par excellence verehrt hatte.
Also reisen die drei in das polnische Nest Kuźnice und machen
sich auf die Suche nach dem Trompeter. Der rast, zeitweilig dem
Wahnsinn verfallen, in einer alten einzylindrigen Jawa Baujahr
37 über die Felder. Und er hat seinen alten Freund aus Musikertagen, den Klarinettisten und Mundharmonikaspieler Zbigniew
Kowalski, mit nach Kuźnice gebracht. Während Zdenek auf seinem Motorrad die Wunden zu vergessen sucht, die das Leben
ihm geschlagen hat, sorgt Zbigniew einstweilen als falscher Priester und guter Mensch von Kuźnice für das Seelenheil des Örtchens. Denn Zbigniew hat einmal auf merkwürdige Weise die
Rückseite der Wahrheit, das Geheimnis des Seins erkannt.
Am Ende feiern sie alle zusammen ein letztes ergreifendes Fest
mit Brot und Wein, und Zbigniew spielt mit Zdenek noch einmal
jenen alten Blues von einst.
Mit »Polski Blues« hat Janosch eine wehmütige und humorvolle
Liebeserklärung an seine alte, heute polnische Heimat geschrieben – und ein kleines weises Buch über die Kunst zu leben und
das Leben, die Frauen, den Wein und die Musik zu lieben.